用文字照亮每个人的精神夜空

领读文化传媒
LINGDU Culture & Media

微信 | 微博 | 豆瓣　领读文化

漫说文化丛书·续编

域外杂记

陈平原　张丽华 编

湖南人民出版社 · 长沙 ·

● **如何收听《域外杂记》全本有声书？**

① 微信扫描左边的二维码关注"领读文化"公众号。

② 后台回复【域外杂记】，即可获取兑换券。

③ 扫描兑换券二维码，免费兑换全本有声书。

● **去哪里查看已购买的有声书？**

方法 ①

兑换成功后，收藏已购有声书专栏，

即可在微信收藏列表中找到已购有声书。

方法 ②

在"领读文化"公众号菜单栏点击"我的课程"，

即可找到已购有声书。

总序

陈平原

　　三十年前钱理群、黄子平和我合编的"漫说文化"丛书前五种由人民文学出版社推出；两年后，后五种刊行时，我撰写了《漫说"漫说文化"》，提及作为分专题编散文集的先行者，我们最初只是希望有一套文章好读、装帧好看的小书，可以送朋友，也可搁在书架上。没想到书出版后反应很好，真可谓"无心插柳柳成荫"。十三年后，复旦大学出版社（2005）予以重印。又过了十三年，北京时代华文书局（2018）重新制作发行。

　　一套小书，能一而再再而三地刊行，可见其生命力的旺盛。多年后回想，这生命力固然主要得益于那四百多篇精彩选文，也与吹响集结号的八十年代文化热、寻根文学思潮以及"二十世纪中国文学"的视野密切相关。时过境迁，这种小里有大、软中带硬、兼及思考与休闲的阅读趣味，依旧有某种特殊魅力。有感于此，出版社希望我续编"漫说文化"丛书。考虑到钱、黄二位的实际情况，我改变工作方式，带领十二位在京工作的老学生组成读书会，用两年半的时间，编选并导读改革开放以来四十多年的散文随笔。

当初发给合作者的编选原则很简单：第一，文化底蕴（不收纯抒情文字）；第二，阅读感受（文章好读最重要）；第三，篇幅短小（原则上不收六千字以上的长文）；第四，作者声誉（在文坛或学界）。依旧不是梁山泊英雄排座次的文学史，而是以文学为经、以文化为纬的专题散文集。也就是《漫说"漫说文化"》说的："选择一批有文化意味而又妙趣横生的散文分专题汇编成册，一方面是让读者体会到'文化'不仅凝聚在高文典册上，而且渗透在日常生活中，落实为你所熟悉的一种情感，一种心态，一种习俗，一种生活方式；另一方面则是希望借此改变世人对散文的偏见。让读者自己品味这些很少'写景'也不怎么'抒情'的'闲话'，远比给出一个我们自认为准确的'散文'定义更有价值。"

考虑到初编从1900年选起，一直选到20世纪80年代中期，续编从改革开放起，一直选到2020年，中间几年重叠略为规避即可。两个甲子的风起云涌，鸟语花香，借助千篇左右的短文得以呈现，说起来也是颇有气势与韵味的。参与其事的都是专业研究者，圈定范围后，选哪些作者，用什么本子，如何排列组合等，此类技术问题好解决，难处在入口处——哪些是你想要凸显的"文化"？根据以往的阅读经验，先大致确定话题、视野及方向，再根据选出来的文章，不断调整与琢磨，最终成了现在这个样子。

初编十册分别题为《男男女女》《父父子子》《读书读书》《闲情乐事》《世故人情》《乡风市声》《说东道西》《生生死死》《佛佛道道》《神神鬼鬼》，而续编十二册则是《城乡变奏》《国学浮沉》《域外杂记》《边地寻踪》《家庭内外》《学堂往事》《世间滋味》《俗世俗民》《爱书者说》《君子博物》《旧戏新文》《闻乐观风》，略为比勘不难发现二者的联系与差异。

既然是续编，自然必须与初编对话。明显看得出承继关系的，有《城乡变奏》之于《乡风市声》，《爱书者说》之于《读书读书》，不过前者第二辑"城市之美"从不同层面呈现了当代中国城市的多彩风姿，以及后者第三辑"书叶之美"谈封面、装帧、插图、毛边书、藏书票等，与初编的文风与趣味还是拉开了距离。《家庭内外》的第一、第三辑类似《父父子子》，而第二、第四辑则接近《男男女女》。《域外杂记》与《国学浮沉》隐约可见《说东道西》的影子，但又都属于说开去了。至于《世间滋味》仅从饮食入手，不再像《闲情乐事》那样衣食住行并举，也算别有幽怀。所有这些调整，不管是拓展还是收缩，都源于我们对四十年来中国文化思潮及文章趣味的体验与品味。不再延续《世故人情》《生生死死》《佛佛道道》《神神鬼鬼》的思路，并非缺乏此类好文章，而是觉得难以于法度之中出新意。

另起炉灶的六册包括《边地寻踪》《学堂往事》《俗世俗民》

《君子博物》《旧戏新文》《闻乐观风》，其实更能体现续编的立场与趣味。没有依傍初编，不必考虑增减，自我作古的好处是，操作起来更为自由，也更为酣畅。《边地寻踪》和《俗世俗民》两册，有些话题不太好把握与论述，最后腾挪趋避，处理得不错。最为别出心裁的，当数《旧戏新文》与《君子博物》——实际上，这两册的确定方向与编选过程最为曲折，编者下的功夫也最多。最终审稿时我居然有惊艳的感觉。

比较前后两编，最大的感叹是：前编多小品，后编多长文；前编多随意挥洒，后编多刻意经营；前编多单纯议论，后编多夹叙夹议；前编多社会人生，后编多学术文化；前编多悲愤忧伤，后编多平和恬淡——当然，所有这一切，与社会生活及文坛风气的变迁有直接关系。至于不选动辄万言的"大散文"，以及遗落异彩纷呈的台港澳文章，既是为了跟前编体例统一，也有版权等不得已的因素。

十二册小书，范围有宽有窄，题目有难有易，好在各位编者精诚合作，选文时互通有无，最后皆大欢喜——做不到出奇制胜的，也都能不负众望。作为一个集体项目，能走到这一步，已经很不容易了。

身为主编，除了丛书的整体设计，也参与了各册题目及选文的讨论。至于每册前面的"导读"文字，则全靠十二位合作者。选家大都喜欢标榜公平与公正，可只要认真阅读各册的"导读"，你就会明白，所有选本其实都带个人性情与偏见。十二篇随笔性质的"导读"，或醇厚，或幽深，或俏皮，或淡定，风格迥异，并非学位论文，不妨信马由缰，能引起阅读兴趣，就算完成任务——毕竟，珠玉在后。

2021年2月19日于京西圆明园花园

导读：当代散文的域外书写与欧文文脉

张丽华

1909年，两位留日的清国学生，用古奥的文言文在东京出版了两册《域外小说集》。这是他们拟向国人持续译介外国小说的部分成果。此书扉页所署的纂译者"会稽周氏兄弟"，在当时尚不为人所知，但很快他们就在"五四运动"和"新文化运动"中崭露头角——这两位不凡的留日学生，即堪称现代中国文学与文化之父的鲁迅和周作人。向国人译介外国小说，在今天看来，不过是中外文化交流中极其普通的一件事。然而，在民族国家意识初兴，"云何为国、云何为人"尚需界定的晚清，周氏兄弟的这项工程，却有着非同寻常的意义。鲁迅在序言中称，"异域文术新宗，自此始入华土"，这是一句极朴素也极骄傲的宣言。"小说"或者说"文学"，在此被视为承载"邦国"之"声"的媒介，而用古奥的文言来译述域外"文术新宗"，则堪称一项"苏古掇新"、澡雪国人精神的文化革新事业。这里，

I

既有周氏兄弟对"文学"极为庄重的理解，也包含了他们以及他们所代表的一代知识分子对"域外"极为丰茂的想象。

《域外小说集》东京版封面的书名是陈师曾的小篆题字，"域"写作"或"。"或"是"域"和"国（國）"的本字。《说文》云："或，邦也。从口，从戈，以守一。一，地也。"这意味着，人口（口）、兵器（戈）与土地（一），是构成古代"邦国"概念的重要因素。不过，《域外小说集》的内文——"文学"的加入，却为封面这一古老的"国（國）"字，增添了新的维度。自此，"域外"，不仅意味着地理上、政治上的他国，还意味着文化上的他者。晚清中国，随着"天下"观的坍塌和现代民族国家意识的兴起，士人对"中国"的认知，正经历着从"天下"到"国家"的激烈嬗变，在这一过程中，对"世界"或者说对"域外"的发现与承认，构成了这一代知识分子头脑风暴中不可或缺的成分。对"域外"的认知，与对"自我"的认同，因此成为一体的两面，不可分割。直到今天，在中国作为一个民族国家通向"现代"的进程中，从"域外"汲取新思潮、采撷新文化，仍被大多数知识人视为题中应有之义。

本书所选编的，是中国改革开放以来四十年间，文人学者书写"域外"的思想随笔与见闻杂记。与《域外小说集》通过文学想象异域不同，这里所选的作品，乃是作者经过实地旅行、勘察乃至长期生活之后，对"域外"的观感与沉思。这一类文字，其实自晚清开放海禁以来，即络绎不绝。从外交官郭嵩焘、薛福成、张德彝的出使日记，到流亡文人、政治家的海外游录，如王韬《漫游随录》、康有为《欧洲十一国游记》、梁启超《汗漫录》，再到近代学人、留学生的游学心影，如吕碧城《信芳集》、吴宓《欧游杂诗》，及至现代文学作家如徐志摩、朱自清、郑振铎等人的欧洲游记，林林总总，蔚然成风。其文体则囊括日记、诗、词、游记、杂录等各种样式，新、旧夹杂，文、白并存。虽然大多数作者并非有意为文，这些作品却具有相当的可读性，其体量与形式甚至足以构成一种独立"门类"（genre），在文学史上占据一席之地。限于丛书体例，这里所选的是与当代中国联系更为紧密的近四十年内的散文作品。所选文章的作者，有一小部分如冯至、季羡林、金克木、陈原、黄永玉、吴冠中诸位，是跨越民国的学人、画家，大部分则是中华人民共和国成立之后走上历史舞台的文人学者，甚至还有"文革"后出生的新一代。

尽管时代有别，但就文类实质而言，它们与上述林林总总的域外纪行之作，仍然遥相接应。要之，是以自认最为合适的文字媒介去表达和记录自己面对"域外"风景、人物以及文化所带来的冲击与思考。只不过，与吕碧城以词、吴宓以诗、梁启超以文这样多姿的样态不同，当代作家能够自如表达的媒介，基本被规约成了"（白话）散文"。从文学史上看，这既是文学样式难以挽回的规约与简化，但对"散文"这一文体而言，却又未尝不是一种扩充其文学容量与文体弹性的机遇和挑战。

本书所收文章，最早的一篇是陈原写于1979年的《访英书简》。作者怀着珍重的心情，向国内友人介绍了他在大英博物馆和伦敦书店的日常阅读、购书场景。在图书馆中安静地阅读、在书店里自由地看书，对于今天和民国的知识人而言，只道是寻常事；然而，在刚刚从"文革"中苏醒过来的学人这里，却成了弥足珍贵的异域体验。此文与周氏兄弟《域外小说集》的出版相隔了七十年，但在（重新）开放国门之后，对"异域"的惊异，以及希望通过域外文化、制度来革新中国现状的心情，却是若合符节。从这一细节我们亦可以真切地感受到并深切地理解二十世纪八十年代与"五四"的隔空呼应。

循着陈原的文章往下读，我们会发现，随着时间的推移，作者们对于域外的感受和记录，逐渐从惊异归于平淡。尤其是在近十年的文章中，随着全球化进程的加剧，旅居国外成为越来越多国人日常生活的一部分，因此，对于"域外"的记录，也就和书写自己的日常生活别无二致。无论是恺蒂对英国公投的议论（《一场公投，两个英国》），还是刘瑜对美国"愤青"的描摹（《"愤青"的下场》），或是苏枕书对日本纸与吃食的品评（《买纸记》《美味延年》），皆如同平淡地议论国内时政或是邻里家常；更不用说孙歌由"3·11"之后的"东京停电"引发的对于全球能源危机以及现代"文明"生活方式的反思（《东京停电》），超越国境与民族的视野，既是其学术思考的支点，也是生活的常态。这种以世界为"家"的意识，或许是晚清以降域外书写的变调，但也正是中国与世界关系改变的表征。因此，如果将本集所选的文章作为一个整体来看，它们不仅仅呈现了域外风光、全球图景，更是中国近四十年来巨大历史变迁的见证。从八十年代初将异域作为照见自我的镜子，到最近十年直把他乡当故乡的"世界人"意识，背后是"中国"融入"世界"的全球化的急遽进程。

八十年代国门重开，中国作家有机会出境旅行、采风。当时出国机会珍贵，回国后总免不了要涂涂抹抹，写下域外见闻。若是组团出国采风、美其名曰文化考察的，则更是有义务在回国后呈上一沓关于域外民风异俗的"文化随笔"。因此，随便翻开一位当代作家的文集，几乎总有一批域外记游之作。然而，阅读这一类文章，得到的却大多只是一些浮光掠影的印象，更糟糕的是，有的作者还要加上"为赋新词强说愁"的抒情，文章便被堆砌得如同甜腻腻的过了期的奶油，这比干枯的文笔还要让人难受。陈平原在讨论明清散文时，曾区分"文人之文"与"学者之文"：相对于独抒性灵、轻巧靓丽的晚明文人如陈继儒、袁宏道的小品，他更欣赏清代学者黄宗羲、顾炎武、全祖望的论学文章，这些"学者之文"，虽无意为文，却往往朴实大气、通达入情。这意味着"不必文人始有至文"。受此启发，我开始关注并搜寻"能文而不为文人"的学者随笔。金克木、陈原、资中筠、柳鸣九、陈平原、孙歌、贺桂梅……这些术业有专攻的学者，最后成了这一选本的中坚作者。学者们因学术交流而身临境外，他们对域外历史文化的理解，往往比采风文人更为深入，更重要的是，他们的域外书写并非规定动作，故而来得更为自由和潇洒，文章也因此颇具可读性。

值得一提的是，画家吴冠中、黄永玉、陈丹青的文章，在本书中占了不少篇幅。吴冠中的巴黎札记（《巴黎札记》），黄永玉的"翡冷翠"写生（《但丁和圣三一桥》《司都第奥巷仔》），以及陈丹青的纽约素描（《美术馆》），都是颇能深入城市肌理，捕捉到城市气息的佳作。这一方面源自几位画家都有在这些城市长期居住的生活经验，更为重要的是，画家可以越过语言的障碍，直接以眼以心以画笔与城市相遇，这是多数文人、学者难以企及的便利。另外，这些画家偶尔操笔为文，也容易脱落窠臼，不为常俗所囿。在这个意义上，我们也可以将之归入广义的"学者之文"。相比之下，所谓的"文人之文"，在本书中就只剩了精挑细选的阿城、张承志、翟永明、王安忆、韩少功、王小波、北岛、刘索拉等几位作家的作品。其中，阿城的文章选自他的名著《威尼斯日记》；张承志的《谁是胜者》则是其《鲜花的废墟：安达卢斯纪行》一书的后记；翟永明写柏林的文章与她的诗有关；韩少功和王小波的文章则以记人为主，以便凸显其小说家的才华；而北岛的《搬家记》与刘索拉的《曼哈顿随笔》，则直接源自他们的域外生活经验。要之，在竭力避免专门的域外采风腔。

将这些囊括了书信、日记乃至序跋等不同样式的文章编为一集，原拟借用集中王小波的文章《域外杂谈》作为书名，以示文体的汗漫无所归依。不过，在编完重读之后，居然发现，这些文章杂在一起的风味，竟与华盛顿·欧文（Washington Irving）的《见闻杂记》（*The Sketch Book*）略有几分相似。

《见闻杂记》是欧文的名著，包含了三十四篇形态各异的游记散文和短篇故事。此书初版于1819—1820年，在19世纪后半叶被广泛选入美国以及世界其他地区（包括日本和中国）的英语教材。1907年，《拊掌录》中林纾译出了其中的十篇作品，已有研究者考证出，其底本为美国图书公司1892年出版的一个《见闻杂记》的选本，它很可能就是林纾的合译者魏易就读的圣约翰大学的英文教科书。《拊掌录》是林纾译作中最成功的作品，其中的一篇《记惠斯敏司德大寺》竟然被视为自著之文，阑入《清文观止》。借助林纾译本和大中学校英文教科书这双重渠道，《见闻杂记》及其所代表的 essay 样式，早已在清末民初的读者中"随风潜入夜，润物细无声"，不待"五四"新文化人专门以"美文"的名号去引入了。

除去几篇传奇故事，《见闻杂记》中大部分文章是作者（在书中托名 Geoffrey Crayon）游历欧洲大陆的所见所思。欧文在《自叙》中称，尽管风物之佳，无过于他的家乡美洲大陆，但作为文明古国的欧洲，其古迹人文却非美洲这一"新造之国"所能望其项背。因此，其欧洲之旅，不仅是远行，更是怀古——"至欧罗巴洲，则万古菁华所聚，断瓦颓垣，其中咸有史迹，即残碑一片，其中亦足凭吊英雄"（林纾译文）。在《自叙》中，欧文将他的欧洲旅行，视为一次欣赏橱窗中精美画卷的闲庭散步，他的旅行随笔则被喻作旅行者的铅笔画稿，这正是书名"The Sketch Book"的由来。《自叙》的最后一段，欧文总结了这一"画稿"的特色（我们仍引林纾的译文）：

> 殆归而检阅，则凡大而足纪者咸缺，存者直零星不足齿数之事。盖余性质怪特，往往于蚁封中取材，狗窦中伺间，无大笔墨也。故余之游记，多记村庄风物及幽僻无人规仿之残碑。若圣彼得之礼拜寺及罗马之大戏场、与奈百而司海湾风物，皆屏弗录。遍余纪中，亦无一语涉及火山冰河也。

这种"于蚁封中取材，狗窦中伺间"的搁置大笔墨的文章写法，恰与林纾最为心仪的归有光的古文，意趣相投，难怪他在翻译过程中如遇知音，译文亦因此大放光芒。

回到我们这册选本，虽然只有张承志的文章直接提到了欧文的著作（他的另一本《阿尔罕伯拉》，林纾译作《大食故宫余载》），但大概因为《见闻杂记》的文体，早在不经意间融入了现代中国散文的血脉，我们可以在多篇文章中，听到它的回响——当然，欧文的有些甜得发腻的语言除外，这也是经过林纾的"古文"翻译所涤荡出去了的成分。此书所选文章的书写对象，虽然范围不限于欧洲，但作者们不约而同地规避了"圣彼得之礼拜寺""罗马之大戏场"这类风景名胜，而将目光更多地投向了城市或乡村的街区巷陌和日常生活，如陈原笔下的古堡饭店（《克兰尼希堡》），黄永玉笔下佛罗伦萨的"司都第奥街"（《司都第奥巷仔》），刘索拉笔下的格林威治西村（《曼哈顿随笔》）；此外，冯至笔下的海德堡往事（《海德贝格纪事》），金克木记忆中的天竺旧闻（《不可接触者》《鸟巢禅师》《地下工作者》），更是如同欧文《自叙》所说的，皆非"大而足纪者"，而是与自身经历相关的"零星不足齿数之事"。

《见闻杂记》中有一篇题作《记车行所值》，写的是圣诞节前，英国乡村的公交车司机以及车载乘客、归家学生的日常言行，是一幅再平淡不过的乡村生活素描。林纾在这篇文章的译后记中，加了一则《春觉斋论文》般的评点："文章家语，往往好言人之所难言，眼前语，尽人能道者，顾人以平易无奇而略之。而能文者，则拾取而加以润色，便蔚然成为异观。"能文者，恰能将"尽人能道""平易无奇"的日常生活收拾进文章，化平淡为神奇。这不禁令我想起本书所选文章中，王小波对国人出国所着"公干体"西装的揶揄（《域外杂谈·衣》），资中筠对国外"吃请"的回忆（《在国外"吃请"记》），以及北岛的海外搬家记（《搬家记》），还有孙歌在台湾公寓里感到的"晾衣"困难（《东京停电》）……

着眼寻常风物、日常生活，无一语"涉及火山冰河"，可能使得文章的气势不够宏大，甚至略显琐屑，但恰是在寻常巷陌而非历史名胜中，承载着真实而恒常的域外经验；而越是细碎的个体记忆，反而越能生动地缝缀出历史的肌理与面貌。这是欧文《见闻杂记》的生命力所在，也是这一选本中的文章在不经意间所呈现的最大公约数。基于这一考量，编者遂将此书定名为"域外杂记"，以表达对欧文的致意。

2020年春夏是一段不平静的时光。本书文章选于新冠肺炎疫情之前，这篇导读却写在疫情暴发并造成了全球大流行之际。这半年间，世界局势，包括中国与世界的关系，发生了几乎翻天覆地的变化。本书所收的几篇略带政论性质的文章，虽然写作时间相隔不远，其中的部分内容却突然显得不合时宜起来。原本考虑是否删去，但想起鲁迅编集杂文的策略，则以为不妨"立此存照"。在这个充满不确定性的时代，诸多宏大的历史假说和叙述，都轰然倒塌；致力于记录细碎的日常生活、个体经验的文学，或许能够成为尘埃里的微光，带领我们穿过这充满不确定性的迷雾。这大概要成为后疫情时代生活的新常态。在实际的全球流动被按下暂停键之际，阅读这批"新冠元年"之前的"域外杂记"，做一番纸上的"游历"，或许也是重新体验和想象"流动性"的一种方式。

2020年7月19日写于北京，2021年2月25日修订。

目　录

辑一　欧洲

辑二 美国

辑一　欧洲

访英书简

陈　原

·　第一信

ET：

　　那天从巴黎飞到伦敦，就想给你写信——好像已经成为一种习惯了，到外面见到的新事多，非给你写几行不可。现在是六月下旬，到夜间八九点钟还像白天一样的光亮，不冷也不热，英国朋友说，这是英国少有的迷人的夏日——这些天竟然没有下雨。你想必还记得一个艺术家的钢笔画——《大英博物馆》，背景是博物馆的正厅和侧厅，前景则是博物馆前面空旷的广场，湿濡濡的天气，戴着高筒礼帽、穿了燕尾服、拿着"士的克"的绅士们，以及穿起婆娑的长裙、打着雨伞的女士们……昨天，我到了这幅画中的境界，还是我们在图画中看惯了的那一座古老建筑，还是正厅那八根罗马柱，还是正面屋檐下的一幅希腊式浮雕，不过昨天没有下雨，没有看见打开着的雨伞，也没有高筒帽和燕尾服或长裙——这些英国绅士淑女的服饰似乎随着世纪的推移，也进了博物馆了。广场围了铁栏杆，右边进口处有一块刻着"英国博物馆"和"英国图书馆"两个名字的铜招牌。这就是我们耳熟的"大英博物馆"。

图书馆从博物馆分出来，那是六年前即1973年7月的事。图书馆独立扩展，主要是为了适应现代科学技术发展的需要——我本来以为英国人是很保守的，但图书馆独立这桩事却打破了我的成见。我去了著名的圆形阅览厅，这就是马克思当年常去的地方。这个圆形阅览厅是1857年落成的，到现在已一百多年了。阅览厅作为大英博物馆一部分建造的时候，正是这个老大帝国的黄金时代。殖民主义者到处横冲直撞、耀武扬威的日子，已经一去不复返了。但这个阅览厅却保存了很多血泪斑斑的历史文献。这座建筑物的结构，基本上没有什么改变，取光是自然光，光线从很高的圆屋顶下四周巨大的玻璃窗透进来，很大面积的阅览场所都显得十分明亮。屋子周围是三层楼书架，每一层都从地板竖立到屋顶。一进此室，便如入书"林"，确乎是壮观得很。据说书架一层一层连接起来共长六十英里，那就是说约一百公里，几乎等于从北京到天津的距离。沿着周围的书架"伸出"了一条又一条的长书桌，书桌是一个座位连接一个座位的，据说总共有六百个座位，也就是说同时可以接纳六百个来此做学问的人——介绍说，每天平均要查找二千五百种书。

我想，书架上陈列的各种工具书，各国百科全书，以及常用的重要参考书，当然任你随便翻阅，所谓查找二千五百种书，必是通过圆形大厅中心服务台借来的。

陪我们参观的 N. 先生会讲广州话（到英国后已经遇见好几位英国人和华侨只会讲广州话），他说，进入这个圆形阅览厅，要申请一种特别阅览证。马克思和列宁当年都申请过，N. 先生把他们的申请书复印件拿给我们看，马克思的签字就是我们在典籍上常见的那个签字，不过列宁用的是假名，看不到我们熟悉的签名式。列宁来此是1902到1903年，据列宁夫人克鲁普斯卡娅的回忆，列宁在伦敦的时候有一半时间就花在这个阅览厅里。N. 先生领着我们穿过书林，去看马克思当年经常在那里工作的座位（据说不止一个）。曾听说马克思脚下的地板也磨损了好几寸，但这传说我们可惜没证实，也许地板已经修补过，而且铺上有吸音功能的塑料地毯了。

这个圆形阅览厅，实在令我倾倒。我真想在这里流连几小时、几天，乃至几个星期，查找一些近代史上我们本来就没有或可能已经散失的资料。可惜不行。那只好感受一下这里的气氛了。那天，我看见三三五五的研究者，错落地坐在那里用功，没有满座。特别是，使我倾倒的是，偌大的一个阅览厅，竟然鸦雀无声：没有说话声（虽则有时一两个人交头接耳），没有打电话声（虽则中心服务台有人在打电话），没有脚步声（虽则不时有人到三层楼高的书架上去翻书），更没有斥责声和咒骂声，没有我们常常碰到的嗡嗡声（不知什么声响）。这叫作图书馆。

这叫作研究室。这叫作工作。到此一游，你才体会到看书是个什么气氛，你才体会到马克思和列宁如何善于利用这老牌资本主义国家的"官方"图书馆，检出它所珍藏着的一切官方和非官方的准确资料，写下了推翻资本主义的"指南"。

我无需乎引用数字来向你证明这里藏书的丰富，我知道你这人对抽象的数字很难引起具体的形象，我只想告诉你这个图书馆独立以后，有一个大变化，那就是增加了电子计算机设备。特别是查找现代科学资料，只要你家里有电话，有终端机，便可以通过计算机中心取得你所需要的一切资料。图书馆现代化这一点是很重要的，我身在英伦，心却飞向北京，你说，我们什么时候该有这样的设备呢？然后，什么时候能有这样的设备呢？……

· 第二信

ET：

昨天到牛津，当晚在圣约翰学院参加夜宴，点着蜡烛，古色古香，厨师捧着烤好了的全羊出示客人，仿佛进入了史各脱小说中所写的场面。今日清早便到镇中心的宽街去逛书店。我说"逛"书店，就是此间常用的一个字——browse，即"随便翻阅"之意。宽街48到51号是世界有名的布莱克威尔书店（Blackwell）。这家书店多年前我曾经同它打过交道，早已耳熟得很了，今天"逛"了一个上午，果然名不虚传。到伦敦时人家说最大的书店是"福伊士"书店（Foyles），可是一到牛津，牛津人说，不，最大的书店在我们这里。我也懒得去证明谁是最大的书店。总之，朋友们都说，到了牛津而不去"逛"这家书店，等于你没到牛津。难怪希思也说，他每次回牛津都必到这书店来，可见这家书店在这个大学城的文化生活中有着怎样的影响。

到这家书店门口，忽然又觉得它并不"宏伟"。三层楼加上半层阁楼的旧式房子，三开间的旧店铺，这就是主要的门市部（另外还有音乐、珍本、儿童等专业门市部）。可是一进门，则里面甚为宽畅，高高低低，上上下下，分门别类，到处陈列的书籍都任人取阅。这家书店刚刚庆祝过它的一百周年，从1879年三个人办的小书铺发展到今日雇用六百五十多职工，装备电子计算机的大企业。主人说，他们库存十七万种书，邮购特别发达，全球都有它的读者。英国近年每年出新书三万种，重版约一万种，品种是很多的，至于它的门市是否有十七万种之多，那就只好相信主人地介绍了。书是按学科分别陈列的，所有书架上的书，都可以伸手抽得出来，来看书的人不少，挑选到合意的书，便拿到柜台去付款。你在这里可以无忧无虑地翻检查阅，在某种意义上说，是比图书馆还方便。资本家开的书店全部开架，任人翻看，这一点对我们是一种"刺激"。我今天拿到一份推广品，头一页印的一段话，更使我有点惊讶。我把它抄给你看看：

当你到

布莱克威尔书店时：

谁也不会来问你打算做什么。你爱上哪里去，便到哪里去，你爱抽看哪本书，便抽看哪本书。简而言之，你可以随心所欲地翻阅。

　　本店职工只有在你需要的时候前来为你服务，除非你叫他们，否则他们绝不干扰你。你来买书也好，或者仅仅到此翻看也好，都一样受到欢迎。这种服务方式是布莱克威尔书店九十多年来保持的传统。

你说这几句话写得多漂亮。我觉得也相当恳切。你说呢？我特别喜欢其中一句话："你来买书也好，或者仅仅到此翻看也好，都一样受到欢迎。"我说，这才叫作书店。据我在这里"逛"了一两小时的观察，这句话他们是做到了的。这里哪里都是顾客，或者更准确地说，这里哪里都站满了翻书看的人，不知他或她是来"买书"的，或仅仅是来"翻看"的。环境是那么恬静、安静、寂静，没有说话声，更没有职工或读者的高谈阔论，谁也不来找你麻烦，确实没有人嫌你老站在那里看书。无怪乎很多英国学人认为"逛"书店是一种享受，一种文化享受。逛书店不一定要买书，这种"哲学"是很文明的"哲学"，你一定会同意我的看法。书店不单纯是做买卖的——它同时，或者更重要的，是传播知识的机关。这一点，我们过去无论在白区还是解放区开书店，都是如此的；这一点，我到了牛津又一次体会到了。

　　你一定对这家书店的电子装备感兴趣吧。你在书店的终端机荧光屏上，可以找到任何一种当代出版物的资料——作者、出版者、开本、页数、定价、是否售缺、是否修订重版，只要一按电钮，发出指令，你所需要的情报就出现在荧光屏上，真好玩得很。主人说，这里存储了六十万种书的准确资料，随便你问当代的哪一种书，几秒钟就能获得答案。我们试验了，也确实如此。不过没有储存的资料，可就问不出来了。

在陈列书籍的铺面上，有一个直径约一尺的地球仪似的东西在转动着：这是电子监测仪。承主人盛情，邀我们到控制室去看荧光屏，原来靠了这个电子仪器，店面的情况到处都可以"监视"着的。自然就产生了一连串问题：偷书的人多吗？靠这个仪器抓贼吗？主人笑着说，这不过是"威慑"力量，其实是拿来吓唬人的。按英国法律规定，偷书者当场被抓，初犯罚款二十镑到二百镑（二百镑约等于最低的月薪），再犯则坐牢云云。英国是个"法"治国家，什么都有一大堆"法"的。不过丢书据说也是常有的事，"法"治也没法杜绝偷书，但是羊毛出自羊身上，资本家也并不因为偶有丢书而把书架封起来不让人看的，这是他们"明智"之处，也许以为这样才可以多赚钱，倒不一定那么好心要传播文化的。"逛"完书店，又匆匆赶别的约会，可惜不曾"逛"个够，专业门市部也没机会去"逛"呢。

（原载1979年第7期《读书》）

克兰尼希堡

——人和书（旅行纪事）之一

陈　原

　　从维也纳往南走八十五公里，到了阿尔卑斯山麓的一个峡谷，这就是初建于十三世纪，曾经防御过外敌入侵的古堡所在地：克兰尼希堡。这个地方叫"berg"，是"山"的意思。饭店叫"Burg Hotel"，"Burg"即"堡"，我这里一概译为"堡"了。这个古堡已改建为一个五星级大饭店，不过仍保存了原来的马厩作为陈列馆。周围都是山峦，远处偶有几家住户，乔木参天，忽晴忽雨，海拔虽只七百米，但已感觉到一种高山的气氛了。

　　到达这个古堡饭店时，哲学家 A. 许伯纳（Hübner）博士已经在阳台等我。他是奥地利维特根斯坦学会的会长，这次国际讨论会的主持人，是个温厚的学者。我们在阳台上喝着咖啡，泛论人生和哲学。他说他的哲学是实体哲学（concrete philosophy）。他说他要探究的是：世界最初是怎样的，它为什么能发展成现在这个样子，有什么规律可循。他说正如自然科学家讨究地球起源一样，哲学家也应当探究人类世界的起源——研究最初的模样，是为了寻求未来发展的途径。我对我们的东道主说，我不懂哲学，尤其不懂维特根斯坦，我是作为社会语言学者来研究维特根斯坦的。然后我们展开了一场有趣的对话。

许伯纳博士以他特有的沉着的声调，一本正经地说，世界上"有时"出现了不可预测的（not expected）事，但他认为，一般地说（generally speaking），事情的发生总是可以预料到的。

我说，这话很对。如果寻出了一条发展的规律，要发生的事情总是可以估计到的。可在发展的轨道上，"常常"会出现一些预想不到的（not predicted）事，表面上是完全偶然的。

他更正我的说法，他说不是"常常"，而是"有时"——有时出现不可预测的事，大多数（most of them）都是可以测到的。

我说，你这哲学观点很现实（realistic），也很符合辩证法。也许从某一个角度看，事物的发展常常趋向于寻求一种内稳态（homeostasis），也许在发展的过程中无序程度高了，增熵趋势大了，又只好寻求"内稳态"来解决。

他说，是呀，你这"内稳态"很有意思，也很有启发——这是你们控制论者的用语。

我说，是的，控制论的一些观念带有某种辩证法——但是我不相信热寂学说。（heat death thesis）

他说，我也不认为世界最后走向热寂。

我们的简短的对话，以我们两人共同认得的我国学者洪谦作为话题告一段落——我们初次见面，却有一个共同的友人，因此他说："这个世界是多么大呀！"我接下去说："然而这个世界又是多么小呀！"于是在笑声中，他把刚刚走过来的饭店老板——也姓许伯纳的医学博士介绍给我，哲学家许伯纳走了，剩下了医学家即饭店老板许伯纳同我对话。

医学家兼企业家许伯纳身体魁梧，一眼看上去便知其人有魄力，有决断，亲力亲为，有一股劲儿。许伯纳博士告诉我，这里十多年前只不过是一片废墟——靠了他的精力和活动力，现在这里已经是一个美丽的旅游点。博士带我去看陈列馆。陈列馆里有一口古钟，是用简单的机械按指令敲打的。博士说这口钟本来是在附近一所小礼拜堂里，为了更多的人有机会欣赏这古物，所以搬到这里来陈列了。博士打趣我说，这个钟的装置也符合控制论吧——然后他开了机关，不一会儿这口钟便"当当当"地敲起来了，很好听。博士领我去看古堡地下室，那里曾经是封建主的刑讯之地。除了种种习见的刑具之外，有一个铁制刑具，特别令人触目惊心。这个刑具完全像一个人，半边打开了，人可以站在里面，打开的半边上面装了无数约长五寸的尖刀，把被拷问的人推到那半边以后，便将带刀刃的这半边使劲地合上去，每一把尖刀都刺进活人的不同部位，而生理学和解剖学的知识还帮助了这些封建主：刀刃都没有刺在致命的地方，因此像万箭钻心，痛而不死。我在哥本哈根一个古堡地下室看过种种刑具，但所有那些都不及这一个"铁人"那么残忍。当代史家记述了纳粹在绝灭营中的酷刑，当代史家也记述了日本侵略者"731部队"在我东北设的细菌试验场，所有这些，连同那古老的刑具，都说明古今中外阶级社会的统治者都是愚蠢的，因而必是残忍的。

从地下室走上去，正好是饭店前的一个十分简朴的纪念碑，碑的周围都种了鲜花，碑上记录着这个地方（也许是个小镇？）在第一次世界大战中牺牲仅仅九个人和在第二次世界大战中被害的三十七个人的姓名。

住在这五星饭店里当然是很舒适了。早晚很凉，从房间走出露台，脚底即是万丈深谷——都是树，杂乱无章的树，有的乔木的树梢几乎长到露台边。傍晚七八点钟，周围还很亮。只有一天黄昏，忽然下大雨，雷声隆隆，山风很大，把雨点刮得到处乱飞，简直好像在尼亚加拉大瀑布下面一般。此时气温陡然下降——我连忙披上毛衣，才悠闲地站在窗前欣赏阿尔卑斯山麓的夏日暴雨。

古堡饭店只有二十八个房间，就说三十个吧，我不知它是如何经营的。在接待处平常只有一个女职员，能讲几种语言，什么都做，连售邮票、分信发信都是她。右边是一座有林间小路可以攀登的小丘。每天清早我上山散步，沿着这条林间小路，每走二三十步，路旁便有一个"神龛"，有门，可以打开，打开一看，是耶稣升天各个阶段的绘画和祈祷文，大约虔诚的教徒每过一龛必祈祷一番。山顶则竖了一个很大的十字架，钉在十字架上的耶稣是木塑的，大小如真人。我每天登上山顶，在耶稣前面的一张木椅上坐一会儿，虽则耶稣没说话，我也知道他正在纳闷：怎么有一个信仰共产主义的中国人，竟坐在我前面了！！有一天，遇到同住这个饭店的波兰教授——他才三十九岁，原来他也是每天来此散步的。他戏着说，陈教授登山是在探索什么哲学境界吧？我也戏着对他说，山上好做哲学的沉思呀！不过我只有这一回在山上遇见这位教授，另一回在山脚遇见同住的土耳其大学老教授土努里（Tunuli）。正因为住的人不多，所以这里实在是难得的恬静。

住在克兰尼希堡的一周间，最有意思的恐怕是8月20日晚间的露天音乐会了。会场就在古堡左边的一个山坡，随着坡度固定安置了一些木椅子，一层一层像梯田似的，到了坡底则有一个小小的舞台，这就是露天剧场。欧洲人夏天喜欢在露天剧场里听音乐、看表演——前些年夏天我在黑海边的瓦尔纳（Varna），几乎每夜都是在露天剧场度过的。饭店主人早几天就贴出了海报，说是有一个乡村的杂耍团要来表演，节目如何如何地动人。在这样的"乡村"，还加上这么一个五星饭店，夏夜欣赏一次乡村巡回演出，倒是一件难以遇到的事。饭店主人向每一个客人兜售入场券，每张要九十奥先令（会议餐券每张七十五奥先令，我的房间一宿五百五十奥先令）。大约住在饭店的客人被主人说动，买了票，还有从附近村子里来的零零散散的居民。这个晚上真可谓阿尔卑斯山麓一次盛会了——来的有三男一女，有变戏法的，有吹黑管的，有吹笛子的，有唱的，等等，有很浓厚的民间味，在维也纳歌剧院那里是接触不到这种味道的。还邀请了附近一个名叫柯尼希（König）的钢琴家来表演——饭店主人介绍我同柯尼希见面，我们大谈其舒伯特，也许是钢琴家发觉我这个从东方来的客人，居然在这些乐曲上起了共鸣，很高兴。那天夜里，他弹了我最喜欢的《鳟鱼》（*Die Forelle*）——柯尼希弹的尽是小曲，从作曲家的《美丽的磨坊女》《冬之旅》《流浪者》组曲中选出来的小曲——他弹了那著名的《菩提树》（*Der Lindenbaum*），这是缪勒（W.Müller）作词，收在《冬之旅》中的第五曲，那熟悉的曲调，那熟悉的诗词，场内听众伴着琴音轻轻地（几乎听不见地）用不同的语言唱出了这短歌：

> 门前有个古井，
> 井旁有棵菩提树：
> 在它的绿荫间
> 我做过美梦无数。
>
> 也曾在那树干上，
> 刻过蜜语甜言，

无论快乐或痛苦

我常在树下流连。

如今我又到这里，

深夜走到菩提树旁，

我在黑暗中行走，

竟然只好闭上两眼。

可是枝叶沙沙作响

仿佛向我轻轻呼唤：

"回到我身边，朋友，

你将得到宁静安息。"

凛冽的寒风吹过，

直扑我的脸面，

我的帽子吹走了，

可我仍不断走向前。

一年又一年逝去了，

我远离了这地方，

可我仍然听见召唤：

"回来吧，你将得到安宁。"

那天夜里的演奏是很成功的，每个人都勾起了自己的思念。音乐和诗，这是永恒的感情的交流——这种信息可能引起不同的感受，同逻辑信息总是不同的。舒伯特作这一组曲《冬之旅》是在1827年春，歌曲在他的朋友中引起了极大的震动，尤其这首《菩提树》。这首歌后来是家喻户晓了，成为游子怀乡（nostalgia）时的低吟了，但其时可能反映了作曲家一种低沉的（却也并非绝望）思念祖国的情绪。

露天音乐会一小时就结束了。我随着许伯纳博士还有别的学者们，在黑夜的山风中，送钢琴家和这些巡回演奏的乡村艺术家们走出古堡的石门，附近的居民也同我们告别回家了。我伫立在夜色笼罩着的林间，回味着迷人的乐音，想不到在异国的乡村，重温了儿时学习的那些熟悉的曲调：世界是多么小呵！

（原载1985年第9期《读书》）

莫斯科
——人和书（旅行纪事）之一

陈　原

　　结束了西欧五国的旅行，9月3日乘苏联民航的班机从法兰克福飞往莫斯科。机场广播说，要晚点起飞了，谁也不知是怎么一回事。一个小时后，没有打开"卫星"的通道（即直接走上飞机的活动通道），却用几辆大轿车把我们拉到起飞线上停着的那架伊尔－86旁边。从车窗望出去，我们好几百件的行李，一列式地排在机场上，一个军官（自然是机场的保卫军官了）手里拿着报话器在指挥，几个全副武装的士兵，胸前横挂着冲锋枪在"守卫"着，然后让旅客挨个下车去认领自己的行李，认出来后有人把它搬入行李舱，然后这旅客就被命令上梯子进入机舱。好紧张！陡然想起了《战争风云》里的场面，真有点幸乎不幸乎的感觉，不过，这回决计不是抓犹太人了。正在纳闷为什么会有这样的"奇遇"时，"空中小姐"送过来的一份晨报为我解了谜——原来前一天苏联防空部队击落了一架据说是闯入苏联国境几百公里的韩国客机，惹起西方航空公司大哗，西方飞机拒绝进入苏联，也不让苏联客机在西方航空港起落，我乘的据说是最后一班了，多险！

飞行五小时，到达阔别二十年的莫斯科，不由得心潮起伏。我轻轻哼着苏联作曲家朴克拉斯谱的《莫斯科颂》，这是战争前夜流行的一首短歌，歌词是诗人莱别捷夫·库马赤写的。四十五年前，我把这个小曲介绍给我同时代的年轻人，赢得了多少人的向往呀——

> 柔和的晨光在照耀
>
> 克里姆林宫古城墙。
>
> 无边无际苏维埃联盟
>
> 正在黎明中苏醒！
>
> 薰风吹遍莫斯科城，
>
> 繁密的交通将开始。
>
> 早上好啊，你这古城
>
> ——我们祖国的古城！

记得1938年夏，我介绍了同一作曲家和同一诗人谱写的另一首短歌《假如明天带来了战争》（这是据英文诗题译的，俄文原题只是《假如明天战争》），刊在夏衍同志主编的《救亡日报》上。

1940年我又介绍了这首《莫斯科颂》，1941年春在我们遍地烽烟的祖国传开了——然而那时战争风云虽已密布，可是那里的快乐的人们却是乐观的，正如这首小歌所写。也是在这一年（1941年），这个英雄的古城艰难地却成功地抗击了法西斯侵略者——第一次打乱了希特勒的扩张部署。译诗固然是一种再创造，配歌则更吃力不讨好，因为还要照顾到韵律节拍，唱起来顺口。我默想着上面的歌词，不禁面红耳赤，但也有一点可取的，就是沟通了那时两个伟大民族的心声。所以，当中华人民共和国成立之后我第一次飞临莫斯科时，心中也还是默念着这首颂歌，如今，当我阔别二十年又踏上这辽阔的国土时，自然而然不免又悄悄地哼着这颂歌。

夜间，我打开电视，《而黎明这里静悄悄……》这部影片吸引着我。我喜欢这部小说的名称，虽则通常我们这里写作《这里的黎明静悄悄》，但我毋宁喜欢念作《而黎明这里静悄悄……》。也许这是我的偏好：在一些诗的散文或散文的诗中，我特别喜欢按着原文的字序"直"译——"黎明这里"和"这里的黎明"，从语义学看，也许是传达了同一的概念。但从心理感觉看，我以为有微小的但是感情的差别。题末那几个圆点（……）则更是无声的语言，它传达了令人沉思的信息。瞧，东方刚刚发白，黎明降临大地，而这里——曾经发生过战斗的这里——却是静悄悄的，没有枪声（五个女英雄牺牲了；十多个入侵者被消灭了；三个俘虏被红军一个老兵押解着），没有鸟语，没有人声，没有野鸭叫声，没有雨声，四外静悄悄的……作家瓦西里耶夫给人们刻画出一个小小的"局部战斗"，几个爱国女兵的成长，为祖国捐躯，没有悲哀，不是悲哀，这是英雄的壮烈牺牲，是贝多芬《英雄交响曲》第二乐章。这个题目的六个圆点，诱发人们的沉思，想到那些硝烟的日子，想到五个单纯而平凡的爱国者，想到过去，想到未来……

翌日，在作家协会那幢古老的质朴的"别墅"中，见到了诗人尤利·伏罗诺夫——"二十多年没有燕子从南方飞入这个院子了。"他说。身材匀称，挺结实的一个人，结实得有点不像诗人，结实而又朴素，倒像是个组织家。满头灰白头发，教人想起他的童年是在被围困的英雄城度过的，此刻，也给人一种肃然起敬的感觉。"文如其人"，伏罗诺夫的诗就恰如伏罗诺夫那么结实，那么质朴，当然也那么激情——内在的激情。他把他那部著名的诗集《围城》题签送给我们"从南方来的燕子"：小说家朱春雨，还有我。在场的艾德林博士说，希望这是"第一批燕子"！这部薄薄的不满百页的诗集，记录了九百个日日夜夜英雄的战争。这是血和泪，这是对野蛮法西斯匪徒的控诉，这是诗篇，又不单单是诗篇。诗篇和木刻插图，把我带回到四十年代那硝烟弥漫的岁月。英雄的列宁城奇迹般地粉碎了纳粹的围困——列宁城的平凡的公民，以惊人的耐力、毅力和智力，以数达百万的牺牲战胜了武装到了牙齿，残暴超过野兽的希特勒匪帮。

诗人在被围困的古城中，从儿童长到青年，从少先队员长
到共青团员。诗人是在战斗中成长——这句话有多重意义，既
是生理上的成长，也是智慧上的成长，同时还是一个真正的人
那种象征意义的成长。他在《在围困的日子里……》这首小诗
中写道：

早在四三年

我们就得了奖章

可是四五年

才拿到公民证

在一首题名为《四二年一月》致诗人吉洪诺夫的小诗中，诗人
描写了困苦，却自豪地宣称：

然而城是活的，

它熬过了炮轰，

它熬过了饥荒，

它熬过了苦难，

它熬过了寒冬，

它屹立着！……

绝对不会是别的样子——

而这不是我一个人说的，

这是我们大家的心声！

难怪吉洪诺夫说："有些书篇幅虽不多可意味深长。尤利·伏罗诺夫的《围城》就属于这一类书。"

在一首题名为《又一次战争，又一次围城……》小诗的结尾，诗人宣称：

> 为了在这个地球上
>
> 不再重复
>
> 这样的冬天，
>
> 那就必须
>
> 让我们的儿女
>
> 像我们一样
>
> 牢牢记着这创伤！

新的一代真的听从在战争苦难中成长起来的诗人的忠告吗？也许听从了，也许不那么听。但年轻的一代毕竟是值得骄傲的。每天清早，当我从莫斯科大饭店步入红场，我看见一对又一对新婚夫妇，被他们的伴郎、伴娘簇拥着，由他们的父亲母亲陪伴着，有时还加上兄弟姊妹、朋友同学跟随着，一对又一对地步入红场。他们首先走到克里姆林宫围墙外的无名烈士墓凭吊，那里有日夜不灭的火在祭奠，他们——新婚夫妇献上了花圈，悼念他们的先行者——这些优秀儿女的亡灵。朋友说，这是新婚夫妇必须上的第一课。接着我看见他们一对又一对地往列宁墓走过去，他们一对又一对径直进入陵墓去瞻仰列宁的遗容。朋友说，这是新婚夫妇必须上的第二课。从列宁墓出来，他们驱车到莫斯科丘陵的最高点，俯瞰全城，遥望远方——朋友说，这是新婚夫妇的最后一课，为的是让他们全局在胸，别只顾着自己那个小小的安乐窝。据说这是市苏维埃定下的法律。我没有查过这是不是法律，即使它只是一种习俗，那也是极好的富有意义的习俗。年轻的新婚伴侣，是从这样的起点庄严地踏上人生的。这不正是诗人的祝愿么！

过去，现在。过去，未来。时间在前进。此刻我耳畔还响着另一个诗人维尔什宁的恳切的、沉着的、坚定的声音。他几次到莫斯科书展的中国展馆找到我，他就是《莫斯科—北京》的作词者，他说，"我在东三省作过战"，他说，"我爱中国"，他说，"我的歌现在不唱了，但会唱的，一定会唱的"，他说，"我相信"。他专门带了另一首曲谱《俄罗斯的心飞向北京》，热情地题签送给我。这首曲是诺维可夫谱的，他写的词。这首歌我从前没见过，是1961年3月21日付印的。他说："送给你，也送给年轻的一代。"他是结实的，沉着的，同时也是乐观的。

1983年9月，莫斯科

（原载1985年第7期《读书》）

在巴黎公社墙前

柳鸣九

　　"最后一次大屠杀是在拉雪兹神父墓地上一堵墙近旁进行的,这堵'公社社员墙'至今还直立在那里,作为一个哑的但雄辩的证人,说明当无产阶级敢于起来捍卫自己的权利时,统治阶级的疯狂暴戾能达到何种程度。"

　　过去,我在恩格斯1891年为马克思的《法兰西内战》一书单行本所写的导言中,不止一次读到过以上这段话。巴黎公社墙是无产阶级英勇斗争的一个举世闻名的遗址。因此,一到巴黎,我就开始了解拉雪兹神父公墓的所在与巴黎公社墙的部位,为的是去那里表示敬意和哀思。

　　我想到一些导游书上去找点有关的介绍。《巴黎四日游》《来宾在巴黎》等书,虽然印刷精美、装帧漂亮,以大量的照片展示了巴黎几乎所有的名胜古迹和有特色的街景、建筑物、广场、公园,但却偏偏没有拉雪兹神父公墓,当然,更没有巴黎公社墙，不可谓没有偏见。详尽的《巴黎导游》一书中倒是提到了这著名的遗迹，在地图上也标出了它在公墓中的位置，但那公墓范围之大令人惊讶，它实际上是一座相当大的山，其中的道路又错综复杂，像是一座巨大的迷宫，何况，又听说公社墙的实物并不在现在公社墙地理位置的所在。因此，我只好准备求助于在巴黎的朋友。

正好，几个搞法国文学的同行，沈大力、沈志明、金志平和我，在黄晋凯君的盛情邀约下，举行了一次愉快的聚会。那一次叙谈甚欢，在地铁口分手的时候，余兴未尽，于是，我和他们相约次日同游拉雪兹神父公墓。当然，重点是拜谒巴黎公社墙。

二沈一黄，他们几位都是"老巴黎"了，而且，沈大力君与黄晋凯君对巴黎公社文学都很有研究。每当有中国同志路过巴黎，沈君经常要带他们来看公社墙。黄君不仅对公社的历史很熟，而且对拉雪兹神父公墓还有好古的雅兴，曾在那里消磨过不少时间，当然对那迷宫般的道路，他是"老马识途"的。

在他们三位的带领下，我与金君在短短几个小时里，既拜谒了巴黎公社墙，也在整个拉雪兹神父公墓走马观花地参观了一周。

走这一周，我就像第一次浏览一部内容丰富的名著一样，仅知其大概，窥其全貌，好些微妙的细部却没有来得及仔细体会，巴黎公社墙是那么悲壮，拉雪兹神父公墓是那么丰富，其中满是历史名人的"宅第"，在这样一个有历史诗情的地方，应该从容地瞻仰，自由自在地遨游……

于是，我自己又一次、两次、三次，单独地造访了拉雪兹神父公墓，当然也就不止一次拜谒了巴黎公社墙。

拉雪兹神父公墓这个地方倒并不难找，只要是熟悉了巴黎复杂而完整的地铁系统，你即使不带地图，在地铁里换几次车，也不难抵达紧靠巴黎城郊的"拉雪兹神父"这一站。地铁口正在方形公墓的西南角，往东是墨尼尔蒙当大街，宽敞而凄清，几乎没有商店，是一派郊区的景象。沿着这条街左旁高大的围墙走两三百米，你就可以看到围墙开了一扇甚有气派的大门，这就是拉雪兹神父公墓的正面入口处。

你要找公社墙的实物，千万不能走刚才的那一条路，你必须沿着公墓围墙往北走甘必大街。这条街没有墨尼尔蒙当大街那么荒凉，也比较狭窄，但却紧凑而有些生气，可是，它以"甘必大"这个名字命名，使人感到有些遗憾。甘必大其人，马克思在《法兰西内战》中曾不止一次提到，他是资产阶级共和党人，后来在十九世纪八十年代，当过内阁总理和外交部长，而在巴黎公社革命时期，他曾扮演过很不光彩的角色，是普法战争中拿破仑三世被俘以后在法国成立的国防政府的要员。当时，色当战败、巴黎发生革命、拿破仑三世的帝国垮台的消息传出后，法国很多城市都爆发了工人的武装起义，里昂、马赛、土鲁斯这些城市都相继成立了人民的政权——公社，正是这个甘必大"用尽了全力加以镇压"。

巴黎公社墙的原物,还在甘必大街上没有得到"解放"。

从甘必大街往北,顺着公墓的围墙走不远,就是一个微微倾斜的小坡,这个小坡一直随着围墙向北伸展,上面树木丛生,实际上构成了围墙与甘必大街人行道之间的一个狭长的公园。行二百来米,你就来到公社墙的面前了。

这是在公墓高大围墙外的一堵矮墙,面对着甘必大街,只有十来米长,它给人的第一个强烈的印象,是它的悲怆。它似乎不像一堵墙了,而只是一些砖石的堆砌,砖石是黄褐色的,上面长满了青苔,一看就是长期以来被弃置在这里,根本无人维修,无人管理。

这些砖石的命运,可以说就是资本主义制度下无产阶级悲怆命运的象征。它们原先只不过是拉雪兹神父公墓东北角上的一段墙垣,在巴黎公社最后斗争的几天里,看到了拉雪兹神父公墓成为公社战士最后做殊死战斗的据点。1871年5月27日,梯也尔的反动政府军队,开始以几百门大炮对墓地发动进攻,最后一批公社战士被逼退到墓地东北角这一段墙垣下。5月28日晨,尚存的一百四十七名公社战士弹尽被俘,政府军把他们都枪毙在墙的跟前。

在公社失败的日子里,整个巴黎腥风血雨,五万公社社员被逮捕,三万遭到杀害。这是历史的记载:"巴黎横尸遍地,在广场上,大街上,街头公园里,院落里,尸体成堆","往来的运尸车有如穿梭一般，而在蒙难者的尸体里有许多人还活着，他们还在呻吟"。这是鲍狄埃控诉罪恶屠杀的愤怒、悲痛的诗句："刑车上满载起义者的尸身，我目睹这些死者惨遭蹂躏"，"机枪对着衣衫破烂的人群横扫"，"阴暗的囚徒，沉重的铁栅，成千上万的战败者被你们关押"……镇压公社的刽子手梯也尔曾对此宣称："巴黎遍地堆满了尸体，这种可怕的景象将成为胆敢宣称拥护公社的起义者们的教训。"

这是法国历史上前所未有的血腥恐怖，在中世纪最著名的宗教大屠杀"巴特罗缪之夜"中，被杀者只有几千人，十八世纪资产阶级革命时期的几年内，阶级斗争可谓酷烈，在全国也不过有一万二千人被镇压，而巴黎公社失败后的短短几天里，竟有三万社员惨遭杀害。在这三万名死难者中，有不少就是被押到拉雪兹神父公墓被枪杀的，究竟有多少人牺牲在公社墙的前面呢？据说是一千六百人。

这堵墙的砖石远远不到一千六百块，它却见证了一千六百人甚至更多的人的惨案，它所见证的，不只是一千六百人的命运，而是整个无产阶级的苦难。

这样一桩骇人听闻的大屠杀，不可能不激起稍有正义感的人们的义愤，其中一个是雕刻家保尔·莫罗·沃杰，他于1909年在这堵墙上雕刻了公社战士受难的图景，使它成为巴黎以至法国最有历史意义的文物之一。但是，这堵墙从拉雪兹神父公墓里被移迁在围墙外的过程中，墙砖原来的排列次序被打乱未能完全复原，以致我所看到的多少像一堆凌乱的砖块。所幸保尔·莫罗·沃杰的雕刻基本上被保存了下来，它在这些砖石身上打下了永不磨灭的印记，使每块砖石都具有自己的毋庸置疑的文献价值。

墙中央是一突出的立体雕塑，一个身着长袍的妇女已经中弹，她挺身、仰头、目光向上，两手往身后张开，似乎是要保护她身后那些同志，也似乎是挺身而出，要以自己的受难来承担和代替身后那些同志的不幸，而她头部的姿势和她的目光，又像是在向苍天倾吐她对人间这野蛮、残酷的罪行的满腔悲愤。这是一个悲壮崇高的殉难者的形象，她不像拉奥孔那样痛苦地悲号，然而，她的冤屈、她的痛苦、她的不幸所包含的社会历史内容，却显然要比拉奥孔更深沉、更无限。她的身后是人物群像的浮雕：青年、老年、妇女、儿童、工人、知识分子都有。虽然砖块的排列次序已经有些参差、凌乱，甚至颠倒，但是，人物形象仍大体可见。有的表情坚定刚强，两手交叉在胸前，像刀锋一样的眼光似乎直射对面的行刑队；有的已经中弹，伤口撕裂的痛楚使其脸部有些痉挛；有的是一张严峻的面孔，似乎在沉思自己这一群人眼前的遭遇所包含的历史的、社会的意义；有的已经被折磨得衰弱不堪，正在等枪弹夺去他最后一口气；有的满脸愤怒；有的带着轻蔑的表情；有的则放声傲笑……远看去，就像在墙前真站着一群即将蒙难而又宁死不屈的战士一样。

公社墙上的这一组群像，无疑要算是世界上最奇特的雕刻了，它们既是艺术品，又是历史遗迹。有了它，这一堵墙就不再仅仅是人类历史上一桩大惨剧的见证人，而且成为公社战士悲壮斗争的生动画面，成为无产阶级英雄气概的一曲有声有色的颂歌。我每一次来到它的面前都肃然起敬，这一堵墙上群像浮雕的下方，还刻有雨果的一句话："我们要求并希望，将来人们不是进行复仇，而是实现正义。"我总要站在墙的面前仔细玩味这一句意味深长的告诫，它表现了雨果的好心与理想，而且又是高度浓缩的诗的警句。我想着，无产阶级革命，当然绝不是为了报复，而是要解放全人类，雨果对巴黎公社并不完全理解，他又怎么能用一句话来概括和规定无产阶级革命崇高的目的、广博的内容和光辉的道路？

说到"实现正义"，我每次来到公社墙前，总有不平之感。眼前，这样一个有革命意义的文物被抛在公墓的围墙外，无人照管，上面已经长满了青苔，而且，它所面对的这条幽静的街道，还是以"甘必大"命名！我总觉得，在巨大的世界范围里，这也要算是一个小小的不正义了，然而，我是在法国巴黎，我以雨果的名义向谁去提出这"实现正义"的要求呢？

倒是公社墙附近的树木似乎还有些"灵性"，它们好像有意识地在烘托着这一革命历史的遗物。在这一段小道上，树木高大而茂密，夏天一定形成了一片浓荫替受难的社员们遮挡炎热的日光，只是现在，树叶都已落光，只剩下光秃秃的树干。

公社墙的两旁有常绿的树丛簇拥，一边是柏树，一边是像桂树一样的植物，其叶碧绿而肥厚。在公社战士的脚下前方，一旁有一丛低矮的常绿植物，另一旁的一株植物叶已掉光，仅余一些枯枝，不过枝上还点缀着小红叶与像珍珠一样的小红果。一个阴天的上午，我在这里等了半个多钟头是为了向打这里经过的路人打听这两株植物的名称，路人甚为稀少，半个多钟头，只有三拨人从此路过：一个中年男子、一个青年和一对情人，他们都不约而同地因自己贫乏的植物学知识向我表示抱歉，并建议我到几百米外的地方去问公墓的守门人。于是，我只好从一旁摘下一片碧绿的叶子，从另一旁摘下一小片红叶，夹在我的笔记本里——在书本里夹一片叶子或夹一朵花，这只是我青年时期每游胜地必有的习惯，多年以来，早已不再为此了。

要去瞻仰公社墙的旧址，那就要进入拉雪兹神父公墓的大门，然后在迷宫般的道路网中走一段相当漫长的路，来到公墓的东北角。这是一块向下倾斜的空地，边上有一道红瓦的灰墙，在长度近二十米的一段墙上，刻着金色的字样：

献给巴黎公社死难者
1871年5月21日至5月28日

这就是原来的公社墙旧址。

眼前的这堵墙，当然不再是原物了。墙头上长着常春藤，墙有丈余高，墙外紧挨着一幢旧楼。当年被包围在拉雪兹神父公墓里的公社战士就是被逼到了这里，最后在这里蒙难。墙前二十米处，有一株橡树（如果我所询问的两个法国女郎的植物学知识可靠的话），树荫下安息着不少"灵魂"：

这里安息着两个公社社员，他们的墓碑上只标明了他们公社社员的身份而别无其他，但这已经就很够了，他们死于19世纪80年代，那时，巴黎公社已成为过去了的历史，公社社员总算可以正式进入这个公墓，选择这一块对他们来说是最为亲近的安息之地，至于当初在公社墙前蒙难的死者，他们的尸体早就不知道被凡尔赛反动军队抛到哪里去了。所以，我在公社墙的附近，没有看到当初的死者，只看到这堵墙象征着他们的公墓。

这里安息着杰·比·克莱蒙，墓碑没有忘记他是著名的《樱桃时节》的作者，他于1903年去世。

这里安息着华莱里·符卢勃列夫斯基，他是1863年波兰起义的战士，巴黎公社1871年3月18日至5月28日的将军，在他的指挥下，由巴黎第五区与第十三区的工人所组成的部队，曾经在保卫公社的战斗里，十次击退了数量占优势的凡尔赛反动军队的进攻，巴黎公社失败后，他幸免于难，直到1908年才逝世，他的墓上竖立着他那英俊的头像。

紧靠着这棵橡树，则是一棵柏树，在柏树下，我们可以遇见几位在法国社会主义早期历史发展中非常著名的人物：

这里是保尔·拉法格与劳拉·拉法格，这一对夫妇一个是马克思、恩格斯的学生和战友，一个是马克思的第二个女儿，他们都是国际共产主义运动中积极的活动家，特别是保尔·拉法格，他最初为共产国际在法国建立起支部，是法国工人党的创始人之一，他还在十九世纪末、二十世纪初科学社会主义理论的领域里，进行了卓越的活动，曾被列宁称为"马克思主义思想的最有天才、最渊博的传播者之一"。

这里是贝努瓦·马隆，他是法国早期著名的社会主义者，公社革命期间，他曾任国民自卫军中央委员会和巴黎公社委员，公社失败后，他流亡国外，可惜后来追随无政府主义者，成为法国社会主义运动史中的机会主义者。

这里是保尔·布鲁斯，他是法国著名的小资产阶级社会主义者，曾参加巴黎公社，社会失败后，流亡国外，参加了法国工人党，但后来成为社会主义运动中机会主义派别"可能派"的首领和思想家。

……

对面，隔着一条道路，那里又有另一些我们熟悉的人物：

亨利·巴比塞，他是本世纪现实主义传统的重要作家，著名的反战小说《火线》的作者，第一次世界大战在他的笔下得到了真实的记录，他随着时代而不断进步，从民主主义走到了共产主义，他的墓地的标志是灰色的大理石上有一枝蓝色的橄榄枝。

保尔·艾吕雅，他是法国二十世纪最出色的诗人之一，他走过漫长曲折的道路，由超现实主义者成为抵抗运动的战士，最后参加了共产党，他的墓像他的诗一样精巧，墓头种有两株玫瑰。

附近，是法共一系列领导人：莫里斯·多列士、雅克·杜克洛、马赛尔、加香夫妇……加香夫妇的墓只是几大块灰白色的麻石，多列士的墓则由光泽鉴人的黑色大理石砌成，显得相当堂皇。

所有这些，都在公社墙半径不到五十米的方圆范围之内，当你在这个小小的区域里漫步的时候，当你一一见到刚才这些著名人物的时候，整个法国社会主义运动发展的复杂曲折的过程，似乎就在你眼前呈现出来了。

根据我多次在拉雪兹神父公墓里漫游的经验，我发现，公墓东北角的这一个小小的区域的来访者比其他地区更多，我在这个区域见过的不仅有法国人，而且有德国人、日本人和美国人。有一次，一群日本游客经过这里，看见墙上的金字标出了公社墙的旧址，都喜出望外地欢叫了起来，他们几乎每人胸前都挂着一个照相机，于是，就纷纷把镜头对着这一堵墙，他们显然有一种"踏破铁鞋无觅处，得来全不费功夫"的欣喜，因此，我怀疑他们是否见到了围墙外公社墙的原物。但不论怎样，墓地里这浮光掠影的景象，确也说明了巴黎公社仍活在世人的心中。

特别是我在梯也尔墓所见到的一个细节，更有深长的意义：

梯也尔的墓在对着公墓大门的高坡上，居于拉雪兹神父公墓的中心位置。当然是为了要与这个在法国十九世纪政治舞台上曾显赫到了顶点的庞然大物相衬，这墓也就建筑得特别巍峨高大，气派十足。它是一幢罗马式的殿堂，高达十几米，正面有巨大的圆形石柱，黑色的雕花大门紧紧闭着，门前还有铁栏杆，像是森严的王府。然而，正是在这个双手沾满了公社社员鲜血的刽子手的"府第"大门上，我看见了游人写下的这样几个字："公社万岁！"

（录自《巴黎散记》，广西师范大学出版社，2002年版）

海德贝格[①]记事（节选）

冯　至

·　记徐诗荃

　　1930年9月12日，我从北平起身，经过我在《北游》里写过的哈尔滨，经过广袤的西伯利亚，经过正在进行第一个五年计划的莫斯科，在柏林住了几天，乘夜车到了海德贝格。海德贝格晨雾初散，只见两山对峙，涅卡河一水横流，我觉得很新鲜，又很生疏。我心里想，这就是我的终点站，要在这里住下去吗？山和水都沉默无言，显出不拒绝也不欢迎的样子。

　　当天上午我在一个小学教员的家里租了一间有家具设备的房屋。出乎意料地凑巧，这里还住着一个姓戴的中国学生，约十七八岁，正在读中学。他告诉我说，海德贝格中国人很少，

---

　　① 即海德堡。——编者注

他只知道在大学里学习的有两位同胞，一个学文的姓徐，一个姓蒋的学医，此外就没有了。我听了他的介绍，中国人如此稀少，并不觉得惊奇，因为我在国内时，很少听人谈到过海德贝格，我是听从了一个德国友人的建议才到这里来的。那个德国朋友向我说，若去德国学习，不要到大城市。大城市太热闹，人也忙，谁也顾不了谁，同学之间、师生之间，不容易接近。在较小的城市，尤其是在所谓大学城里，除了大学外，没有其他重要的机构，整个城市都围着大学转，人们很快就熟悉起来，这对于提高语言能力、增进知识、了解社会生活都有好处。他帮助我选择了海德贝格。理由是海德贝格大学是德国境内最古老的大学，已有五百五十年的历史，有著名的教授，若学文，享有盛名的宫多尔夫教授正在那里讲学。这番道理，那时人们知道的还不多，所以在海德贝格的中国留学生寥寥无几。

第二天下午，我到涅卡河南岸的一个小巷里拜访了学文学的徐君。我的突然来访，主人并不觉得惊奇，我们互相报了姓名，好像一见如故，虽然二人都有些矜持。他来德国已经一年多，向我介绍了海德贝格大学的情形，我也跟他谈些国内的近况。我看见他的书桌上摆着一幅鲁迅的照片，又看见书架上德文书中间夹杂着些中文书刊，我心里想，今年春天，我在《萌芽月刊》里读到过一篇从德国寄给鲁迅的通信，署名季海，莫非就是这个人吗？但我没有向他说明，因为他告诉我他姓徐名琥。那时大学还没有开学，他带我熟悉海德贝格的某些名胜古迹，以及与大学有关的机构，如图书馆、报刊阅览室等。渐渐熟了，谈话的内容也渐渐丰富而深入了。他在上海复旦大学学习过，1928年5月，鲁迅在复旦实验中学讲演，他做了记录寄给鲁迅，后又在《语丝》上发表了《谈谈复旦大学》一文，揭露复旦大学当时的腐败现象，惹起复旦当局的不满与复旦校友们的非议。也许就是这个缘故，他不愿在复旦待下去了，他到了德国。他少年气盛，谈世事谈到愤慨时，便朗诵清代诗人王仲瞿祭西楚霸王的诗句"如我文章遭鬼击，嗟渠身手竟天亡"。他也欣赏南社诗人高天梅拟作的"石达开遗诗"，如："我志未酬人亦苦，东南到处有啼痕"，"只觉苍天方愦愦，莫凭赤手拯元元"，这有多么沉痛！他不仅古典文学知识渊博，也常常和我谈起他湖南家乡的王湘绮、杨晳子等人物。

　　大学开学后，我主要选修文学史课程，徐琥则用更多的时间研究美术史，并练习木刻，他室内挂着一大幅他自制的高尔基木刻像。日子久了，我们也就无所不谈。一天，他笑着对我说，我们首次会晤后，他曾写信给鲁迅先生，里边有这样一句话，"今日下午有某诗人来访"，但没有说出我的姓名。后来他收到鲁迅的回信，信里说到"某诗人"时，也没有提名道姓，只在文字中间画了一个小小的骆驼。不言而喻，这指的是我于1930年夏在北平和废名共同编的一个小型刊物《骆驼草》。关于《骆驼草》我不止一次地说过："我在这里边发表的散文和诗，有的内容庸俗，情绪低沉，反映我的思想和创作在这时都陷入危机。"从信里画的小骆驼也可以看出，鲁迅对这刊物是不以为然的。

从此我知道，徐琥经常和鲁迅通信。徐琥有不同的别号和笔名，如冯珧、季海、诗荃等，鲁迅则对他以诗荃相称。如今翻阅鲁迅的日记，从"1929年8月20日徐诗荃赴德来别"到"1932年8月30日夜诗荃来自柏林"三年零十天（即徐琥在德国的时期）的日记里，提到诗荃有一百五十四处之多，内容都是书信来往。徐琥在德国为鲁迅搜集图书、画册以及报纸杂志，鲁迅也把国内的出版物寄给他。鲁迅日记里提到的："寄诗荃以《梅花喜神谱》一部"，"为诗荃买《贯休罗汉像》一本……"，以及"小报"，我在徐琥那里都见到过。所谓"小报"是上海低级趣味的《晶报》，从这里也可以看出鲁迅的用心，要使海外的游子，不要忘记国内仍然有这样下流的东西在流行。1931年7月6日的日记"得诗荃信，上月18日发，附冯至所与信二种"，这两纸信里我写的是什么，如今我怎么想也回想不起来了。有一件事在鲁迅的日记里没有提到。那时曹靖华在列宁格勒（今圣彼得堡），翻译绥拉菲莫维奇的《铁流》，他把译稿用复写纸抄成两份，一份直接寄给鲁迅，一份寄给徐琥，由他转寄。这是因为从苏联寄给国内的邮件，常被国民党审查机关扣留，为了安全起见，再从德国寄去一份，比较保险。不知鲁迅收到的《铁流》译稿最后是一份呢还是两份？徐琥向我谈及此事时，还把他收到译稿后写给曹靖华的短信背给我听，是用文言写的，很古雅。他和鲁迅通信也常用深奥的古文，鲁迅在复他的信中有时还穿插几句骈体。遗憾的是鲁迅给他的信（这该是多么宝贵的一笔遗产！）在抗日战争时期散失了。

徐琥回国后，由鲁迅介绍他在《申报·自由谈》上用不同的笔名撰写杂文，也是由鲁迅介绍，他翻译尼采的《苏鲁支语录》和《尼采自传》得以出版，署名徐梵澄。徐琥用过许多笔名，恐怕他自己也难以胜数，正如众流归大海一般，徐梵澄这个名字算是最后定下来了，一直沿用到现在。他在德国时期，梵澄二字还在虚无缥缈间，因为鲁迅的日记里称他为诗荃，所以我把"记徐诗荃"作为这一段的小标题。

· "同胞事，请帮忙"

初到外国，多么想看见中国人啊。我在海德贝格，能与徐琥一见如故，自己觉得是出乎意料的幸运。那一位学医的蒋君，我当然也要去看看他。这一看，非同小可，我几乎吓呆了，也可以说是又一次的出乎意料。我叫开蒋君住室的门，走进来，在比较阴暗的房里看见四个中国人围着一张桌子在打麻将。我脑子里立即发生疑问，不是说这里包括我在内只有四个中国人吗，现在除了蒋君外怎么又多出来三个人呢？他们交谈用浙东的方言，我一句话也听不懂。蒋君对于我这不速之客似乎很不欢迎，冷冷淡淡，使我进退维谷，我记不得是坐了一会儿，还是在麻将桌旁站了一会儿，便匆匆告别走了。此后我再也没有遇见蒋君。后来我才知道，那三个人是浙江省青田县人，他们万里迢迢来到欧洲，在各处串街走巷，兜售青田石雕刻的花瓶、笔筒以及其他用具。但青田石雕是有限的，货源并不通畅，不知是从欧洲的什么地方他们贩来一些仿制东方的瓷器，上边描绘的风景人物，说像中国的又有几分像日本的，说像日本的又有几分像中国的，总之这类恶劣的赝品是用来骗没有到过东方的欧洲人的。但这些商贩有艰苦的冒险精神，他们到欧洲来，有的经海路，有的甚至经过中亚的陆路，有的没有正式护照，有的护照过了期，他们居无定所，警察经常和他们发生纠葛。人们轻蔑地称他们为"青田小贩"。

说实话，我那时对于这些青田的同胞也是蔑视的，觉得他们给中国人"丢脸"，而对于他们背井离乡、长途跋涉、遭受凌辱的苦情却毫无体会，也不想一想是什么缘故使他们走上这条渺茫的不可知的道路。我和徐琥天天谈的是什么，他们天天干的是什么，完全属于两个不同的世界。我有时在路上遇见他们，也不打招呼。如今回想，我蔑视他们是错误的。真正给中国人丢脸的并不是他们，而是那些军阀官僚、洋奴买办。可是有一次在1931年春，徐琥在路上被一个青田同胞截住，这人用不容易听懂的青田话向他说，他的两个同伴被警察拘留了，语言不通，请他帮助。他随即拿出一个名片，说这是在街上遇到的一个中国的旅游者给他的。徐琥接过名片，上边写着六个字"同胞事，请帮忙"，他再看名片上的姓名，是"林语堂"。徐琥于是到了警察局，他不仅勉勉强强地当了一次翻译，而且替被拘留者做了一些解释，同时充当了辩护人。

· 山河无恙

　　1933年春到1935年夏，我又在海德贝格住了两年多。这次重来，山河无恙，人事已非。徐琥、梁宗岱早已回国，久无消息。鲍尔在南欧各地行踪不定。继任宫多尔夫讲座的阿莱文教授，我参加过一个学期他开设的研究班，不久因为他是犹太族被解职了。著名的哲学家雅斯丕斯和艺术史家戈利塞巴赫都有犹太族的妻子，他们还继续讲课，但是心里知道，早晚会有那么一天，不得不离开他们工作多年的处所。（果然，我1935年回国后，他们都先后解聘了）。在他们的课室里仍然挤满听讲的学生，可是笼罩着一种不知明天将要怎样的不安气氛。学校里再也没有左右两派学生的斗争，只看见身穿冲锋队、党卫队服装的纳粹学生横冲直撞，也有一部分学生噤若寒蝉，有的敢跟比较要好的外国同学说几句不满或讽刺的话。一向受人称赞的存在主义哲学家海德格尔和表现派诗人贝恩也大声疾呼地颂扬那个既没有哲学也没有诗的"领袖"，使人惶惑不解。（半个世纪以后，有一回，偶然和一位德国朋友谈起这两个人，他不无惋惜地说，这是他们传记里黑色的一章。）有时大学前的广场上点起熊熊烈火，眼看着亨利希·曼、托马斯·曼、斯蒂芬·茨威格等人的书一本本地被投入火焰。前边提到的我在八月里的一天访问了宫多尔夫夫人，可以说是一个消逝了的时代的回光返照。

　　我这时做些什么呢？我只有读我愿意读的书，听我愿意听的课。为了将来回国有个交代，找一位思想比较开明的教授，在他的指导下写博士论文。这教授姓布克，徐琥曾署名徐梵澄在《星花旧影》一文中说他给鲁迅写信谈到布克，说布克"思想比较开明，在美国讲过学，已秃顶了，上课照例不带讲稿。有一趟我告诉他易卜生的剧本，在中国多有翻译了，他听了很高兴。次日在课堂讲世界文学思潮传播之迅速，在东方的日本、中国、南洋各地，思想之传播多是先于作品的翻译云云。他时常引据狄尔泰的《体验与诗》及勃兰兑斯的《十九世纪文学主潮》，算是相当进步了，却未尝根据唯物史观立论"（见《鲁迅资料研究》第十一辑152页）。

我仍然住在1931年住过的鸣池街15号。房东兴德勒夫人的丈夫已逝世多年，有一儿一女，儿子约二十五六岁，女儿二十岁左右。她的丈夫可能曾经是某工厂或某公司的经理，人们都称呼她经理太太。这个人家非常清静，与世无争，女儿天天出去上班，儿子似乎从小就娇生惯养，终日自由自在，无所事事。在这里住着，更是与现实隔离，与时代脱节。有时也和个别的德国同学以及学医、学法律的中国同学交往，可是再也不能像和徐琥、梁宗岱、鲍尔那样畅谈文学艺术、交流思想了。这时我要感谢姚可崑，她在海德贝格学哲学、文学，我们共同享受着、分担着这里的寂寞。我们不知有过多少次在我住室的凉台上望着晨雾慢慢散开，望着落日缓缓西沉，也难忘在涅卡河畔、在鲜花盛开的果树林里没有止境、没有终点地散步。我们也百无聊赖地联句拼凑打油诗，记得有一首七律，为首的两句是"他年重话旧游时，难忘春城花满枝"。

· 三次的旧地重游

四十四年后，我又有三次重来海德贝格。这三次是在1979年、1982年、1987年，正巧都是6月。

第一次，我参加中国社会科学院代表团访问联邦德国。6月20日我们从图宾根乘汽车出发，驶过涅卡葛闵特，沿着涅卡河畔走入海德贝格，首先的印象跟四十四年前一样，仍然是山河无恙，而且街道两旁也没有什么变化。在战争时，德国许多城市一度成为废墟，海德贝格却没有遭受轰炸，保持完好。下午四时半，到达海德贝格西郊新建的欧罗大旅馆，没想到，旅馆的大厅里有九个台湾留学生在等候我们，其中有四人是从法兰克福赶来的，他们显示出想和大陆同胞见面的迫切心情。他们有的学政治、经济、社会学，有的学哲学、文学，却没有人是学理科或医科的。我也为了首次遇见在台湾成长起来的青年感到高兴。略作交谈后，他们跟我们一起到了大学广场，我重新瞻仰了大学的旧楼、新楼，外表也是和四十四年前没有两样。新楼于1931年落成时，宫多尔夫为此题的铭语"献给生动的精神"仍然完整地镶刻在楼正面雅典娜女神雕像的上边。到了哲学研究室门前，哲学系主任亨利希正在门外准备回家，见我们来了，立即转身回来，热情招待我们参观室内的藏书。随后一部分台湾同学特意陪同我一个人走上山坡，访我在鸣池街的旧居。门牌的号数没有改变仍旧是15号。旧日房东的女儿已经不是兴德勒小姐，而是满头华发的邵尔夫人了。她说，遗憾的是她的哥哥在十天前死去了，她热情地请我到屋里坐一坐，由于时间不够，我感谢她的好意，在房门前与她合影留念便辞去了。

第二天，我访问了日耳曼学研究室、东方美术研究室和大学图书馆后，在保留着文艺复兴建筑风格的骑士饭店午餐，与哲学家兼文艺评论家噶达迈尔会晤。噶达迈尔曾继任雅斯丕斯讲座，现已退休。他跟我谈了些文艺问题。他认为盖欧尔格、里尔克、霍夫曼斯塔尔是二十世纪德语文学中最杰出的诗人，在当代诗人中，他推崇采岚，他写过一本书阐释采岚的诗，题为《我是谁和你是谁？》，他还说，人们对于十九世纪的诗风感到厌烦，要用新的创作方法，表达现代人的思想感情。

三年后，1982年，又是6月，我第二次到海德贝格。因为从1日至4日参加"歌德与中国——中国与歌德"国际学术讨论会，无暇外出，5日是星期六，在德国等于是星期日，我得暇在大街小巷温习温习往日熟悉的地方。六十年代至七十年代，学生运动在海德贝格最活跃，至今墙壁上还残存着油墨写的标语，也看到一些想不到的新奇景象：街旁有年轻人三五成群，横躺竖卧地弹着吉他唱歌，颇有十九世纪初期浪漫派的情调；又有成群印度教黑天派的信仰者披着黄袈裟，且歌且舞，在街心走过，这些人好像在"逆反"科学技术高度发展的现代文明；还有男女学生在大学广场上骑着自行车游行，他们要求海德贝格减少汽车行驶，代之以自行车，这不禁使我想起三年前噶达迈尔向我说的一句话："从前人们信仰上帝，如今汽车主宰人。"

　　五年后，1987年，也是6月，我第三次到海德贝格，姚可崑与我同来。六月上旬，正当基督教圣灵降临节前后的几天，海德贝格大学的历史学家拉甫教授驾驶汽车引导我们游览许多地方，有的是旧地重游，有的从前没有去过。一天上午，重访鸣池街15号的旧居，不料人去楼空，房已易主。新的房主人刚把这所房子买下，还没有迁入，正在修缮，他告诉我，邵尔夫人已逝世。他允许我们走上楼看一看我从前住过的房间，我们穿过房间到凉台上伫立了许久，舍不得立即走去。眺望西方的远景，当年是一片田园风光，如今有更多的高楼耸立了。这中间，五十多年的寒暑从我们身边过去了——确切地说，在这全世界发生巨大变化的半个多世纪内，不是寒暑从我们身边走过，而是我们穿行了五十多年的严寒和酷暑，当然，这中间也有过风和日暖的春秋佳日。我常常嘲笑过去，说那时是多么幼稚！可是在继续不断变化的新形势下，我又成熟了多少呢？我很怀疑。

1987年8月初稿，1988年3月誊抄

（原载1988年第2期《新文学史料》）

巴黎札记

吴冠中

　　1988年10月，日本东京西武百货店举办规模庞大的中国博览会，这期间包括我的个人画展，作品都是用墨彩抒写的祖国山川。在展览即将闭幕的庆贺晚宴上，西武社长山崎光雄先生向我提出了建议："明年此时，我们将在东京举办巴黎博览会，想请您画一批巴黎风景作为展题参展，先请您及夫人去一趟巴黎，尊意如何？"山崎先生恐并未料到他这一构想深深触动了我的心弦。我年轻时在巴黎留学，如饥似渴汲取西方艺术的营养，并陶醉其间。幸乎不幸乎，终于又回到了条件艰苦的祖国，从此在封闭的环境中探索了数十年自己的艺术之路。那路，深印在祖国土地上，并一直受影响于人民感情的指向。四十年岁月逝去，人渐老，今以东方的眼和手，回头来画旧巴黎——新巴黎，感触良多，岂止绘事！我接受了山崎先生的建议，于今年春寒料峭中抵达巴黎。

· 从蒙马特开始

出乎意料，整个巴黎不足五千辆出租车，在巴黎找出租车与北京一样不方便。大街、小巷、近郊、远郊，搜尽风光打草稿，我的活动量大，主要只能依靠地铁。巴黎的地铁复杂而方便，我头一个夜晚彻底重温了地铁路线图，四十年来路线基本未改，车站如故，只大部分车厢更新了，但许多车厢被"艺术家"涂画得一塌糊涂，连许多交通图也被涂改，洋流氓居心叵测。

我首先奔向蒙马特，那郁脱利罗笔底的巴黎，全世界艺术家心中的麦加。曲折倾斜的坡上窄街风貌依旧，错落门窗还似昔日秋波，街头游人杂沓，奇异服饰与不同肤色点染了旅人之梦。豁然开朗一广场，这里便是最典型的卖画"圣地"，世界各国的艺人麇集，都打开各样的伞，遮雨亦遮阳，亦遮卖艺人内心的羞愧与创伤，他们拉客给画像，只为了法郎。四十年前学生时代，我只到过一次这举世闻名的民间卖画广场（其实不广阔），那时年轻自傲，信奉艺术至上，又是公费留学生，暂无衣食之忧，看到同行们从事如此可怜的职业，近乎乞食者，感到无限心酸和无名凄怆，从此不愿再去看一眼这生活现实。

时隔四十年，重上蒙马特，依旧！依旧！此地并未换了人间。岂止蒙马特，岂止巴黎，在纽约街头、东京公园……我到处见到为路人画像以谋生的艺人、同行。莫迪里阿尼当年在咖啡店为人画像只索五个法郎，别人还不要，他兴之所至，往往就在铺桌子的纸垫上勾画有特色的人像。艺术，内心的流露；职业，适应客观需要的工作。两者本质完全不同，艺术创作原本绝非职业，谁愿雇用你一味抒发你自己的感情？但杰出的艺术品终将产生社会价值，无人雇用的凡·高死了，其作品成了举世无价之宝。艺术家要生活，要职业，于是艺术家与职业之间发生了错综复杂的关系，艺术家有真伪，画商有善恶，彼此间或曾结一段良缘，或时时尔虞我诈。以画谋生，为人画像，为人厅堂配饰，必须先为人着想，得意或潦倒，各凭机遇。鬻画为生古今中外本质一致，只是当代愈来愈重视经济收益与经营方式，从巴黎和纽约的许多现代画廊出售的作品中去揣度时式和风尚吧，风尚时时变，苦煞未成名的卖艺人。

回忆学生时代，上午在巴黎美术学院上完课，就近在学生食堂吃了饭，背着画箱便到大街小巷众多的画廊里巡看，注意新动向。画廊里多半是冷冷清清，少有顾客，除非某个较重要展出开幕时才有特邀的与捧场的来宾。如今画廊依然，但进门要按电钮开门，电钮的响声引起主人的注视："先生、太太好！""先生好！"彼此打过招呼，悄悄看画，心里有些不好意思，因往往仅仅只我和老伴两个客人，我们又绝非买画的主顾。

宫花寂寞红，各式各样的作品少有知音。所谓作品，真伪参半，有虚张声势的，有扭捏作态的，有唬人的，有令人作呕的，当然也有颇具新意的、敏感的，但往往推敲提炼不够，粗犷掺杂粗糙，奔放坠入狂乱，扣人心弦者少见，标新立异的生存竞争中似乎不易听到艺术家宁静的心声。艺术进展与物质繁荣同步？今日纽约的不少高级画廊以出售法国印象派及其后的名家作品为荣，仿印象派的蹩脚作品更充斥美国画廊，当然美国有为的年轻一代画家已不肯囿于法兰西范畴，大胆创新，泼辣新颖，从整体看，正奔向新领域，从个别作品分析，理想的不多，缺内涵者总易予人外强中干之感。

高更的大型回顾展正在大皇宫展出，密密麻麻等待入场的观众排开长队，队伍围绕着半个大皇宫，要入场，须排队近两个小时。展出四个来月，从开幕至闭幕，每天从上午开馆到下午闭馆，队伍永远是这么长，我只能去排队，除非不看。专业者、业余爱好者、旅游者……来自世界各地的人们争着来瞻仰客死荒岛的画家的遗作，作品的色凝聚着作者的血，件件作品烙印着作者的思绪、时代的歌与泣。

同时在大皇宫展出"五月沙龙"，从另一门入口，门庭冷落，进入展厅只三两个观众。"五月沙龙"亦属当代主要沙龙之一，何以如此失宠于观众！展品总是良莠不齐，有些作品虽不乏新观念，但效果或令人费解，或一目了然少含蕴，引人入胜或可望不可攀的具有高度艺术境界的作品确乎不多。作家抛却观众，观众便不看作品，相思断，恩情绝。问题绝不止于画廊与沙龙，试看博物馆或蓬皮杜中心，作品的沉浮都须经时间的考验，几代观众的考验。

· 新旧巴黎

正遇上卢浮宫的新进口玻璃金字塔落成开放，于是又是人山人海的长队。天光从玻璃塔透入，照耀得宽敞的地下门厅通亮，熙熙攘攘的游人由此分道进入各展区。美术学院与卢浮宫只一桥之隔，当年课余我随时进入卢浮宫，对各展区都甚熟悉，但这回却迷了道，需不断查看导游图，那图用四种文字说明——法文、英文、德文、日文，东方文字日文被欧美博物馆采纳是新动向。待见到站立船头的古希腊无头胜利女神雕像时，我才认出记忆中的路线，但布置还是大大改变了。画廊里挂满举世名作，上下几层，左右相碰，仿佛参展作品正待评选，比之美国大都会等博物馆，这里布置太拥挤，但有什么办法呢，都是历史上的代表性作品。悠久的文化传统使后人的负担愈来愈重，豪富之家的子孙往往失去健康的胃口。

玻璃金字塔确是大胆、新颖、成功的创造，解决了进口拥挤的难题。在古建筑群的包围中突出了现代化的玻璃工程，塔虽庞大，因其透明，不以庞然巨物的重量感令古老的卢浮宫逊色，而那金字塔之外形，与协和广场中央高矗的奥培里斯克（埃及方尖塔）遥相呼应。设计师贝聿铭先生在世界建筑领域里做出了杰出的贡献，他是华裔，我们感到无限欣慰。虽然我对建筑是外行，但到华盛顿国家博物馆和波士顿博物馆参观时，便首先特别观察了贝聿铭先生设计的部分，其与原有建筑的衔接与配合，承先启后，独树一帜。

纽约街头摩天大厦矗立，雨后春笋争空间，街窄人忙，诸事匆匆，似冒险家的乐园。我和老伴走在人行道上，一位卖花的东方女子善意地指指我老伴的提包，示意要注意被抢劫。巴黎气氛不一样，田园大街宽而直，楼房均不超过六七层，大都戴着文艺复兴时代的厚屋顶，稳重端庄。大街显得很辽阔，沿街咖啡店林立，悠闲的人们边喝咖啡边欣赏各色行人，行人步履缓慢，边走边欣赏喝咖啡的各色仕女和先生们，人看人，相看两不厌。巴黎，永葆其诱人的美好风韵，除在蒙巴纳斯建立了一幢四五十层的黑色高楼外，老市区基本不改旧貌，协和广场那么多古老的灯柱，使法兰西人常常回忆起那马车往返的豪华社交时代，莫泊桑和巴尔扎克的时代。城市不能不发展，新巴黎在拉·苔芳斯。卢浮宫与凯旋门在一条中轴线上，仿佛我们的故宫和正阳门。新巴黎从凯旋门延伸出去，拉·苔芳斯便属中轴线的延长，街道更宽，两旁各式各样的高层新楼林立，呈现代建筑之长廊，长廊一头，跨在新街上是一巨大白色画框，近看，框上都是层楼窗户，那是各类办公大厦的汇总。这造型单纯的白色框框与凯旋门遥遥相对，这是凯旋门的后代。地理位置上，拉·苔芳斯扩展了巴黎；造型形式上，拉·苔芳斯发展了巴黎。巴黎向拉·苔芳斯的展拓不但解决了空间问题，并显示了历史的进展，蓬皮杜文化中心似亦应迁来此处。我想起了梁思成先生，他在新中国成立初期竭力主张保留北京古城风貌，并曾为三座门及古城墙的拆除而流泪。西安、苏州、绍兴……同样情况的问题太多了，我们不仅仅受到物质条件的约束。

· 怀念

德群夫妇驾车陪我们去齐弗尼参观莫奈故居，我还是头一次去访问，因四十年前故居尚未开放，当时只能在奥朗吉博物馆的地下室里感受莫奈池塘的风光，他的几幅巨幅睡莲环布四壁，令观众如置身池中。车行两小时，经过许多依傍塞纳河的宁静乡村，抵故居。细雨湿新柳，繁花满圃，绿荫深处闪耀着清清池水，水里挂满倒影。一座嫩绿色的日本式桥弧跨池头，紫藤攀缘桥栏，虽非着花时节，枝线缠绵已先入画境。这小桥，举世闻名，多少睡莲杰作就诞生在这桥头。其实，优美的池塘、垂柳与睡莲世界各地不知有多少，天涯何处无芳草，而莫奈的创造为法兰西增添了殊荣，小小乡村齐弗尼宇内扬名。北京西山那几间小土房，如确是曹雪芹写《红楼梦》的故址，虽无花圃，亦将吸引愈来愈多有心人的瞻仰。莫奈的工作室十分高大、明亮，令我兴叹，他晚年已得政府重视，巨幅睡莲据说就是政府首脑克莱孟梭委托他创作的，所以才能建造如此规模的工作室吧。莫奈的客厅、卧房、内房通道随处挂满了日本版画，可见东方艺术对印象派及其后的影响，今日并已被提到"日本主义"的高度。看莫奈晚期的作品，画布往往并未涂满，着重笔触与色的交错，与中国文人画追求的笔墨情致异曲同工。

秉明夫妇驾车陪我们重游枫丹白露及巴比松，我们的目标是米勒及卢梭等人的故居。米勒的故居变了样，故居如何能变样呢？原先的正门是开在院子里，爬几级木扶梯进入室内，室内是空荡荡的土地土墙，品物不多。如今这院子已属人家私屋，被隔断了，于是故居傍街另开了一个侧门。进得门去，琳琅满目挂满了米勒作品的复制品，无可看，而且临窗街上车辆不绝，小镇闹市，已尽失当年巴比松的乡村气氛。我和秉明坐在"米勒故居"牌子下的石条凳上合影留念，因背景墙上爬满藤萝，是唯一透露古老回忆的画面了。秉明说："我上次陪余光中来，也坐在这石凳上照了同样的镜头。"秉明问："你从前来是坐火车来的吧？"我记得是的，但四十年前的印象比这次好多了。我告诉秉明，绍兴青藤书屋也已修复开放，里面陈列些粗劣的复制品，我对修复故居加修改很反感，绍兴沈园正在重修，当是一个创作难题。

仍由秉明夫妇驾车，我们去奥弗·休·奥洼士，去扫凡·高之墓。春寒料峭挟着凄风苦雨，秉明正患感冒，坚持开车。偏僻的远郊小镇，凡·高在此结束了他最后的岁月，长眠在曾被他画得繁花似锦的乡土里。我们的车就停在凡·高画过的市府前面，面对市府树立一大幅凡·高自画像的复制素描，那阁楼上便是画家生存与死亡之角落。面对着画像，我们就挤在车里用简单的午餐。小小的公园被命名为凡·高公园，里面有名雕刻家查吉纳塑的凡·高像，很糟，全非凡·高风貌，这作品还曾见诸发表，我很反感。本地的教堂居于全镇的高点，凡·高将这教堂画进乌蓝的色调，已为世人熟知，原作今展出于巴黎奥赛博物馆。我打起雨伞勾画教堂，虔诚中夹杂着惶惑，是否凡·高在注视我！

车抵公墓，雨大起来，将众多大理石墓棺、碑石、雕刻冲洗得干净光泽，丛丛鲜花或塑料花也显得分外鲜艳。终于找到了凡·高之墓。紧靠围墙边，并立着两块墓碑，一块刻写着这里安息着温森特·凡·高（1853—1890），另一块是提奥·凡·高（1857—1891）。两块碑前地面上平铺一片常春藤，覆盖着土里两兄弟，如不留心墓碑，我认为这只是一小块被遗忘了的白薯地。没有鲜花。终于我发现谁送来的一小束干麦穗，其间包扎一支断残的油画笔。我突然想起鲁迅的《药》，在瑜儿墓前哇的一声飞去两只乌鸦。乌鸦，凡·高在此画过许多乌鸦，它们今天并不飞来。秉明同我步行察看那画家眼中倾斜的大地、战栗的树丛、歌唱的苹果花。早春的麦地一片宁静青绿，也许秋天麦穗金黄、骄阳似火时，会再度拨动长眠画家错乱的神经。

· 反思

老伴吃不惯洋饭，白天我们到处作画，吃饭的时间和地点无定，碰机会随便吃，晚上我便陪她找中国饭店吃大米饭。数十年来中国饭店确乎大大发展了，数量倍增，生意兴隆。不止巴黎，在旧金山、纽约、横滨……熙熙攘攘的唐人街上主要是饭店。真正在大步走向世界的中国文化，看来首先是烹饪。烹饪也是艺术吧，而我们的绘画艺术还远远未被大众理解、发现。专门陈列东方艺术的吉美博物馆，其间中国部分主要是古代雕刻、陶瓷及伯希和送去的敦煌文物，西藏作品竟被归入喜马拉雅地区，不属中国。将近半个世纪了，中国在吉美博物馆里无丝毫新反映。塞纽斯基博物馆也专门陈列东方艺术，规模更小，门庭冷清，平时几乎没有观众。纽约大都会博物馆及波士顿博物馆等虽也陈列少量中国画，但均观众寥寥。中国绘画大都表达作者的生活情趣及其人生观，用笔墨在纸或绢上透露内心的思绪，重意境，但多半忽视画的整体形式效果、视觉效果。纸或绢旧了，变得黄黄的，远看只是一片黄灰灰的图案。相比之下，西洋油画色彩鲜明、节奏跌宕，易满足人们视觉的刺激。古代中国杰出的艺术家何尝不重视构成，书法中的每一个字都是一个独立的构成天地，当代西方画家哈当（Hartung）和克莱因（Kline）的每幅画也不过是一个字而已，我们难道温故不知新？

　　大量的中国中青年画家奔向西方，祝愿他们一帆风顺，打开个人的前途，并为中国的艺术夺取奥运会的金牌。他们的路显然都十分艰辛，凭写实的功力及东方人的敏感当然也能取得一些成功。然而燃眉之急是谋生，谋生的技艺与艺术创造之间，往往存在着鸿沟。近代东方画家最早在巴黎扬名的大概是三十年代日本画家藤田嗣治，他以纤细的线画东方情味，我在学生时代看他的画就很不喜欢，格调不高，这次在巴黎市立现代博物馆又看到他的一幅裸体，很差劲。我想，生活在日本本土的画家比他强的恐怕很多，艺术家不必都要巴黎颁发证书。扬名，似乎是艺术家普遍追求的目标，有了名，作品价高，于是引来利。然而盛名之下多虚士，当代扬名之道更是不择手段，欺世媚俗。最近翻看自己六七十年代的油画作品，那些在极端艰苦条件中冒着批判风险创造的风景画，凝结着作者真挚的感情，画面均无签名，也不记年月，抚摸这些苦恋之果，欲哭无泪，但突然想到市场上已出现了许多我的假画，一阵恶心。

原估计自己在长期封闭中远远落后了，近几年重新到世界环视一周，更坚信艺术永远只诞生于真诚的心灵，珍珠生在蚌壳中，人参长在山野里，傲骨风姿黄山松，离不开贫瘠苦寒的石头峰。逝去的时代毕竟已逝去，旧时代的艺术品已成珍贵的文物，今日中国艺术必然要吸取西方营养，走中西结合之路。闺阁藏娇绝无前途，大胆去追求异国之恋，采集西方现代形式语言表达隽永含蓄的东方意境。西方世界的中国画廊还处于萌芽状态，地位不高，作品质量低，缺新意，但从中国餐馆的发展历程看，事在人为，毋庸气馁，更盼望以官方的力量直接间接扶植民间画廊，创办公私合营中国文化餐厅。今年6月，在纽约佳士得的中国画拍卖中，一卷表现蒙古人生活的佚名作以一百八十七万美元售出，董其昌的一幅轴画也以一百数十万美元售出，这些信息，显示了高级中华文化餐厅的美好前景。

· 别

匆匆一月，告别巴黎。少小离家老大回，晚年回到久别的
"故乡"，总有无穷感触。巴黎不是生养我的故乡，但确是我艺
海生涯中学习的故乡。临别前，我为怀念而悄悄回到母校美术
学院，寻找到当年教室楼下的小小院落。院里有四五个年轻学
生在聊天，我打听我那故去的老师，当年威望极高的苏弗尔皮
教授，但他们都不很清楚了，人走茶凉，倒是我这个海外学子
总记得他的教诲，尤其他经常提醒：艺术有两路，小路作品娱
人，大路作品感人。也是他劝我应回到中国，去发展自己祖国
的传统。当年告别巴黎不容易，经过了很久的内心斗争，同学
间也为去留问题不断讨论、争辩。秉明著述《关于罗丹》一书
中亦记及我们曾争辩了一夜，直至天明他才回去睡觉，入睡后
噩梦连连，梦醒已是1983年，各人在不同的环境和条件中做出
了各自的努力。秉明和德群等留巴黎的老友都作出了可喜的成
就，我自己忙白了少年头，也问心无愧。这回再次告别巴黎，
心境是宁静的，没有依恋，更无矛盾，我对秉明说："回去作
完这批巴黎风景，大概该写我自己的'红楼梦'了。"

1989年

（录自《吴冠中自选散文集》，东方出版社，2009年版）

展画伦敦断想

吴冠中

　　今年3月至5月，大英博物馆举办我的个展，这确是他们首次试展二十世纪中国画家的作品，因而朋友们祝贺我。我被首选也许是一种幸运，关键问题是缘于古老博物馆的改革开放，人们期待中、西方现代艺术高层次的交流，我自己当然也珍惜过河卒子的重任。

　　众所周知，大英博物馆珍藏着全世界的古代瑰宝，尤其是亚述、埃及、希腊、罗马的雕刻更胜于卢浮宫之所藏。四十余年前留学巴黎时我曾利用暑假到伦敦参观一个月，在大英博物馆看到陈列着我们的古代绘画，特别引我注意的是顾恺之的《女史箴图》。当时首先感到愤愤不平，我们的国宝被人窃据。继而又觉得我国古代艺术能在这重要博物馆与全世界的艺术品同时展出，倒也未必不是一种让人了解、识别、比较与较量的机缘。这回我的个展就在陈列我们古画的原展厅展出，我的一幅横卷《汉柏》就展出在原《女史箴图》陈列的位置，这令我心潮起伏，夜不能寐。因古画暂时收藏未展出，博物馆的法罗博士特别为我打开一些珍品，我首先要再看《女史箴图》。《女史箴图》已精裱改装藏于玻璃立柜内，柜暂安置于东方文物部的高台上，外加木板遮盖保护。老同窗朱德群从巴黎赶来看我的画展，当然我们要一同看《女史箴图》，我们脱了鞋爬上高台，匍匐在玻璃柜下用手电照着细读画卷，蹲着看不便，就跪着看，随同我们去的摄影师想摄下这子孙膜拜祖先的真情实景，但博物馆严格规定不让摄影。

除了《女史箴图》，我们还看了一些石涛、石谿、文徵明等的册页、手卷及挂轴，我们缺乏文史及考证知识，不能细细品味推敲画外意蕴，但感到中国传统绘画往往宜于案头细读，江山卧游，当张挂上墙在一定距离外观赏，往往就失去吸引人的视觉魅力，像范宽、郭熙具造型特色的磅礴气势只属少数。绘画必须发挥视觉形式效果，墙上效果，距离效果，建筑效果。蔡元培归纳：西方绘画近建筑，中国绘画近文学。就近文学这一观点而言，画中有诗，这诗应是画中细胞，而非指题写在画面上额外增添的诗句。视觉形象是世界语，无需翻译，用世界语传递中国情怀，我深信是中国绘画发展的美好前景。记者及评论员在我展厅中首先提及的问题便是这条中、西结合的道路。我完全承认我的艺术是"混血儿"，如今这"混血儿"长大了，第一次回到欧洲来展出，欧洲的亲属是否能认出有自己血缘的东方来客？

偶然的机缘，伦勃朗回顾展的素描部分就在大英博物馆与我同时并肩展出，有友人为我担心在大师的光芒前失色，也有记者提及这样的问题。我倒感到很高兴，十七世纪的荷兰大师与二十世纪的中国画家是可以相叙的，绘事甘苦滋味同，并不因时代和地域之异彼此格格不入。伦勃朗只活了六十三岁，我已七十三岁，长他十岁，人生甘苦当也有许多同感吧。当然，我沾了他的光了，多半观众主要是来看他的，附带也看了我的。博物馆的大门外左边是伦勃朗的横标，右边是吴冠中的横标，我感到受宠若惊。摄影师在横标前给我照相留念，一位牵着狗经过的老太太问摄影师是怎么回事，答是给作者照相，她于是立即牵着狗走到我面前与我紧紧握手，说她看了我的画展，喜爱极了。她不是评论员，不是记者，是一位退休了的老妇人。由于她的欣赏，我又联想起自己风筝不断线的观点，风筝能放到欧洲仍不断线吗？当有记者谈到我这"混血儿"已被欧洲认可时，我虽高兴，但说：为时尚早。因我确也见到有观众看完伦勃朗，走到我展厅门口，往里一张望便回头走了，不屑一顾。

　　作画为表达独特的情思与美感，我一向主张"不择手段"，即择一切手段。在大英博物馆作的一次讲座中，谈笔墨问题，我认为笔墨只是奴役于特定思绪的手段，脱离了具体画面的孤立的笔墨，其价值等于零。实践中，我作画从不考虑固有的程式，并竭力避免重复自己已有的表现方式。这次展品选了油画、墨彩及速写，并包括不同时期的不同面貌，有一位并未看简介的观众问：这是几个画家的联展？也许他并不内行，也许我缺乏一贯的风格，但我听了这评语倒是喜胜于忧。

细看伦勃朗的回顾展，他始终只是一个肖像画家，一生在肖像画中精益求精，他很少离开故土，画的大都是他身边最熟悉的人物。后来我又去南方参观了莎士比亚的故里，我对莎士比亚毫无研究，故居的讲解员介绍说莎翁一直生活在故乡，很少出远门。我联想起塞尚、倪瓒，他们都只吸取最亲切的乡里题材，源泉无尽，情真意切。艺之成一如树之长，首要土壤，土生土长。土生土长是根本，孤陋寡闻是缺点，这是两个不同的概念。

我参观了正在进行拍卖的苏富比总部，墙上挂满了名家、大师们的作品，包括郁脱利罗、马尔盖、弗拉芒克、丢非等人的油画及马蒂斯的速写，都是蹩脚货。欧美经济衰退，名画市场不景气，藏家不会抛出精品来。如果由我鉴定，其中不少作品是伪作。不过也难说，因大师非神，只是一个普通劳动者，是勤奋的劳动者，是失败最多的劳动者。只从博物馆里，从画集上看到大师们的精品不足以全面了解其创作历程，作为专业画家，能看到大师们的失败之作是一种幸运。

常听说有些西方人认为中国画画在宣纸上，材料不结实，因此不能同油画比，要低一等。我自己同时采用油画和水墨两种材料，主要根据不同的表现对象选定更适合的媒体，对布或纸、油或水毫无成见，哪一种材料更耐久也并无深入研究。但也观察过博物馆里那些古代名画，不少布上的油彩已龟裂，德拉克罗瓦的色彩早已变暗，他自己生前就已发现这问题，席里柯的作品则几乎变成单一的棕色调了，这次在伦敦得知，报载博物馆已发现不少现代大师们如霍克纳、波洛克等等的作品其材料已开始变坏。宣纸时间久了偏黄，花青更易退色，但墨色几乎永不退色，元代的纸上作品大都仍甚完好。我无意宣扬纸胜于布，或比布更耐久，只希望有人在材料方面做科学的研究，先不抱成见。不过任何材料都有其优缺点，驾驭材料与艺术技巧本来就血肉相连。

大英博物馆专辟一室，第八展厅，以陈列举世闻名的雅典娜神庙（柏德嫩）的雕刻。这组见诸各种美术史册的艺术瑰宝被珍贵地展示给全世界的游人，人们都渴望来此瞻仰、膜拜人类创造的艺术高峰。这是希腊的宗庙，宗庙被劫走，子孙是不答应的，听说希腊政府仍年年提出要求归还的交涉。在巴黎的吉美博物馆，也陈列着我们祖先的头像、佛像。东方古国的古代艺术被西方强大的帝国占有了，但他们将之陈列展出于全世界人们的面前，却也发扬了作品的精神力量。每天，成群的孩子由老师们带领着来学习，博物馆是最有实效的社会大学。经济效益席卷全球，各国的博物馆大都收门票，门票日益昂贵。大英博物馆迄今不收门票，据了解，博物馆认真考虑过，如收票，大英博物馆这样丰富的收藏，这样的身价该定多高的票价？票价高了则对社会教育将起堵塞作用，博物馆的意义及作用便变质了。大英博物馆的展品大都来自世界各地，如原件由各国取回，博物馆关门大吉，人们要学习研究便只好分赴各国去寻找，确乎远不如集中在这大博物馆中有效。但人家有权索回家珍，怎么办？是否可交换，以英国的重要艺术品赠送到各国陈列，起到真正的文化交流作用？国与国之间应交换陈列博物馆的藏品，秀才不出门，能看天下画。印象派的作品当时没人要，便宜，流散了，广为流传了，如当时全部保存在巴黎，其影响当局限多了。当我们在纽约大都会博物馆看到仿造的网师园"殿春簃"，感到很高兴，为苏州园林出国欢呼！不过，有往有返，该引进什么？

伦勃朗展的油画部分陈列于国家画廊（其实应称美术馆），展出五十一件作品，但像《夜巡图》等重要的代表作并未能借来。倒同时展出其工作室的学生、助手们的作品，质量不高，似乎主要为了商品而制作。国家画廊主要陈列自文艺复兴至十九世纪的欧亚绘画，洋洋大观，数量质量均可与卢浮宫媲美。用半天时间粗粗看一遍，像访问那么多不同性格的大师，聆听各样的高见，感到体力和脑力都颇疲劳。一出画廊的大门，满眼喷泉、湿漉漉的雕刻群、高高的石柱，群鸽乱飞，令人精神松弛下来。这是著名的特拉法尔加广场，典型的欧洲广场。满地是鸽群，空中也飞满鸽群。游人伸手展开手里的小豆，于是鸽子飞来争食，爬满双臂、肩头，甚至大模大样落在我的头上，有照相为证。此地何处？名副其实应是"鸽子广场"，广场是属于鸽子的，有了鸽子广场才有了活的生命。我无意了解特拉法尔加广场名称的来历，大概是纪念高高站立在柱顶的那位将军吧，不过人们已很少抬头去瞻仰那冰冷的将军石像，他太高了，也瞻仰不着。一将功成万骨枯，请到泰晤士河塔桥附近的古堡里参观，里面主要陈列各时期的兵器，刀、枪、剑、戟，血腥弥漫。古堡底层是金库，珠宝金冠闪闪发光，乃珍宝馆也。刀枪剑戟之为用，就是掠夺金银珠宝，历史的陈列，将事实摆得明明白白。但参观金库的人群比参观国家画廊拥挤得多，国家画廊是免费参观，这古堡的门票价甚高，但购票还要排长队，不记得哪一位英国人说过："我们宁可丢掉印度，也不能丢掉莎士比亚。"真是一语惊人！

大英博物馆法罗博士邀请并陪同我去参观北部乡村，从伦敦乘火车三个小时，到一个什么站，然后她租一辆轿车，自己开车绕了一百七十余公里，观光山区风光，地区已接近苏格兰边缘。是丘陵类型的山区，看来山不甚高，山顶尚积雪，英国人一批批开车来爬雪山。曾经玉龙、唐古拉和喜马拉雅，这样的山在我眼里只是模型式的小山丘。法罗之所以选这地区，因这里不少山村里的树木、丛林及溪流很像我的画面，估计我会喜爱。确乎，山村里古木老树多，小桥、流水、石屋，很像贵州，而且房顶也不少是用石板盖成，进入画图，恐无欧亚之分。我们在乡村小旅店住了一宿，小店两层楼，楼上是几间客房，从客房的窗户外望，正对一座古朴的小教堂，教堂被包围在墓碑之林中。楼下是酒店、酒柜、小餐厅、球室，处处结构紧凑，色彩浓郁，非常像凡·高的画面，我兴奋起来，考虑可画些速写素材。我们在别处吃了晚饭回到旅店，店里已挤满了人，老人、小孩、妇女、相偎在沙发上的情侣，还有大狗和小狗。人们喝酒、下棋、打球……高高低低的灯光，壁炉里熊熊的火光，夜光杯里各式饮料反映着红、白、蓝、黄，诱人的画境，但要想写生则已无回旋余地。因嘈杂喧哗，怕听不见电话铃声，我们据守在电话跟前，先等待伦敦约定的电话。白天，村里几乎碰不见人，显得宁静而寂寞，夜晚都被吸引到小酒店来畅饮欢聚。四月的伦敦春寒料峭，北方乡间近乎北京的冬季，但酒店之夜温暖如春，村民们春风满面，尽情陶醉。这是咸亨酒店，这是洋茶馆，中国人习惯早茶，西洋人喜爱夜酒，各有各的传统，各爱各的传统习惯。与四十年前相比，伦敦及其郊外的外貌似乎无多大改变，民居仍是二三层的小楼，即便新盖的亦基本是老样式，很少高层公寓。人们偏爱这种传统风貌，但保留这种风貌恐有一个基本条件，即人口增长速度。近一二十年来高楼建得最多最快外貌变化最大的，据说首推香港和中国大陆，除经济发展外，还有其剧变的人口原因吧！四十年前旧巴黎、旧伦敦，旧貌依然，而我的故乡十年来却"江南抹尽旧画图"，令怀旧的老年人若有所失！

1992年

（录自《吴冠中散文自选集》，东方出版社，2009年版）

但丁和圣三一桥

黄永玉

　　小时候读但丁的《神曲》莫名其妙，读歌德的《浮士德》也有这种感觉。硬着头皮冲刺，还是喘着气读不下来，怪自己没有足够的学问去读完它；及至后来长大些的时候才发现，原来根本是翻译得不好。欺侮人，把翻译工作当创作来搞，信口开河，目中无丁。那时候的中国，懂一点外文的人是很放肆的，卖"二手车"还那么狂妄！岂有此理之至！

　　许多译本大都不根据原文，要不是日文便是德文，原因是中国到日本留学的如鲁迅、郭沫若都是学医，学医照例得知道点德文，马马虎虎，日文加德文，弄出许多文学译本来。

　　有人问巴金先生，近百年哪本书译得最好，巴先生说："鲁迅的《死魂灵》。"

　　我是相信的。即便是从日文翻译过来，但鲁迅从来的主张是"直译"，再加上他本人的文采，读起来令人十分舒畅，品尝到文学的滋味。

《神曲》不够"神"。我们中国的神怪的诗词歌赋，好像都跟《神曲》一个调调，情节故事都平凡普通，屈原、曹子建，和但丁差不多，不太会讲故事。

论讲故事，古希腊的那些神话中的神类，也都发挥着人的性质。若是人，四处都有类似的短长处发生，毫不稀罕，只因为是神，才显得特别起来。好像毛主席在某个小城街边买了一块油炸糕当场吃下，被本地人传颂了三四十年，其实原是大家天天发生的事。这就远不如我们的《封神榜》《西游记》，甚至《济公传》的刁钻古怪，耐人喜欢了。

看起来，全世界的古人都不是讲故事的能手。薄伽丘的出现，人文主义思想的生发，冲破了思想禁锢的樊笼，人才开始发现了自己，委婉曲折地讲起故事来。中国人会讲故事要早一些，从信口开河、毫不负责的《山海经》到缠绵曲折的《李娃传》，那变化有多大！

但丁《神曲》写的《地狱》《炼狱》《天国》三部分"诗"的境界，和我们中国人读中国诗的感受是两码事。《神曲》中提到的带路者拉丁诗人维吉尔以及以后的比雅特丽丝的出现，也都引不起我太大的兴趣。《洛神赋》写来写去，和曹子建当时喜欢某一个够不着的女人一定有些特别的瓜葛。扩而大之说去，就露出了一厢情愿、自我陶醉的尾巴。

《神曲》可能在洋"诗"上有很伟大的文学成就和社会历

史成就。只是我不适应。不是不好，只是不适应。

中国诗是好茶，难以比拟的神妙。

1943年我在"新赣南"的信丰县民众教育馆做事。看到郑振铎编的《世界文学大纲》中有一幅但丁在翡冷翠的圣三一桥头遇见比雅特丽丝的画，十分欣赏而感动。那时我刚认识一位女朋友（即今日之"贱内"），正神魂颠倒之际，于是按照但丁在圣三一桥头的精神实质，写了一首短诗发表在《凯报》上。因为抗日战争，知识分子四处游徙，《凯报》的副刊是由《桃花扇底送南朝》著名小说作者谷斯范和诗人雷石榆负责的。诗一经发表，便觉得来头颇为不小。因为民教馆址也在大桥之头。

住在翡冷翠，免不得时常经过圣三一桥。远远望去，老桥就在前头，几百年保持了原来的面目，都是因为意大利人历史的品位不凡的缘故。

人在习惯上往往爱表现流露一点有限的知识癖性。来到圣三一桥头，就会乐滋滋地测量——但丁当时站在这里或那边，一尺或再过去几寸？另一人就会纠正，不！还更过一点……其实这无关紧要，因为到底有没有比雅特丽丝还是个问题，站在哪里不一样？

不过还是有这个人好。

前几年传说新疆天池出现大水怪，引起全世界旅游者的兴趣，忽然科学院严肃地公布了调查结果，说天池根本没有大水怪，是谣传，鱼而已。站在旅游收益立场，你看多煞风景！多蠢！多扫兴！

"姑妄言之，姑妄听之"是一种晋人化境的乐事，某些事情的认真仿佛泼了人一身带腥味的黏液，洗刷好久也不自在。

传说中，但丁九岁就见到比雅特丽丝，十八岁又见到一次，这就是圣三一桥头的那一次。以后她就嫁人了。出嫁不久的1290年死去，但丁这时候是二十五岁。一生最主要的作品《新生》为她而写。看起来又真有这个人了。

参加政治活动不外两类人，一是存心搞政治，一是偶然"上了贼船"。但丁这个人也搞政治，大义凛然地吃尽苦头，当局宣判他"终生流放"，若再踏进翡冷翠一步，就要被送进全聚德式的火堆里。

但丁1265年生，1321年9月13日死在拉文纳，也葬在那里。活了五十六岁，不算高寿。我国宋代的大画家黄公望比他晚生四年，却活到1354年，高寿八十五岁。宋代的画家在我们看来是算不得什么古人的。

翡冷翠圣十字教堂里有座俨乎其然的墓龛，那是衣冠冢。翡冷翠人几次要把但丁墓从拉文纳搬回来，拉文纳人不干！

（录自《沿着塞纳河到翡冷翠》，生活·读书·新知三联书店，

1999年版）

司都第奥巷仔

黄永玉

　　大教堂左侧有一条非常窄的巷仔，名叫司都第奥街，实际上跟英文画室的读法只是拧着一点腔，好像山西人讲北京话，意思是完全一样的——艺术工作室或画室的街。

　　深究起来，这条街可能还有许多古仔好讲。给一条街取个名字总不是无缘无故的。眼前，它的著名是由于一间一两百年——听说可能更早的卖美术用品的铺子。

　　巷仔不长，一百米吧？那一头是条名叫柯尔索的稍大些的横街，这一头就是环绕大教堂的热闹马路。

　　这家美术用品店真是令人一踏进门就舍不得离开。有关艺术的工具材料无所不包，画布、纸张、颜色油料、毛笔刷具、画板画架、凿子刻刀，以及十三、十四、十五、十六、十七、十八、十九、二十世纪各种不同时代壁画颜料及底子材料都分门别类地罗列有序。售货员的模样长得很有古意，他们细心地介绍，仿佛带领着我一世纪一世纪往后推移，脑子里展现出美术史上用这些颜料画出的一幅幅逆时针流转的经典壁画。

铺子里人山人海。外国附庸风雅的游客喜欢攀谈，顺势自我介绍也是热心的美术爱好者，这类每天发生的事是终能令人原谅的，万里迢迢来到翡冷翠，不抒发一点艺术气质，回国如何面对乡里？美术学院的年轻男女则是川流不息，东摸摸、西捏捏，一待半个钟头，看看价钱，冷笑一声走了，大不了应付面子，买一小盒木炭，或是两支铅笔……来是要来的，观赏和感染的成分较多，真正要用工具材料时，他们自有便宜的去处。

我好不容易在女儿的带领下，熟悉了从莱颇里搭11号Ａ公共汽车在大教堂下车，再步行到司都第奥街的路线。以后我一缺材料也就会一个人到这儿来买了。多好，热天冷天，我这个不太寂寞的老头来来回回在这条路上走着。

铺子里的人熟悉我了。我给他们旅行支票，他们知道我不懂外币换算，细心耐烦地在打印好的价单上又用铅笔给我说明。次数多了就显得有些亲切。返港的前一天我又去了那里一趟，添购几支做蜡雕塑的刀具，并向他们告别。握手。

"喔！中国画家！欢迎再来翡冷翠！"

"会来的！我很喜欢意大利的美术材料和工具……"

"是的，意大利的美术材料一流，我们知道你买了很多——"他转身告诉一位长黑胡子的胖子，"——叽里咕噜，叽里咕噜……"

那黑胡子胖子扬了一下眉毛，对我笑了一笑。

同行的中国年轻朋友悄悄告诉我：

"他说你在他这里用了二十多张一千美元的旅行支票！"

我大吃一惊，觉得不太可能吧？事后一算，半年多来，竟真有这个数目。美术用品店不会出现大豪客的。正应了金圣叹临刑前那两句佳言："杀头，至痛也，而圣叹无意得之！"花了这么多钱，事后一想，真杀头般痛也！

我喜欢翡冷翠，喜欢与我安身立命的职业有关的美术用品店。第一次踏进这家铺子我就倍感亲切。任何一种环境或一个人，初次见面就预感到离别的隐痛时，你必定爱上他了。

回香港已两个多月，几次梦中走进这家铺子！唉！可能由于少年时贫穷的渴望的回顾吧！

翡冷翠，非星期日，城圈以外的汽车不准进城。我选了个星期日，让女婿用车子把我安顿在柯尔索街边，对着这条迷人的司都第奥小巷画了一天。

这一天，发生了一件与绘画毫不相干的趣事。

我的画架搭在正对着司都第奥巷仔的人行道上。巷仔出口右手不远有座与民居连成一排的老教堂。十一点多钟还是更晚些时候，人们做完弥撒和礼拜再出来时，教堂门口忽然间沸腾起来。我爱理不理地继续写生，人群里出现了号啕。另一些从我身边走过的人们指手画脚不免使我的工作无法专注，远远望去，好像有人出了事。

我连忙放下画笔跑过去，原来是一位六七十岁的老太太晕在地上，脸色发绿，一动不动。睁开的两眼，却是一眨不眨。

不知从哪里来的胆子，我居然使出了当年在劳改农场当"草药组长"时的浑身解数，急忙摸出身边的火柴盒，抽出一根火柴，在老太太的鼻下嘴上的"人中"部位轻轻触动起来。又在她双耳耳陀处进行按摩，接着在背后沿肩胛到腰部顺序紧压。

老太太活了。呼吸，眨她的眼睛，然后慢慢地坐了起来。我也真吓了一跳——

"怎么这么快就活过来？"

登时引起人群一阵欢呼。神父念念有词，用他的右手在我的面前指指点点弄手脚，我明白这是对我的感谢而非跟我斗法。

人们环绕着我，无数虔诚的眼神，就在十步不远的教堂内的壁画上见过太多。我不知如何是好，便赶忙回到画画的地方。

那帮人又成群地跟了过来。女儿去给我买饮料，见到我成为中心，赶忙大叫：

"爸爸！出了什么事？"

接着救护车也哇哇地开来了，这群意大利人分成两队，一半对救护车大叫：

"不用了！不用了！中国大夫医好了！"

另一半在对我女儿夸奖她爸爸简直是神仙下凡。

各人掏出皮包要给我钱，女儿急着解释我不是医生，是个画家，不要钱……

"那么！我们大家去吃一点什么……"

"我在画画，没有时间吃东西。谢谢！谢谢！谢谢……"

他们走了。我继续画我的小巷仔。

这当然使我得意了好几天。

我不能和雷锋比，他风格高，做了好事一点都不说出来，只清清楚楚写在日记里。

我一回到住所就对几个中国留学生吹牛，描述得天花乱坠。

说句不怕脸红的话，我还写信到香港告诉我的好朋友们。唯恐天下人不知，风格低到极点。

毛主席《纪念白求恩》一文中就问过大家：

"这是什么精神？这是国际主义的精神，这是共产主义的精神……"

我这个算个什么精神呢？快乐精神，好玩精神！

说老实话，这有什么精神好算呢？不过遇到一件有意思的事情而已。

（录自《沿着塞纳河到翡冷翠》，生活·读书·新知三联书店，

1999年版）

也谈意大利人

黄永玉

谈一读路易奇·巴尔齐尼的《意大利人》这本书，可算是摸到一点点意大利和意大利人的脾性，甚至找到了作为异国人的自己在意大利所处的恰当的位置。我建议到意大利小游和长住的朋友们，不妨买一本《意大利人》带在身边，厚不满寸，思想和文采一流，既增长见识又启发聪明，令人产生一种前所未见的贴身的信任和快乐。

这位活了七十六岁的意大利人意大利风格地介绍意大利，几乎信口开河，随手拈来，占了自己是意大利人的方便。他的老前辈马可·波罗写起中国游记，就远不如自己中国人的孟元老写的《东京梦华录》汴梁景象、杨衒之撰的《洛阳伽蓝记》洛阳风物那么充实感人。

这都是没有办法的事。历来彼此间所创造出来的"遗憾的美丽"，确实也给世界上文化放出过异彩。普契尼《索伦托公主》

（即《图兰朵》）的中国、《蝴蝶夫人》的日本岂不都是"天晓得"和"哪里说起"的事？艺术似乎也在担当一种教育人们宽宏大量的任务，从而能欣赏历史正确和谬误之间触发出的幽默的美感。

查良镛四十年前送过我一部他翻译的美国记者写的书《中国震撼世界》。其中说到美国记者有一次黑夜里被带到一个解放了的小村子里，被一群惊奇而热烈的农民团团围住，但不知道该弄些什么东西让这个满手长毛的美国客人吃饱肚子。一位据说在城里见过外国人的内行走出来，手指顶着这位记者的脑门对大家说：

"他最爱吃甜东西！"

于是满满一盆煮熟的、剥了壳的鸡蛋和一碗白糖摆在客人面前。

"吃！"大家热烈地叫将起来。

陌生，好奇，充满善良的祝福意愿。

一个波兰朋友在拿波里大学教书，他给我讲过一次在海边散步的遭遇。

"两个青年骑着一辆900CC的摩托车迎面冲来，停车之后对我说：'手表！钱包！你这个美国婊子养的！'

"那时海岸静悄悄，四顾无人，眼看逃是逃不掉了。脱下手表，取出钱包交给他们俩，只好苦笑着摇摇头，自己轻轻地说：

"'我不是美国婊子养的，我是波兰人……'

"'呀？你是波兰人？你真是波兰人？'然后两人又互相

看了看说：'……他说他是波兰人……'

"'对不起，我们一点也看不出你是波兰人，没有说的，很抱歉……'钱包和手表交还给我，接着是跨上摩托车扬长而去，直到远处剩下一个小小的黑点。

"黄昏的海边散步毕竟给打搅了，忽然发现远处那个消失的小黑点越来越近。两个青年又回来了。

"他们真的来到我跟前，没等我重新脱下手表，其中的一个说：

"'真是抱歉，我们完全看不出你是波兰人……嗯！我们可不可以请你一起去喝杯咖啡？……'

"意思当然是诚恳的，何况我在惊悸之后，早已丧失拒绝的主动性，便跟着他们来到一家咖啡馆。

"喝咖啡，谈到波兰的苦难和我1970年逃亡的经过，令两个青年很感动……"

下面说的是另一个故事。

前几年我在巴黎遇上了一个老学生，后来我回意大利后他又到意大利来看我，一起在罗马、米兰、翡冷翠、威尼斯玩了好几天。他给我讲起在翡冷翠的一段趣事。这位学生从来向往意大利却没来过，满脑子崇敬思潮。他一个博物馆一个博物馆地朝拜，最后来到"老宫"旁边的"乌菲奇"博物馆门前。

"太神圣了！"他说。于是他把所有的可怜的川资买下了大大小小的纪念品和明信片。

四个钟头的博物馆路程，观赏尽世界珍品，他冷静了下来。坐在走廊的长椅上，后悔买了无用的纪念品。出门之后，他走向卖纪念品的意大利胖子，打着手势夹杂着生硬的英语、法语，希望能退还这些纪念品而能把原来的钱取回来。意大利胖子懂得了他的意思，慷慨而狡猾地退回他五分之一的钱。

一番言语不通的争吵招来一大圈围观者，意大利胖子登时编造出鄙薄我这位学生的理由，引来大家十分动容的同情，这是很容易看得出来的。

我的学生有口难开，慌乱加上气愤，只好走为上策，临别赠言是七八句纯粹的北京土话，内容不外乎他本人要跟那位六十来岁的意大利胖子的老母亲建立友谊之类的愿望的通知。最后还加上一句英语："祝你永远如此这般生意兴隆，上帝保佑你！"

满脸通红地扬长而去。财物两失，十分悲凉。

走了不到五十米，那个意大利胖子追上来了，我的学生连忙脱下背包，准备打架。但那个胖子气喘如牛地走近跟前，双手退回他百分之百的钱，温柔地和他说话，紧紧地握手和拥抱，微笑，然后走回到摊子那边去了……

我的学生向我解释这突然变化的原因说："可能我当时提到了上帝……"

虽然故事十分具体而真实，我却是站在很抽象的角度来欣赏这一类的故事和意大利人。

在意大利，你可以用一分钟，一点钟，一天，一年或一辈子去交上意大利朋友，只要你本身的诚挚，那友谊都是牢靠而长远的。

（录自《沿着塞纳河到翡冷翠》，生活·读书·新知三联书店，

1999年版）

威尼斯日记

阿　城

· （5月）31日

C先生告诉我威尼斯与中国的苏州是友好城市。我想这大概是因为苏州城里有许多河道的关系吧。

我在苏州住过一段时间。我做过摄影师，去拍过苏州的许多地方，就是没有拍苏州的河，原因很简单，当时苏州的河里几乎没有水了，于是河的两岸像牙根一样裸露出来。

在水、桥与城市的关系上，类似威尼斯的城市还有荷兰的阿姆斯特丹，它有一千多座桥，一百多条运河。瑞典的斯德哥尔摩，十五个小岛被水隔开，又由许多桥连起来。

非洲马里的莫普堤也有些像，但是城市所在的三个岛，缺少桥梁的联结。尼日利亚的首都拉各斯则号称"非洲威尼斯"。

文莱的首都斯里巴加湾和泰国的首都曼谷也都是与河道有

密切关系的城市，但所有这些地方，据我的观察，独独威尼斯具有豪华中的神秘，虽然它的豪华受到时间的腐蚀，唯其如此，才更神秘。

白天，游客潮水般涌进来，威尼斯似乎无动于衷，尽人们东张西望。夜晚，人潮退出，独自走在小巷里，你才能感到一种窃窃私语，角落里的叹息。猫像影子般地滑过去，或者静止不动。运河边船互相撞击，好像古人在吵架。

早上四点钟，走过商店拥挤的街道，两边橱窗里的服装模特儿微笑着等你走过去，她们好继续聊天。有一次我故意留下不走，坐在咖啡店外的椅子上，她们也非常有耐心地等着，她们的秘密绝不让外人知道。

忽然天就亮了，早起的威尼斯人的开门声、皮鞋声远远响起，是个女人，只有女人的鞋跟才能在威尼斯的小巷里踩出勃朗宁手枪似的射击声。

· （6月）7日

假如威尼斯的一条小巷是不通的，那么在巷口一定没有警告标志。你只管走进去好了，碰壁返回来的时候不用安慰自己或生气，因为威尼斯的每一条小巷都有性格，或者神秘，或者意料不到，比如有精美的大门或透过大门而看到一个精美的庭院。遗憾的是有些小巷去过之后再也找不到了，有时却会无意中又走进同一条小巷，好像重温旧日情人。

应该为威尼斯的每一条街巷写传。

李斗在《扬州画舫录》里为许多画舫写小传，它们的样子、名字、船主是怎样的人。

扬州当年的画舫，是运盐的船发朽之后改装的，在扬州的河道上供交通、游览。船上有空白的匾，游客可题名，题了名，船就有了称呼。许多船的名字很雅，其实不可爱，反倒是一些俗名有意思。

有一艘船因为木板太薄了，所以叫"一脚散"，另一只情况差不多的船叫"一搠一个洞"。还有一只船，船上有灶，从码头开出，灶上开始煮肉，到红桥时肉就烂熟了，所以叫"红桥烂"。

这样的船差不多都是没人题字，于是以特征为称呼，另一类则以船主的名字为称呼，比如："高二划子船"，"潘寡妇大三张"，"陈三驴丝瓜架"，"王奶奶划子船"。

"何消说江船"，主人与船客说话，口头语是"何消说"。

"叶道人双飞燕"，划船的是个道士，四十岁开始不沾油腥，五十岁则连五谷也戒吃了，即"辟谷"。当今世界上富裕国家的人多兴节食素食，因此常可看到皮肤松弛晦暗而神色满意的人。叶道士在扬州的繁华河道中划船，"旁若无人"，其实这位道士不如去学佛。

"访戴"的船主叫杨酒鬼，从早喝到中午，大醉，醉了就睡，梦中还大叫"酒来"。坐船的人自己划桨，用过的盘子碗筷亦是自己收拾，船主睡在船尾打呼噜。不知这船钱是怎么个收法。

"陶肉头没马头划子船"，这条船大概没有执照，所以不能在码头上接客人，只好在水上接一些跳船的人。

"王家灰粪船"，长四十尺，宽五尺，平时运扬州的粪便，清明节时洗洗干净载人，因为那时扫墓的人多。碰到庙里演戏，就拉戏班子的戏箱。

我去了威尼斯S.Trovaso教堂旁边的一个小造船厂，工棚里有一只正在做的弓独拉，我心目中这种小船几乎就是威尼斯的象征。有关威尼斯的照片，总少不了水面上有一只弓独拉，一个戴草帽，草帽上系红绸带的水手独自摇桨，像一只弓样的船上，游客的目光分离，四下张望。

弓独拉原来是手工制造，船头上安放一个金属的标志，造型的意思是威尼斯，船身漆得黑亮黑亮的。水手常常在船上放几块红色的垫子，配上水手的白衣黑裤红帽带，在这种醒目简洁的红白黑三色组合中，游客穿得再花哨，也只能像裁缝铺里地上的一堆剩余布料。威尼斯水手懂得在阳光下怎样才能骄傲，我常常站在桥头看这幅图景，直到弓独拉在水巷的尽头消失。

这种小船其实难做，它们的身体要很巧妙地歪曲一些，于是用一只桨正好把船划直。船舷上有一块奇妙的"丫"形木头，桨支在上面可以自由摆动。水手上岸时，随手将这块木头拔下带走，船就好像被锁上了，没有它，划起来船只会转圈子。我怀疑每块木头的角度很恰当地配合着每只船的歪曲度，它们之间的关系像号码锁。也许这只是我的猜想。

这块木头的造型好像亨利·摩尔的雕塑，如果将它放大由青铜铸成，摆在圣马可广场靠海的一边，一定非常好看。

可惜威尼斯不卖这个弓独拉的零件，否则我一定买一个，带回去，对朋友开玩笑说，我最近做的，怎么样，很有想象力吧？

或者，在威尼斯租一个小店，做一些这个零件的缩小样卖，各种质料的。用一根皮绳串起一个，挂在脖子上，多好的项链。结果呢？结果当然是我破产了，老老实实回到桌子边上敲键盘，因为威尼斯的标志是一只狮子，背上长着一对翅膀，于是能战胜海洋，守护威尼斯。

弓独拉的桨其实就是翅膀。威尼斯的造船和航海，使威尼斯有过将近七百年的海上霸业，这当中会有多少有意思的事？

苏州与威尼斯结为姐妹城市，也许有这方面的道理。两千多年前，西楚霸王项羽带着八千子弟兵打进咸阳，结束了秦始皇建立的中国第一个统一帝国。历史学家顾颉刚说这八千子弟兵是苏州人。而在战国时代，以苏州为首都的吴国，败楚、齐两大强国，又代晋称霸，四强中只有秦远在西方，才没有叫吴收拾了。这样的霸业，是靠了吴国兴水利，粮草不缺，另外就是吴国铸造的兵器是当时最精良的，1976年中国湖北出土的一把吴王夫差剑，历两千多年仍然锋利逼人，没有锈蚀。

第三场公牛赢拓荒者94：84。

· （6月）25日

一早起来，接了乔万娜，三个人上路。

在高速公路上沿波河平原向西，两边是麦田，马上就要收麦了。还有葡萄园、果园，果园旁边立着简单的招牌，写着零售价钱。波河时远时近，河水像橄榄油，静静地向东南流去，注入亚得里亚海。

意大利的北方很像中国的华北，连麦田里的槐树都像，白蒙蒙的暑热也像，北面的阿尔卑斯山余脉几乎就是燕山。波河平原和丘陵上散落着村镇，村镇里都有教堂。河北的霸县（今霸州市）、天津的静海一直到山东，也是这样，常常可以看见教堂。

两个小时，已经到了克雷莫纳城。我年初到这里在斯台方诺先生（Stefano Conia）的工作坊里订了一把阿玛蒂型的琴。

我喜欢阿玛蒂型的琴，因为它的造型古典味道更浓，底板面板凸出像古典绘画中女人的小腹，琴肩圆，小而丰满，音量不大但是纯净无火气。瓜纳利（Guarnerius）、斯特拉地瓦利（Stradivari）型的琴的声音都有暴力倾向，现代的演奏基本上使用斯特拉地瓦利型的琴，配用钢弦，我们听惯了，只觉得它们音量大、响亮。耳朵习惯了暴力，反而对温和的音色会莫名其妙。从浪漫主义时期开始，音乐中的暴力倾向越来越重。据肖邦同时代的人说，肖邦弹琴的最大音量，是中强（mf），而我们现在从演奏会得来的印象则肖邦是在大声说话。

就像大机器工业的兴起，使手工业衰落，一般人知觉越来越麻木，越来越需要刺激的量，对于质地反而隔膜了。辣椒会越吃越要更辣的，"辣"变成了意义，辣椒不重要了，于是才会崇拜"合成"物。

但是我们情感中的最基本的要素，并没有增加，似乎也没减少，就像楼可以盖得越来越高，人的身体却没有成比例地增加。衣服的料子越来越工业化，人的肉身却还没有机器能够生产，还需要靠一路过来的"手工业"，气喘吁吁，大汗淋漓。

斯台方诺先生拿出手工制造的阿玛蒂，有一种奇异的木质香味。

我年初特意到克雷莫纳来，有朝圣的意思。这个小城我一直记在心中，没有想到会真的在这个小城里游荡。克雷莫纳的早晨很安静，钟声洪亮，一只狗没有声音地跑过广场，一个男人穿过广场的时候用手扶了一下帽子。小城里还有一个令人惊奇的漫画图书馆，图书馆的厕所里，有一个白瓷盆嵌在地里，供蹲下来使用。

市政府在广场边上古老的宫殿里，里面有一间屋子藏着五把国宝级的小提琴，那天我听了一位先生拉那把1715年名字叫"克雷莫纳人"的斯特拉地瓦利琴，这把琴曾属于过匈牙利提琴大师约瑟夫·约阿希姆。我听的时候脑子里一片……如果现在有人引你到一间屋里，突然发现列奥纳多·达·芬奇正在里面画画，你的感觉怎样？

和朋友在小城里转，走到斯台方诺的作坊里来。作坊附近的一座楼的墙上，写着令人生疑的"斯特拉地瓦利故居"。说实在，那座楼式样很新，也许是翻盖的。

我很喜欢斯台方诺的小铺子，三张厚木工作台，墙上挂满工具和夹具，房檐下吊着上好漆的琴。斯台方诺先生还在提琴学院教课没回来，他的儿子俯在工作台上做一把琴，说他就要服兵役去了。门口挂着一条中国学生送的字"心静自然凉"，多谢不是"难得糊涂"。

斯台方诺先生把琴给我装好，又请我们到小街对面的店里喝咖啡，我当然要的是茶。

我问他儿子去当兵了吗？他说去了。

我和 Luigi、乔万娜在馆子里吃过比萨，开车回维琴察。

Luigi 会突然地唱歌，他会唱很多歌。他也是突然问我去乔万娜乡下的家好不好，我说好啊。

于是在接近维琴察时下高速公路折向北面山上。

山很高，但也许是云太低了，最后几乎是在云雾里走，开始下雨。

乔万娜家的村子 Fochesati 只有四户人家，乔万娜的妈妈星期天从维琴察回到这里来侍弄一下地里种的东西。我和Luigi从外面抱回木柴，在壁炉里生火。我的生火技术很好，如果没有火柴，照样可以把火生起来，我在云南学会了钻木取火一类的方法。

这个家是一个非常小的三层楼，楼上有高高的双人床，床搞得这么高大概是为了在床下放东西。地板年代久远，踩上去嘎嘎响。剥了皮的细树枝做楼梯的扶手。

火在壁炉里烧得很旺，于是商议晚上吃什么，之后去山坡下收来一些土豆，又去山坡上摘来各种青菜。回来的时候，村子里来了一辆货郎车，卖些油盐零食。

隔壁的老头过来，坐在凳子上开始闲聊，问我是中国人吗？我很惊奇他怎么会分辨出东方人的不同血统。

老头子第二次世界大战之后因为意大利没有工作机会，去比利时做矿工。"苦、累，"老头子攥起拳头说，"那时我年轻，有力气。"终于回来，又去了法国，仍然是苦、累，老头子还是有力气。最后回来了，种地、退休，意大利的农民有退休金。问题来了，老头子到外国去做工的时间不能算成意大利的。老头子说，于是我只能算二十七年的工龄，退休金少了。

老头子抱怨老婆子要他干活。"我不去，我干了一辈子了，我干不动了。"老头子在暮色中坚决地抱怨着。乔万娜走来走去忙着，Luigi说，"老头子平常很少找得到人和他聊天。"

饭做好了，土豆非常新鲜，新鲜得好像自己的嘴不干净。

乔万娜忽然说到她的大舅是传教士、建筑师，以前在中国。我问乔万娜你的舅舅寄信回来过吗？乔万娜不知道。Luigi 说出家人与家里没有联系了。

天主教传教士十六世纪进入中国以后，到1949年已有四百多年了。从利玛窦和罗明坚开始，四百年间的传教士不知道写给梵蒂冈教廷多少信，这些信里包含了多少中国古代、近代、当代的消息！我因为要写汤若望的电影剧本，读了不少这类东西，好像在重新发现中国。

我们离开这个小村子回维琴察，车开下平原经过 Montecchio 时，暮色中远处两座离得很近的山上各有一座古堡，Luigi 说，"一座是罗密欧家族的，一座是朱丽叶家族的，都这么传说啦。"

深夜回到威尼斯，看着船尾模糊的浪花，忽然对自己说，"一个是罗密欧的家，一个是朱丽叶的家。"

（录自《威尼斯日记》，麦田出版社，1994年版）

谁是胜者

张承志

· 1

那是1999年的秋天，我刚刚抵达欧洲，这本书里的一切都还没有开始。

离开巴黎的奥塞博物馆时，突然看见了一幅画。陪着我的是一个中学同学；我清楚记得那是在大厅侧面，靠着台阶。于是我俩就站在墙前面，打量画面上的阿拉伯骑者和为他牵马的黑人。

同学念着，我费力地记：国王……波阿布迪勒……在格拉纳达的离别……画家是阿尔弗雷德·德欧当克（Alfred Dehodencq），画于1869年。大厅里光线昏暗，油画上字迹模糊，不知是不是写错了。其实这么画草图、抄笔记，不过是为了省下买说明书的钱。同学却在一边批判我；他说既然你对阿拉伯的事这么兴致勃勃，还磨蹭什么，干脆去买一套东方题材油画集。

这个"阿布迪勒"显然是……

而且那个"波"是什么意思？

但是那画给了我很深的印象。画面要传达的忧郁情调一目了然，一位国王和他的仆人在一个山坡上，勒马回首眺望故国。他是谁？这是怎么回事？格拉纳达是什么意思？我的好奇心被骤然惹起。

"东方"对欧洲人是那么重要，所以连这个题材的油画集都各式各样：法国人画的东方、英国人画的东方、美国人画的东方。我最终没听同学的怂恿买一套，原因主要不是经济的而是不知如何选择。都买下显然不值。可是买哪一本呢？无疑美国佬画得最臭，但难道法国人就画得深刻吗？

今天回忆着，觉得那幅画宛如一块拦住台阶的幕布。掀开它以后，我就一级级地，开始了对阿尔·安达卢斯的探访。

不不，我没打算尝试描写那片土地。我不会写它，我知道一写必落俗套。我既不会论述阿尔·罕姆拉，也不敢涉及伊本·阿拉比。

就像在奥塞博物馆只瞥了一眼《波阿布迪勒王在格拉纳达的离别》一样，我在这篇短小的随感里也打算只写一句。我只稍微说一个细节。具体地说，那是墙上的一块砖，是砖上的一个花纹。

花纹如这幅插图，是一句铭文。

· 2

直至今天，有时我还会在睡梦中梦见那座宫殿。

在华丽的外廊内室雕梁画柱上，满墙满壁、连续不断、无处不在的只是一句铭文，它雕刻在白润微黄的硬石膏上，如忍冬草纹，如象牙细雕，一股漫流四溢的魔力，勾引得人痴痴发呆。

在梦中，我觉察到自己的中魔。但我不能控制，喃喃地只顾读着那句铭文。念的时候，我在欣赏那精致的笔画。

Wa-la gālib, illa Allāh——念着念着，不觉又再次睡熟。

而在当时，虽然我从那幅《波阿布迪勒王在格拉纳达的离别》以后到处搜罗，在进入之前更尽量读了阿兰布拉宫的资料，虽然我在格拉纳达城的四郊和小地方寻觅，像先吃小菜留着羊腿一样把阿兰布拉宫留在最后——事先的心理准备，还是没能够抵抗目击瞬间的震撼。

不，我也不是解说。我总想也许我的例子过于特殊：那时我刚刚学了几个阿拉伯字母，正是不满足只把它当花纹看的时候。而它又只是两个单词，想象一下——如果沿着走廊和屋檐，长长的带状纹饰上一个接一个地刻着这句两词的短语；如果你偏偏又读懂了它的含义；如果满目都是它的流动；如果这两个词迎面回答着历史的无常；而且它从屋顶从窗棂、从庭院从正殿、从立柱从水池，无休无止地向你包围、凝视着你、与你讨论的话，你怎能不目瞪口呆呢！

这两个单词是：gālib（胜者）和 Allāh（真主）。铭文的其余部分是副词介词，一块组成一个短语。若翻译，就是如下一句："没有胜者，除了真主。"

然后它无穷无尽地雕上一切的门楣檐廊，刻在黄象牙一般光滑的硬石膏面建筑上，潺潺流水一般，赞辞谶语一般，它们首尾相连，成为阿兰布拉宫的主题装饰。于是，在西班牙的第一文化古迹，在欧洲大陆的一隅，满视野就都充斥着这样一句。

必须说，当我被那一句千重万复的箴言突然袭击，被那简洁的谶语包围其中的时候，我确实震动得不能自已。

· 3

我依然不敢解说。对我来说，冲击力是与恰巧读懂了两个词相关联的，此外还有感情的因素。我想，对更多的完全不识阿拉伯文的人，这座建筑里的纹饰会带来怎样的感觉呢？如此一句究竟给人怎样的魅力？这魅力究竟有着怎样的限度？

我四顾寻找，想找一个对阿拉伯语一无所知的欧洲人，问问他的观感。

三三五五的参观者端详着，漫步着，听着租金一千比塞塔的无线解说耳机，不断地经过我的身旁。他们的神情里有一种茫然和严肃，可能这个地方勾起了他们的反思。

我咳嗽一下，想着怎样拦住人提问，又不显得失礼。

有趣的是，每一个瞥过我的人，对我也似乎抱着同样的疑问。

他们像是在说：哟，这是亚洲人。日本学生呢还是中国商贩？他们也来看阿兰布拉了。难道他们理解这段历史吗？对这些铭文，他们会做何感想呢？

这彼此的疑虑！

想了好一阵，我觉得，还是他们的疑问更合理些。

欧洲人多少还是懂一点。因为他们与阿拉伯的纠葛无穷。不仅在学校，无论由于什么缘故，谁都被灌输过一些入门知识，就像日本人大都和"满州"、"上海"有些牵连一样。对满墙的铭文，他们不一定会读，但他们觉得贴近。

阿尔·安达卢斯是一个特定的地理概念，在八至十五世纪指的是地中海以北、以今日西班牙的安达卢西亚为中心的穆斯林世界。

而传奇的阿尔·罕姆拉，意思是"红色"。它的阿拉伯语形式为 *Al-hāmrā*，到了西班牙语中就读作 *Alhambra*（阿兰布拉）——据说有百分之十的西班牙语是阿拉伯借词，还不算这样的音译。

欧洲人来到这儿，就是要琢磨阿尔·安达卢斯，琢磨阿拉伯。

而我们从小读假洋鬼子编的课本，代代人完全不知阿拉伯。不用说，也没有谁知道穆斯林的阿尔·安达卢斯，不知道世界名城格拉纳达，不知道比故宫小得多、但盛誉不亚于故宫的阿尔·罕姆拉。

还是称它阿兰布拉。

在宫殿门口的书店里，华盛顿·欧文的《阿兰布拉故事》各种版本琳琅满目。我买了一本日文版的。读了几页，我便暗自给自己定下了一件事：别描写这座宫殿。

华盛顿·欧文进行了——不仅是十九世纪文学的，而且是甜美的描写。他把历史、幻想、正义感和宿命论，都搅拌在一种幻惑的蜜糖里。虽然今日捧读它我不时对那些甜得发酸的语言忍俊不禁，但令我吃惊的是，若把它与实证主义的大师之作对照来读（比如我背囊中一直带着 K. 希提的《阿拉伯通史》），则会发现欧文在框架和细节两方面都功力不凡。

毕竟是观点经住了一百数十年的审视，细节处的浪漫笔法又催人泪下；还有，阿兰布拉宫那种魔法般的赞美、隐喻、甜美和隐秘，需要一个同样风格的细腻解释——我分析，或许这就是华盛顿·欧文如此成功的原因。

巴黎油画中的波阿布迪勒，是欧文小说的悲剧主人公。这位格拉纳达的最后一位穆斯林国王，经过了欧文和各种艺术的渲染，已经在欧洲大受青睐。"波"大概是一种昵称，阿布迪勒通常译作阿布杜拉。油画描绘的场面被欧文和数不清的小说散文写过——那是格拉纳达的黄昏，那是八百年穆斯林西班牙的结束啊，被放逐的"波"勒转马头，在一个山岗上最后眺望他的宫殿。

这座建筑与装饰的奇迹之作，是由一位十三世纪的格拉纳达国王阿尔·哈姆尔开始建造的。从日文版看来，好像欧文按照西班牙语的读法省略了送气音 h，把他的名字写为阿尔·阿姆尔。他似乎有过一个绰号"战胜者"，希提就这样称呼他。一切有意味的故事，都来源于这个名字。

华盛顿·欧文的这一段，是这样写的：

当悲剧的胜利者阿尔·阿姆尔国王临近他喜爱的格拉纳达时，人群与欢声涌到了户外。国王回来了！我们的国王回来了！伟大的胜利者！……人民用欢呼迎接，他们欢呼着，围住了骏马上的国王。

但是每当受到人民尊敬，阿尔·阿姆尔国王就摇头叹道："我既不是征服者，也不是胜利者。除了真主之外，在这大地之上，哪里有能够征服人的存在呢？"

以后，国王不管在怎样的场合、不管面对怎样的事态，总是使用这句话："*Wa-la gālib，illa Allāh*"（没有胜者，除了真主）。国王把这句话写成带状，记入纹章。对国王它是永远的裁断之辞，他也以它告诫子孙，把它当作王族的座右铭。

（《阿兰布拉故事》，日本讲谈社，1976年版，P.356—357）

· 4

最初我以为这是一种石头雕刻，若是那样就更无法理解——它是如何复制成那么多的呢？后来知道阿兰布拉宫的内壁使用一种硬石膏涂层，看起来不仅有象牙的质感，而且便于雕镂。

借助它赐予的便利，人们竭尽了渲染华丽之能事。阿拉伯的装饰艺术，在这座宫殿的角角落落达到了极致。

在穆斯林时代的强盛期，浑身宝石的常胜者，把这句铭文刻上了阿兰布拉的墙壁。当格拉纳达被天主教军队占领时，基督徒发现，这句铭文在宫殿的每一个角落告诫着："没有胜者，除了真主！"

——几百年弹指一瞬，阿拉伯的阿尔·安达卢斯已成过去，基督教–资本主义的体制已牢不可破。但这一次"胜者"跃出的，却是文化的水面。穆斯林的阿兰布拉宫，成了西班牙数一的古迹。

如今新的霸权又到达了顶点，如同一种衰退又显露了兆头。在阿兰布拉宫之外的世界上，又一轮征服和流血，正在开始巡回。人们都在注意这句铭文。那罕见的石膏确实结实，每一笔的圈点斜线都完好无缺。在大使之厅，在狮子之庭，它在整座阿兰布拉宫微笑着。好像在用强大的前定论，等待着谁来辩论：

没有胜者，除了真主
Wa-la gālib, illa Allāh

如今，阿兰布拉宫的风景之一是售票处。观光客沿着绕来绕去的铁栏杆排成长队，那天我的排队时间是一个小时。入场券的价格也是全西班牙首位———千比塞塔。电子显示屏上不断打出红色的字幕，提醒着此刻购票者的最后入场时间——宫殿要限制场内的人数，游客也可以算算今天是否还能看完。

两个老人在我旁边小声说："若论后宫，它不是世上最壮观的，但它是最舒适的。"

经过翻译，我偷听着，觉得这话说得很有见地。一种神秘气氛，在昏暗的象牙色之间漂浮。我发觉人们都痴痴地凝视着，轻移脚步，走过眼前流动的镌刻。没有人喧嚣，大家都屏住呼吸。我抑制不住一股感动，但我只能随着人流。人们肤色不同，不知他们来自哪里，可是似乎他们都从这箴言里，各自汲取了一点慰藉和平衡。

我们静默着，慢慢走着，眼前的雕刻一句句移过。它由穆斯林创造于古代，又由基督徒保护到今天。它在批评着隔阂与差异，它在提醒着共通的命运：

Wa-la gālib, illa Allāh

没有胜者，除了真主

写于2002年9月

（录自《鲜花的废墟：安达卢斯纪行》，新世界出版社，2005年版）

轻伤的人，重伤的城市

翟永明

> 六千颗炸弹砸下来
>
> 留下一个燃烧的军械所
>
> 六千个弹着点
>
> 像六千只重伤之眼
>
> 匆忙地映照出
>
> 那几千个有夫之妇
>
> 有妇之夫　和未婚男女的脸庞
>
> 他们的身上全是硫黄，或者沥青
>
> 他们的脚下是拆掉的钢架

2000年11月，我写下了我在柏林的最后一首诗《轻伤的人，重伤的城市》，这首诗的标题却是我年初刚到柏林时，第一次看到威廉大教堂时想到的。作为柏林最大、最古老、最有代表性的教堂，在二战中险些成为一片废墟，如今它像一个饱受折磨的美妇人站立在柏林最繁华的一条街上，伤痕累累，风采依稀可见，让人看了心酸。在它身旁新修的现代建筑是一个有象征意义的新教堂，简洁的造型蕴藏了好些原教堂的隐含元素，摩登而又朝气蓬勃，反倒衬托得威廉教堂更加凄美，更加让人心动。在它脚下，是那些喜气洋洋的观光客、情侣、不知战争为何物的嬉戏的儿童，"轻伤的人 / 从此拿着重伤的地图"，现实中的柏林，连这些伤口也成了旅游的一部分。

关于这首诗有两个情节让我觉得有趣。第一是在一次朗诵会后，一位中年德国妇女耐心地等待我与周围的人交谈完毕，走上前来（我注意到她是一位诗歌的认真倾听者，第一个到达会场，坐在第一排），认真地让翻译告诉我：一、不只是六千颗炸弹，应该是更多。二、没有"夫"，因为"夫"们都已经被送到前线去了，城市里已经只有妇女和孩子、老人了。可爱的德国人的理性逻辑。看看她等了半天就为了要告诉我这两句话，我既感动又难以解释得清这首诗的起因与动机，看来她也并不等待回答，说完以后就自顾走了。我甚至没来得及告诉她，"六千颗炸弹"不是一个准确的数学根据，它仅只来源于一部小说给我的强烈印象。

大约1986—1987年我与朋友韩东通信时，他隆重地向我推荐了海因里希·伯尔的小说《莱尼和他们》，由于种种原因，我买了但一直没看这本书（上海译文出版社1981年版，没有前言后记，也没有任何一个字的原文注释，但我仍然喜欢这个版本）。由于是韩东推荐（我欣赏他的判断力），我仍然时时挂记着这本书，去德国时，我特地将它带上，就在去海德堡的火车上，我一口气读完了这本书。不消说，我从第一页就开始被吸引，当火车开到科布伦茨一带时，我正看到1945年"三·二"空袭那一部分，即便窗外是阳光明媚的莱茵河，左岸就是书中所写的"地图上那根弯弯扭扭处在洪斯吕克和艾费尔之间的黑线，即摩泽尔河"，连那迷人妖精罗累莱的岩石都长在这条线上。但此时此刻，我还是被伯尔的文字拖进半个世纪前的防空洞、地下室。奇怪的是，伯尔其实并没有正面写到战争，充其量写了些躲警报、躲炸弹、地下室一类的事。这种回忆关于抗日战争的报道我也看多了，从来没有一个人写得这样让读者身处其中，无处可逃，"一连六个半钟头飞机不停地狂轰滥炸，航空水雷和近六千颗炸弹像冰雹般落下来"。当我从书上抬起头来时，我的嘴里也像他写的一样满含灰沙，咬得"嘎嘣嘎嘣直响"，那种感觉就像十五年前我独自一人坐在电影院里看《解放》一样，既恐惧又刺激，看得欲罢不能。

"丢了近六千颗炸弹啊……"这句话和看见威廉教堂这件事，就这样变成了一首诗。我当然知道战争中的一系列数据和报表，也知道战争的真相远远不仅于此。但是某部黑白纪录片雨点般落下的炸弹和这句简单的描述，成了我脑子中战争的最有力量的造型元素。

"丢了近六千颗炸弹啊"，也是这句话，让我知道了，在战争发起者的国度，老百姓也尝到了战火的滋味，"至少经历了两百次空袭警报和大约一百次轰炸"。至于城市，许多建筑尸骨未存，断壁残垣中的破铜烂铁也被拆光卖尽，"我正式开了一家店，招牌是：废旧房屋建筑拆除工程股份公司"，书中一位发战争财的家伙很有远见，事实上，他的确发财了。

有两次走在巴黎人头攒动的旅游者中间，我看着巴黎那些美丽的古老建筑，突然想道：如果当年法国人不是见势不对就投降，而是像德国人那样一根筋，那么今天这样全世界最高的旅游外汇收入就不是法国独占了。而德国，由于听凭一个战争疯子把他们领上一条不归路，直至把历史名城变为一片废墟。柏林现在只能在数据上成为全世界第二大的建筑工地（第一大工地在上海），倒是成了全世界建筑师们的觊觎之地，但也就与旅游创汇关系不大了，试想会有多少老百姓专程前来参观没有历史根据的现代建筑呢？

关于这首诗的第二个有趣情节来自诗的标题。我的女朋友林林告诉我，她的德国男友波尔在读了这首诗后，表示不同意"轻伤的人，重伤的城市"这个概念，正好相反，他认为，无论如何，城市受的是轻伤，而人，受的是重伤。因为德国人为了永远记住战争带给他们自己的创伤和灾难，为了给后代留下永久记忆，修建了许多纪念馆（我本人就参观了不少，并且无一不是由德国人带领），并且在城市的修建中，有意识地保留战争对城市的伤害（如保留弹洞、废墟等战争痕迹），这些建筑措施都是人为的，是受过重伤又恢复过来的人对战争的切肤记忆。而城市本身却是不断地恢复，新生，容光焕发，就像一个经过整容手术后的美人，虽然不是天生丽质，但也颐养得当。在波茨坦广场周围许多新建筑的修建，正如这个城市的伤口不断地被一次次地修补、覆盖，已渐渐痊愈。

波尔的理解代表了在我的预料中德国人对这首诗的理解，从他们的角度，人，肯定是在战争中受到伤害最深的。至于城市、建筑、文化、历史，则都是容易重新整合的，"留得青山在，不怕没柴烧"呗。

在我看来，这首诗是写"记忆"的，城市、建筑也是有记忆的，史实、数据、精确度是另外一回事。"记忆"既不同于史实，也不同于虚构，它应该怎样度量，又怎样外化呢？从来没有过一个城市像柏林一样，以沧海桑田一样的城市肌理来记载一个世纪的变化。透过一些建筑明信片，我们还能依稀回忆起十九世纪柏林巨大而沉重的建筑群，那些有着统一标高的房屋和轮廓分明的街道，转眼间战火屠城，废墟林立，一条一百六十五公里长的真空隔离带将城市的身体一剖为二，一半涂鸦，一半艳妆，东西柏林的伤口被一个看不见的纱布裹在一起，其体内的脓水一直溃烂了若干年。今天在大街上行走的、在酒吧中流连的、在公司里上班的德国人，无法看清他们自己的伤口，他们刷卡，穿着名牌西装，挺拔、高大，站在寒风里如玉树临风，他们身上已然消失的那一部分，才是战争留给他们的伤痕，他们认为的"重"，其实是现实中的"轻"。

而城市，是无辜的，它对战争无知无晓，对人事兴亡和江山更迭也无动于衷，对生死爱欲也茫然不顾。城市的所有沧桑繁华，气象万千，以及劫难毁损，都是人强加给它的。但在战争中，它们却成为政争、权谋、罪愆的风暴核心。人，创建城市，又任意摧毁它，并不当它是一个生命，人，既能让城市生，也就认为有权让它死，政治家们所谓"谈笑间，樯橹灰飞烟灭"。所以，城市（它一般也代表了这个城市的文脉、历史、象征）在战争中受到的内部重创是被轻视的，是一种现实中的"轻伤"。

波茨坦广场的新建，固然是用已经断掉的各类线索（国家、历史、文化上的延续），试图来一个历史复原，用以弥补城市文脉上的断裂。当年希特勒制造"纵火案"的国会大厦，现在成了联邦议院，大厦的楼顶，是一个全玻璃圆顶，现代设计的穹顶。新旧对比，战争与和平的含蓄隐喻，使这个古老的备受伤害的建筑重新闻名于世，但整个城市的折中规划，现代建筑在原有的巴洛克风格地区中的介入，实际上已经反映出这个国家文化与城市结构被破坏。

记得一次与洪堡大学的女教授尹虹一起在共和国宫附近散步，她指着曾经作为东德代表性建筑的共和国宫，愤愤不平地告诉我，来自西柏林的政府官员一直主张将其拆除，对东德人来说，统一同时意味着从此在文化、经济和身份上都成了二等公民，而作为五十年东德历史的建筑代表，也面临成为有选择地销毁历史的牺牲品。这多少也说明了在某种特殊状态下，建筑也未必可能完全超越权力和政治形态。

由于战火，由于隔阂，由于意识形态，城市的肌理第二次受创，除了个别建筑师从生态学的观点呼吁接受历史见证、保持建筑的当代内容之外，政治家们的考虑则是与此无关的。在我喜爱的德国导演文德森的电影里，柏林的上空曾是这样纠缠着两种现实，两种场景，两种不同的意识形态对空间的占有，没有任何一个城市像柏林这样充满记忆，充满各种符号，充满内伤和外伤。外伤可以通过新的立体设计，新的美学含义，新的技术保障借以恢复，即：一种所谓"批判性重建"的策略来实行的"重新构造柏林的历史核心"，而城市的内伤——那不可见的，已然消失的，无法在场的，但又阴魂不散地笼罩着人们的"记忆"（不仅仅是博物馆提供的记忆，也不仅仅是电影版或摄影版或教科书版的记忆，而是走在柏林的每一个小小街口，迎面撞上的缺口和弹洞，或是在那些高技建筑的大厦、楼梯、绿地，孤独无助地站立在风中的一小块残垣，又或是在提到"战争"二字便掠起阴影的话题中）。这些无处不在无法愈合的伤口成为不但是文德森的电影，而且是城市生长过程中的重要元素。在它身旁走动的百分之百金发碧眼的正版德国人，只是这个巨大伤口的无数根缝合线，是为了忘却的走动的纪念碑，是一大片虚空中向未来过渡的城市肌理。

这个城市受了两次伤，一次作为建筑，一次作为生命。

（原载2006年第6期《人民文学》）

一场公投，两个英国

恺　蒂

• 一

这几个月来，关于退留欧盟的辩论，一直没能像两年前苏格兰独立公投那样激发起大家的热情。说来说去，留欧、脱欧都只有宣言"不要跳到未知的黑暗里！"和"我们要夺回主权和自由！"关于移民，关于对欧盟交纳的会费，关于从欧盟拿到的补助，关于究竟有多少欧盟法案凌驾于英国议会之上，两边列举的数据大有出入，究竟谁在撒谎，谁更可靠，英国选民一直就没能得到确切的答案。伦敦原市长鲍里斯（Boris Johnson）为了与老同学争风头而游戏般地选择了站在对立面，独立党领袖法拉奇（Nigel Farage）站在叙利亚难民照片前做出阻止难民进入的姿态，保守党退留两派间的恶语相加，互相指责对方煽动仇恨、煽动恐惧，让人觉得这场辩论，仿佛是伊顿公学课间操场上踩脚尖地厮打。

民调和媒体都说这次公投的结果将不相上下，直到西约克郡工党女议员考克斯（Jo Cox）被主张"英国第一"的枪手谋杀。大家豁然看到这场辩论的丑恶面，看到民粹主义仇恨心理的黑暗及可怕。公投前的最后几天，风向似乎变了，脱欧的声响减弱，英镑开始增值，有人说：女议员之死，可能挽救了欧盟和英国。

其实，我们的朋友、熟人，基本上都是留欧派。邻里不少人家的窗上，都贴着"留欧"的标志，附近地铁站里，也一直有人散发留欧的传单。我也在窗前贴了张德国摄影师、圣马丁艺术学院的毕业生沃尔夫冈·提尔曼斯（Wolfgang Tillmans）鼓励年轻人注册投票选择留欧的海报，上写"失去的将永远失去"。我二十多年前在圣马丁工作时，他正在那里读书，每天都在图书馆里晃，2000年他作为第一位摄影师和非英国人，获得透纳奖（Turner Prize）。为了鼓励留欧，他设计了二十五张海报，我们这张，也吸引了不少过路人的镜头。

公投那天，英国的天空像开了一条缝，屡次下大暴雨。中午趁雨停去投票，投票站的人说，虽然只有半天，但前来投票的，已经超过了上周的议员补选〔我们区的议员萨迪克·汗（Sadiq Khan）去当了伦敦市长，他在议会中的席位补选是上周进行的〕，显然，大家都知道这场公投的重要性。那天晚上，我没像前年苏格兰公投和去年大选时那样守夜，因为我觉得留欧大局已定。晚间新闻中报道，英国独立党的大嘴巴党魁法拉奇，已经道出"这次留欧派会勉强胜利"的话。

6月24日清晨五点不到，朋友就来电话把我们叫醒，万万没想到，"地震"发生了，脱欧竟成定局。之后的几个小时，我瞠目结舌地看到首相辞职、股市狂跌、苏格兰独立公投再次被提到桌面、北爱发出要与爱尔兰共和国统一的愿望、欧洲各国的失望、极右党派的欢呼。一问，再问：怎么可能？

这个阳光明媚的大晴天，朋友、熟人在社交网络传递的，全是惊诧、愤怒、失望、沮丧，每句话都打着惊叹号。"真让人难以忍受！仇恨最终战胜了理智！""这个国家怎么啦？竟然真发生了这么疯狂的事！""对那百分之五十二的选择，我实在是惊诧、愤怒、失望！你们知道你们犯了多大的错吗？你们疯了吗？我们的经济将要衰落、失业人口要上升、贸易更困难，世界上唯一可能比这更糟糕的是特朗普（Donald Trump）被选为美国总统！""年轻人痛苦失望的表情，退休者的疯狂欢呼，他们不知道是在糟蹋年轻人的前途吗？""一团乱麻，卡梅伦开溜了，科尔宾（Jeremy Corbyn）要被弹劾，我们的政治充满了毒液！""这些草民啊，目光短浅，怕移民、怕难民，自私、愚昧、狭隘！""苏格兰会再次独立公投，北爱尔兰又有与爱尔兰共和国统一的呼声，就让英格兰和威尔士在大西洋中漂着去吧！""自残，残人！怎么真相信了脱欧派的那些谎言！"

不能相信，这场原本保守党内部的辩论，这场卡梅伦试图让他后座反叛议员永远沉默的赌博，竟然真改变了英国的历史。

· 二

虽然英国人也喜欢阿尔卑斯山的雪道和地中海的沙滩，喜欢法国的红酒和意大利的食物，但是，一道英吉利海峡，隔开的不只是地域，更是语言和文化。有史以来，英欧之间更多的是竞争和仇视，而不是相亲相爱。英法之间的打打停停不计其数，大英帝国海外扩张的对手是西班牙、葡萄牙。靠着英吉利海峡和强大海军的保护，"光荣的孤立"，曾是英国人豪迈的自我定义。特别是二战期间，欧洲沦陷，英国在"最黑暗的时刻"孤傲地对抗着强大的法西斯，最后是英美联军解放了欧洲。

打了一战打二战，欧洲各国希望建立联盟防止互相残杀。二战后，丘吉尔就提出过"欧洲合众国"的说法，希望各国在"和平、安全和自由中共存"。但战后不久，他在国内大选中失败，如何规划欧洲这个大家庭，就没丘吉尔说话的份了。1951年，欧洲煤钢共同体成立，英国虽被邀请，却没有参加。1957年，欧洲经济共同体成立，德、法等六个发起国中，也没有英国。

战后法国、德国经济迅速复苏，海峡这边的情况却一直很糟。英国看到了经济共同体的好处，曾在1961年两次申请加入，但都被戴高乐否决，法英积怨，戴高乐说英国对欧洲"充满深藏的恶意"，又抱怨英国更希望与美国结盟。戴高乐离任后，英国首相希思（Edward Heath）才说服欧共体同意英国加入这个俱乐部。1975年，全英为加入欧盟进行了公投，百分之六十七的英国公民投了赞同票。

但英国与欧盟"婚后"的生活并不尽如人意，他们的关系一直是英国政治中的毒素，在各党内部种下分裂的隐患。奇怪的是，疑欧派可以出自完全相对的阶级阵营，他们政治理念完全不同，但要英国退出欧盟的目标却很一致，他们有保守党的极右派，也有工党的极左派。

撒切尔夫人上台后，欧盟继续往左，提出统一货币和联邦化的欧洲，英国政府往右，与美国关系更亲近。她成功地阻止了欧盟的几个议案，例如，1988年"欧洲超级政府"的主张。然而，她的内阁成员中的亲欧派和疑欧派却时时剑拔弩张，冲突一触即发，最后是亲欧派在她背后捅了她一刀。

她的继任亲欧派梅杰（John Major）于1992年签订了《马约》（即《欧洲联盟条约》），将英国的许多主权交给布鲁塞尔。《马约》的签订让疑欧派心中不畅，认为此条约侮辱了英国的传统、侵犯了英国的主权。1992年9月16日的"黑色星期三"，是英欧关系的低潮。金融市场做空英镑的投机风潮，英镑汇率的下跌让英国政府无法支持，财政大臣拉蒙特（Norman Lamont）不得不宣布英镑退出欧洲汇率体制，一年后，亲欧派克拉克（Kenneth Clarke）取代拉蒙特出任财政大臣。拉蒙特一直是疑欧派的中坚力量。

1997年的大选，工党取胜，布莱尔政府立即与欧盟修好，签订了《社会法案》，甚至考虑过是否放弃英镑加入欧元，幸亏遭到他的财政大臣布朗（James Gordon Brown）的坚决反对。

欧盟不断扩大，从最早的六个成员国发展到现在的二十八个，成员国人口可以自由移动。2004年波兰加入欧盟，布莱尔对欧盟示好，英国是欧盟中三个对波兰移民完全开放的国家之一，大量波兰人涌入英国，与英国人享受同等就业、教育福利、医药卫生待遇，现在波兰语已是英国的第一外语。前年开始，罗马尼亚、保加利亚人也开始自由进入英国。东欧移民的剧增，再加欧债危机，保守党内的疑欧派再次强势抬头。

除了保守党的疑欧派，这几年，另一小党也声势大起，这就是英国独立党。当年一位年轻的保守党党员法拉奇视《马约》为卖国而退党，1993年与几位同道创办英国独立党。此党保守、极右、自闭，旗帜鲜明：反移民，反欧洲，致力于让英国脱离欧盟。1999年，法拉奇当选为欧洲议会议员，推动脱欧潮流，但主流党派一直把他当作花边点缀，卡梅伦曾说他的麾下是一批"水果蛋糕、疯子和种族歧视者"的乌合之众。去年大选，虽然独立党在英国议会中只得一个席位，但在选民数量上，他们却是大赢家，特别是在英格兰北部的工党重地。这里，政治和阶级理念又被抛在一旁，独立党吸引着保守党右派，更吸引着贫困的原工党支持者们。法拉奇说话可以完全不负责任，常与事实不符，却极具煽动性。

面对保守党疑欧派的反叛和独立党的日益壮大，卡梅伦在去年大选时承诺就是否脱欧进行公投。他原本是为掐灭脱欧火苗而进行这场政治赌博，他肯定没想到，疑欧派加上独立党，脱欧情绪竟燃烧成了熊熊烈焰，完结了英国与欧洲四十年的"联姻"，也断送了他自己的政治生命。

· 三

一场公投，两个英国。公投的结果，让人们看到了英国社会纵深的鸿沟。这鸿沟不只是留欧、脱欧上的分裂，更是中下层的穷人和富有的中产阶级之间的天壤之别。我和伦敦朋友们对公投结果的震惊和不能相信，我们那些愤怒的惊叹号，也说明了我们多么不了解另一个英国！

对这场公投，选择脱欧的大多是没受过太多教育、没太多技能的低收入及退休人口，而受过教育、富有、年轻的人士则选择留欧。苏格兰、北爱尔兰、伦敦和英格兰的一些城市及大学所在地选择留欧，英格兰和威尔士的那些前制造业集中地、前矿业地区、农业和渔业地区、临海小镇等都选择脱欧。平均年龄越高的地区，投票人数的比例也越高，脱欧票数越多。年轻人觉得他们的未来被掠夺了，我女儿和她的朋友们都无比愤怒，公投结果出来那天，她放学回来，说："我真是累极了，一天都在和同学讨论脱欧的事，我们不明白，为什么苏格兰公投的年龄下线是十六岁，而脱欧公投的年龄下线是十八岁？大多数的六十岁以上的人都投票选择脱欧，我们的未来被这些人给决定了。这个公投结果根本不代表年轻人的意愿，这实在不公平！"

"冰冻三尺，非一日之寒。"这次公投是草根百姓对精英政治的反叛，是被忽视的弱势群体反权威、反全球化的一场起义。在过去的五十年中，英国的重工业和制造业逐渐消失，银行业和金融服务业兴起，英国变成一个消费大国，全球化让伦敦蓬勃发展，成了世界文化、金融中心，而北部重工业、制造业、矿业城市越来越被边缘化，越来越贫困。年轻力壮、愿意吃苦、愿意接受低报酬的东欧移民的剧增，更让那些英格兰小镇的"原住民"们觉得被包围、被孤立，他们觉得自己的工作机会被抢走，医药卫生、学校等公共服务设施无法承受公众的需求，英国文化被侵蚀。

这些贫困地区的人们所感受到的危机，是我们这些在伦敦生活的人没有感觉到的，因为我们原本就来自世界各地，多元文化的包容在我们看来天经地义。我的一位邻居抱怨她老家波士顿（百分之七十五点六的人投了脱欧票）那些每天穿着睡衣靠着救济金生活的懒虫们压根就是目光短浅的傻子，但我要说，他们那天穿好了衣服出了门，他们去投了票，因为他们有话要说。

所有的专家机构，包括英格兰中央银行、国际货币基金组织、英国工业联合会等，都警告脱欧将对英国经济带来极大的负面影响，甚至可能让英国再次陷入经济危机之中，英镑将下跌、失业率将上升、伦敦将失去其国际金融中心的地位、欧洲和世界经济都将受到重创。两年前的苏格兰独立公投，最后救了联合王国的几乎就是各大公司的"冰桶挑战",然而,这次脱欧公投,专家权威机构的警钟虽然洪亮,但草根百姓的呐喊声更响,他们终于被全世界听见了。那真是一种鱼死网破的疯狂!脱欧派的选择,究竟是开启新时代的勇敢行为,还是代价惨重的愚蠢选择?

· 四

公投之后的英国,是昨日不再的英国,也是一个动荡、前途未卜的英国。首相递交辞呈、金融市场狂泻、工党内部倒戈、政府一派混乱、街头仇恨移民的行为俱增,就连英格兰足球队,都被小小的冰岛队打出了欧洲杯。"然后呢?"这个问题,至今还没人能回答。

留欧派不甘心,发动了第二次公投的请愿,希冀着苏格兰政府能够阻止英国脱欧,讨论着选择脱欧的民众是否被脱欧派的种种谎言误导,争辩着政治家把这么重大的决定用一人一票的直接民主推到民众的身上,是否是不负责任。

然而,民意已定,公投结果不可能逆转,这就是英国的民主,是英国对人类作出的最大贡献之一。在我看来,现在最重要的,不是谁会成为下一任英国首相,不是科尔宾能否躲过工党前座议员们的倒戈,也不是英国和欧盟如何能谈判出一个互利的分手协约。现在最关键、最艰难的任务,是如何能让两个分裂的英国"统一"起来，如何在小英格兰和大伦敦之间搭建桥梁，如何阻止英国滑向排外、自闭、狭隘的民粹主义，如何重新让包容、同情和多元文化继续在英格兰生存。

2016年6月28日

（录自《小英国，大伦敦》，人民文学出版社，2016年版）

辑二　美国

美国佬彼尔

韩少功

Hello！ Hello！你好吗？约翰！亲爱的，史密斯！……机场迎候厅里的男女们各自找到了翘首盼望的亲友，笑着迎过来扑向我左边或右边的身影，献上鲜花、亲吻、紧密或疏松的拥抱。微笑之浪去了之后，只留下我和张先生的清冷。

仿佛前面有一双眼睛盯着我。看清楚了，是藏在高度近视眼镜片之后的眼睛，透出老朋友般会心的微笑。我好像见过这北欧型的面孔，这修长瘦削的身材，只是一时想不起来了，他双唇张了一下，没错，是在叫我，是那种洋调调的中国话。即便如此，一片英语海洋里这三个久违的中国字也击中了我的全部惊讶。

他是新闻署派来的代表吗？我们狼狈误机，早做了下机后流落街头的准备。

我上前握手，问好。

118

"你不认识我了？"他依然眯眯笑着说中国话。

"对！你就是——"

"华巍呀！"

他自己已经报上家门。

华巍是他的中国名字，英文名则是威廉·华德金斯，昵称彼尔——我现在不得不向身旁莫名其妙地张先生做点介绍。三年前有一位记者朋友问我，愿不愿意见一位美国人。我问何许人也。对方说是一位在湖南医学院执教的青年，曾接受过他的采访。因为这位老外曾跳下粪坑为中国人捞取过手表什么的，颇有雷锋之风范，事后这位老外也跟着开玩笑，说他就是美国的雷锋，雷大哥。他来过我家，在我家吃过饭，洋式高鼻子吓得我两岁的女儿躲在外面大半天没回家。餐桌上他又告诉我一个英语词：皮蛋叫作千年蛋（egg of thousand years old）。我发现他中文很好，读过《三国演义》和《水浒传》，又知道华威先生在张天翼的笔下形象不佳，所以断断乎不让我们把他的名字写成"华威"，一定得是"华巍"。

他对长沙方言更有兴趣。据说有一次他外出修理自行车，遇到车贩子漫天要价，气得推车便走，还忍不住回头恨恨声讨一声："你——撮贵贵！"

"贵贵"是长沙现代俚语。有人说"贵"原指陈永贵，后泛指乡下人，又演变出呆子憨佬的意思。此话出口，令车贩子立刻瞠目。

我没料到，在华盛顿机场会重逢这位老朋友，更没想到，他到美国新闻署打工，将是我们此次旅美全程的陪同兼译员，将与我们共度昏昏然之一月。

"你们都没有穿西装，太好了，太好了！"他注意到我的汗衫，忙不迭斜扯下自己的领带，"我以为中国人都喜欢西装，以前我陪几个团都是这样，太什么——"我揣测他正在搜寻的中国词，严肃？刻板？拘束？作古正经？"对对，太作古正经！"他很准确地选择了一个成语，"你们穿西装，我也得穿，你们打领带，我也得打。这是规矩。其实我实在讨嫌领带，太讨厌了！"

我望着车窗外郊区的房舍和绿草坪，缤纷色块从公路尽头向车头四周飞快地放射。

"真好，太好了。"他还津津沉醉于自己颈脖的解放，把那条细如绳索的廉价化纤领带乱塞入衣袋。

我记起当年在长沙，他也是不怎么精心装修自己外表的。那间医学院的小房间里，杂志书籍凌乱地堆在地板上，床上乱堆着一些衣物和照片——他在非洲摄下来的。我想练练英语口语，而他更爱讲中文，屡次压下我的英语表现欲。他用中文对"清除精神污染"发牢骚，用中文讨论中国的"文革"和庄子。有一次我提到，在庄子看来，万物因是因非都有两重性，包括财富、知识和自由。故思想专制可能锻造出严密而深刻的思想家，如康德和黑格尔；而思想自由也可能批量生产出一些敏锐

120

活跃然而肤浅的家伙。

我说的时候，注意到他背靠凉台栏杆，背靠月色朦胧中一片树影黑森森，摇着头，有居高临下者讥讽的微笑。

我不能认定这微笑恶毒，甚至不明他的思路，只能怀疑一位算能说"撮贵贵"的西人，真正了解东方文化的精魂并不那么容易。

他领我们到乔治区玛波雷宾馆找到房间，随即大张旗鼓搜寻中国餐馆，弥补我们一路上西餐之苦。他也热爱中餐，说中国落后，至少在吃的方面还很先进。

第一餐，我很中国式地抢着付了账。第二餐，张先生执意做了东道主。彼尔操圆珠笔在餐巾纸上列算式算出各人应摊钱数后，察觉为时已晚。他不安地如坐针毡，长长背脊一次次向椅背退抵，苦笑，投降式地举双手连连挥摆："下次不要这样，再不要这样啦，在美国，照美国人的习惯办事吧。"

我们不再忍心对他施以精神折磨，只好从此各自付账，让他的圆珠笔大有作为。

即使他们还有很多令中国人乍看起来得撇撇嘴的举动，比方说声势浩大地扬言要回送礼品，但进入商场忙碌好一阵以后只给你买来一张小画片；比方说三番五次盛情邀请你去家里做客，到头来餐桌上只有一碗面条加几根烤香肠。现在不是谈文化很时髦吗？那么这也就是一种文化，不宜由外人轻率褒贬。美国特有的文化还包括他们在岔路口停车让人并鼓励行人先走的摆手和微笑，包括他们众多援救贫弱的募捐义演以及男女老少的慷慨解囊，包括他们对他国文化知之甚少但又对他国政治指挥甚多……笼统地比较中美两国的文化和人性，总有几分风险。

想在短期访问中看透美国，更是不可能——尤其是访问那些办公楼。沉甸甸的静谧和肃穆中，女秘书的握手和微笑都训练有素，男士们持重简洁的言辞使你公务之外的谈兴都骤然熄灭，无处可寻。负责我们访问活动安排的是美国国际教育中心（IIE），一个与政府很接近的非政府组织，上受新闻署之托，下与各地小团体相连——比方说美国某些"国际好客者协会"的地方志愿组织。出于一片好心，他们让我们访问一些与亚洲事务和艺术有关的机关，进行办公楼大串联。有些约见不无益处，比方说去美国笔会中心，去亚洲协会，去国会图书馆，包括在国会图书馆内用电脑查阅中国"文革"时期的大报小报。我居然看到了全套《湖南日报》，似乎第一次发现"文革"期间的党报排得那么稀，字体那么大。陌生而又熟悉。

我们更有兴趣于办公楼外的生活。只有几天，彼尔也对访问的办公化有些厌倦，常常在会见刚开始便东张西望，偷偷递来眼色："kè 不 kè（走不走）？"

主人即使懂中文，也懂不了这种长沙土语。东北人张先生也只能大惑不解地干瞪眼。

"kè！"我恨恨地说。

我们礼貌地告辞出门，彼尔总是回味刚才猖狂的联络方式而自鸣得意。

我们用省出来的时间去教堂，去贫民区，去酒吧，去交易所，去精神病院，也去大大小小的画廊，用目光把偌大一个美国胡乱盯将过去。彼尔在教堂和画廊方面较有知识，又对各种建筑兴致勃勃。他引我们冒雨参观了著名的越战纪念碑。纪念碑是个狭长的等边三角形，黑色碑面晶莹照出人影，又迭出五万多越战中阵亡官兵的姓名密密，任人影缓缓一路抹过去。碑前一些花束和纸条都被雨打湿了，委地飘零。一张纸条是："汤姆，爱德华叔叔很抱歉，他不能来看你。"另一张是："汉森，我们都记着。"一个失去双腿的老兵戴着黑礼帽，在碑前的雨雾中推着轮椅转来转去，不知在寻找什么。而远处三个美国兵的雕像用疲倦忧郁的眼光，远远凝望着这边的花、轮椅以及碎碎的纸条。

彼尔在那些名字中找了半天，让我们好等。最后，他说找到了与他同名的另一个威廉·华德金斯，一位陌生的死者。

他总算找到了自己。

他又引我们去看各种大厦，常常不由分说就往前跨出大步——他的腿太长，几步撩出去，就加剧我们的气喘和精神紧张。

"算了，老看大厦没什么意思。"

"不不，好看。"

"你乡下人呵？永远是地毯、电梯、玻璃窗吗？"

"不不，好看。一本本书，都是纸和字，那就无须看了吗？"

"不一样就值得看了吗？两堆大粪也会不一样。"

我还没来得及雄辩，他的长腿又嗒嗒嗒撩到前面去了，一颗脑袋悠悠然东张西望。

他的两条长腿，一定来自这种随心所欲的个性，而鹤立鸡群的身高，遥遥领先的步伐，无疑又强化了他的高超感和先进感。有一次我们就广岛原子弹事件又各方唇枪舌剑，他说不在广岛丢核弹日本就不会提早投降。我说受害者多为平民，这颗核弹公理不容。他说历史上很多事对错兼有说不清楚。我说有大错或者小错，有较好或者更好，还是可以选择判断。这类争论当然是不了了之，由几杯啤酒或可乐打下句号。

他对个人生活的捍卫也十分果敢。讨厌抽烟，会当面请你把烟头掐灭。想要睡觉，会敲房门请你们说话悄声。冷不防给一团和气中的中国人一点小小的尴尬，完全是那种缺肝少肺的"美国德性"。有时候他甚至忘记译员的本分，毫不含糊地代你回答有关中国的问题，用他的感受和观点接管你的回答权，同蓝眼睛们滔滔不绝。幸亏我还懂些英语，既能欣赏他的坦率和博识，也能知道他对中国的了解还欠火候。比方说，并不像他说的那样，中国人都不知道朝鲜战争的真实过程，都不知道苏联肃反运动和《古拉格群岛》，都不知道二次大战初期苏德的复杂关系和美国人民抗日所作出的牺牲，都迷恋于日本电器、法国香水和美国牛仔裤，都以为美国人个个腰缠万贯挥金如土谁见了都可以揩油，都鄙薄农业而敬仰人造卫星以为仪表闪闪那才是科学……说实话，听到这些一孔之见，尤其听到这些话引起蓝眼睛的哄笑，我总是有一种越来越强的恼怒，对他毫光熠熠的眼镜片越来越无法容忍，终于正色插嘴：

"Only some of them（只是某些中国人）！"

那一刻我爱国，爱得十分豪壮，也觉得有些孩子气。其实，蓝眼睛们对中国大都没有恶意，包括彼尔。他有时还是弱点自知的，在华盛顿见面不久就把检讨做在先了："我的缺点就是'人之患在于好为人师'。"

我同他开玩笑，叫他"美国佬"。

他嘿嘿笑着："对，我是个美国佬，洋鬼子。打倒洋鬼子！"

这位"洋鬼子"毕业于耶鲁大学，在非洲和中国台湾教过书，又旅居中国大陆三年。妻子是一位湖南妹子，姓吴，个头小巧，心性机敏而温柔，厨房手段却不怎么够段数。我脱离彼尔和张先生，独自先行赴明尼苏达州时，就是她那一头朴素的短发和一口湖南话在机场接我。从她口里，我得知她原来是一位护士，因学英语结识了彼尔。一开始朋友和家人都反对这门婚事，她自己也犹豫再三，怕沾上找洋人骗钱的恶名。但扛不住彼尔离开中国后三天两头写信恳求，一年后又风尘仆仆专程飞往中国……

她说这些的时候，我们正坐在彼尔家门前的草坪上。深蓝色的晴空中，一束白云从天边向头顶飞撒过来，拉成丝丝缕缕的诗意。屋后一大片绿莹莹的林子里，小溪流着夕阳，有什么鸟在明尼苏达州的深秋里种下一颗颗好听的叫声。

我决意到彼尔家里小住几日，是为了看一看普通的美国乡村，呼吸一下美国家庭内烤面包的气息和主妇们的唠叨。这是一个非常温暖的家庭。父亲在美国驻欧洲空军中服役多年，现领着退休金开着一个并不盈利的家具修理小店。他腰板很直，纤纤瘦腿拖拉着笨重的大皮鞋，很少讲话。常常不知他到哪里去了，回头一看，他还坐在桌子那一头，从眼镜上方投来微微带笑的目光，触抚着属于他的老伴和儿女。目光中的满足和慈爱，使人联想起美利坚初期青铜色的清教，还有新教教堂里的管风琴声。

根据家庭禁烟宪章，他常常起身捶捶背，偷偷地去车库或工场躲着抽上一口烟。他很高兴以我为烟友，还引我参观他集邮一般收集起来的各种工具。他送我一把自制铝尺，还有他的名片，盖有"华继班"印戳。发现没盖得很清楚，他蘸上印泥，哈口气，稳稳地垫住膝头再盖。

中文名字是儿子给他取的，取继承鲁班伟业之意。

彼尔的母亲很富态，极富同情心地唠叨一切。小吴说她预先得知我们要来，忙碌了好几天，反复向媳妇学习做中国菜和泡中国茶。她的晚年中有饭前祈祷的严格家规，有几大冰柜的自制果干果酱泡菜，以及对电视中美国小姐竞选节目的极大兴趣，堪称富有。

写到这里，我还想起了彼尔的弟弟，满嘴胡须的大卫。前不久彼尔寄来信和书，我回信，竟忘了问候大卫。我不知道大卫现在是否还那样惧怕和憎恶妈妈所做的烧窝瓜，是否还每天缩在乱糟糟的床上读小说到深夜，是否还经常去公路上蹬着自行车超越一部部汽车然后发出胜利的开怀大笑。我记得那天夜里从他姑妈家回来，我与他同车。风很凉，车灯楔破的黑暗又在车后迅疾地愈合。他扶着方向盘再次木讷地谈起自己的生活。他不愿意进城去，说比他聪明的朋友进城后也没闹出什么名堂。他至今没有女友，也不愿意去跳舞，就爱一个人照相，骑自行车。"没有什么不好，我很满足。"他盯着前面的黑夜深深。

我也忘记问候美丽的伊丽莎白了。哥哥说她是家里娇气的公主，假期回家一定得睡自己的房自己的床，说不这样就不像回了家——家嘛，就是可以使使性子的地方。要是客人占了她的床，她就赌气不回来。当时我听到这些，完全感觉不到彼尔的那种不满，倒觉得撒娇的权利当然应该属于她这样的妹妹，属于她柔韧的下巴和大眼睛。我们应该祝福她，愿她永远能为一张床而赌赌气什么的。

明尼苏达，明尼苏达散发出泥腥气的蓝色大平原已经沉入地平线的那一边，在我迷蒙的记忆里渐渐蒸发。幸好，彼尔夫妇说他们今年可能来中国探亲，彼尔获得农学学位以后甚至还可能来中国定居。那么，他将成为再一次出现在我面前的明尼苏达吗？

我常对彼尔说："你坐下，你一站起来，傻高傻高的，就给我一种压抑感。"

　　他笑着，就坐了下来。

　　我总是嫉恨他身材的高度。

1986.12

　　　　（原载1986年第9期《湖南文学》）

域外杂谈·衣

王小波

　　编辑部来信约写《域外随笔》，一时不知从何写起。就像《红楼梦》上说的，咱也不是到国外打过反叛、擒过贼首的，咱不过在外面当了几年穷学生罢了。所以就谈谈在外面的衣食住行吧。

　　初到美国时，看到楼房很高，汽车很多，大街上各种各样的人都有。于是一辈子没想过的问题涌上了心头：咱们出门去，穿点什么好呢？刚到美国那一个月，不管是上课还是见导师，都是盛装前往。过了一段时间，自己也觉得不自然。上课时，那一屋子人个个衣着随便，有穿大裤衩的，有穿T恤衫的，还有些孩子嫌不够风凉，在汗衫上用剪子开了些口子。其中有个人穿得严肃一点，准是教授。偶尔也有个把比教授还衣着笔挺的，准是日本来的。日本人那种西装革履也是一种风格，但必须和五短身材、近视眼镜配起来才顺眼。咱们要装日本人，第一是一米五的身高装不出来，第二咱们为什么要装他们。所以后来衣着就随便了。

在美国，有些场合衣着是不能随便的，比方说校庆和感恩节 party（派对）。这时候穿民族服装最体面，阿拉伯和非洲国家的男同学宽袍大袖，看了叫人肃然起敬。印度和孟加拉的女同学穿五彩纱丽，个个花枝招展。中国来的女同学身材好的穿上旗袍，也的确好看。男的就不知穿什么好了。这时我想起过去穿过的蓝布制服来，后悔怎么没带几件到美国来。

后来牛津大学转来一个印度人，见了这位印度师兄，才知道什么叫作衣着笔挺。他身高有两米左右，总是打个缠头，身着近似中山服的直领制服，不管到哪儿，总是拿了东西，边走边吃，旁若无人。系里的美国女同学都说他很 sexy（性感）。有一回上着半截课，忽听身后一声巨响。回头一看，原来是他把个苹果一口咬掉了一半。见到大家都看他，他就举起半个苹果说："May I（可以吗）？"看的人倒觉得不好意思了。

衣着方面，我也有过成功的经验。有年冬天外面下雪，我怕冷，头上戴了羊剪绒的帽子，身穿军用雨衣式的短大衣，蹬上大皮靴跑出去。路上的人都用敬畏的眼光看我。走到银行，居然有个女士为我推了一下门。到学校时，有个认识的华人教授对我说："Mr. 王，威风凛凛呀。"我赶紧找镜子一照，发现自己一半像巴顿将军，一半像哥萨克骑兵。但是后来不敢这么穿了，因为路上有个停车场，看门的老跟我歪缠，要拿他那顶皱巴巴的毛线帽换我的帽子。

我这么个大男子汉，居然谈起衣着来了，当然是有原因的。

衣着涉及我一件痛心的体验。有一年夏天，手头有些钱，我们两口子就跑到欧洲去玩，从南欧转北欧，转到德国海德堡街头，清晨在一个喷水池边遇到国内来的一个什么团。他乡遇故知，心里挺别扭。那些同志有十几个人，扎成一个堆，右手牢牢抓住自己的皮箱，正在东张西望，身上倒个个是一身新，一看就是发了置装费的，但是很难看。首先，那么一大疙瘩人，都穿一模一样的深棕色西服，这种情形少见。其次，裤子都太肥，裤裆将及膝盖。只有一位翻译小姐没穿那种裤子，但是腿上的袜子又皱皱巴巴，好像得了皮肤病。再说，纳粹早被苏联红军消灭了，大伙别那么紧张嘛。德国人又是笑人在肚子里笑的那种人，见了咱们，个个面露蒙娜丽莎式的神秘微笑。我见了气得脑门都疼。

其实咱们要不是个个都有极要紧的公干，谁到你这里来受这份洋罪？痛斥了洋鬼子以后，我们也要承认，如今在世界各大城市，都有天南海北来的各种各样的人，其中国内公出的人在其中最为扎眼，和谁都不一样，有一种古怪气质，难描难画。以致在香港满街中国人中，谁都能一眼认出大陆来的表叔。这里当然有衣着的问题，能想个什么办法改变一下就好了。

（原载1993年第1期《四川文学》）

域外杂谈·食

王小波

　　到了国外吃过各种各样的东西，其中有些很难吃。中国人假如讲究吃喝的话，出国前在这方面可得有点精神准备。比方说，美国人请客吃烤肉，那肉基本上是红色的。吃完了我老想把舌头吐出来，以为自己是个大灰狼了。至于他们的生菜色拉，只不过是些胡乱扯碎的生菜叶子。文学界的老前辈梁实秋有吃后感如下："这不是喂兔子吗？"当然，在一个地方待久了，就会发现哪些东西是能吃的。在美国待了一两年，就知道快餐店里的汉堡包、烤鸡什么的，咱们都能吃。要是美国卖的pizza（比萨）饼，那就更没问题了。但是离开美国就要傻眼。到欧洲玩时，我在法国买过大米色拉，发现是些醋泡的生米，完全不能下咽。在意大利又买过pizza饼，发现有的太酸，有的太腥，虽然可以吃，味道完全不对。最主要的是pizza顶上那些好吃的融化的奶酪全没了，只剩下番茄酱，还多了一种小咸鱼。后来我们去吃中国饭。在剑桥镇外一个中国饭馆买过一份炒饭，那些饭真是掷地有声。后来我给我哥哥写信，说到了那些饭，认为可以装进猎枪去打野鸭子。那种饭馆里招牌虽然是中文，里外却找不到一个中国人。

这种事不算新鲜，我在美国住的地方不远处，有一家饭馆叫竹园，老是换主。有一阵子业主是泰国人，缅甸人掌勺，牌子还是竹园，但是炒菜不放油，只放水。在美国我知道这种地方，绝不进去。当然，要说我在欧洲会饿死，当然是不对的。后来我买了些论斤卖的烤肉，用啤酒往下送，成天醉醺醺的。等到从欧洲回到美国时，已经瘦了不少，嘴角还老是火辣辣的，看来是缺少维生素。咱们中国人到什么地方去，背包里几包方便面都必不可少。有个朋友告诉我说，假如没有方便面，他就饿死在从北京开往莫斯科的火车上了。

据我所知，孔夫子要是现在出国，一定会饿死，他老人家割不正不食，但是美国人烤肉时是不割的，要割在桌上割。而那些餐刀轻飘飘的，用它们想割正不大可能。他老人家吃饭要有好酱佐餐。我待的地方有个叫北京楼的中国菜馆，卖北京烤鸭。你知道人家用什么酱抹烤鸭吗？草莓酱。他们还用春卷蘸苹果酱吃。就是这种莫名其妙的吃法，老外们还说好吃死了。

孔夫子他老人家要想出国，假如不带厨子的话，一定要学会吃 ketchup（番茄酱），这是美国人所能做出的最好的酱了。这种番茄酱是抹汉堡包的，盛在小塑料袋里。麦当劳店里多得很，而且不要钱。每回我去吃饭，准要顺手抓一大把，回来抹别的东西吃。他老人家还要学会割不正就食，这是因为美式菜刀没有钢火（可能是怕割着人），切起肉来总是歪歪扭扭。

假如咱们中国人不是要求一定把食物切得很碎，弄得很熟，并且味道调得很正的话，那就哪儿都能去了。除此之外，还能长得肥头大耳，虎背熊腰。当然，到了那种鸡翅膀比大白菜便宜的地方，谁身上都会长点肉。我在那边也有九十公斤，但是这还差得远。马路上总有些黑哥们，不论春夏秋冬，只穿小背心儿，在那里表演肌肉。见了他们你最好相信那是些爱好体育的好人，不然就只好绕道走了。

假如你以为这种生肉生菜只适于年轻人，并非敬老之道，那就错了。我邻居有个老头子，是画广告牌的，胡子漆黑漆黑，穿着瘦腿裤子跑来跑去，见了漂亮姑娘还要献点小殷勤。后来他告诉我，他七十岁了。我班上还有位七十五岁的美国老太太，活跃极了，到处能看见她。有一回去看校合唱团排练，她站在台上第一排中间。不过那一天她是捂着嘴退下台来的，原来是引吭高歌时，把假牙唱出了嘴，被台下第三排的人捡到了。不管怎么说吧，美国老人精神真好，我爸我妈可比不上。

假如你说，烹调术不能决定一切，吃的到底是什么也有很大关系，这我倒能够同意。除此之外，生命还在于运动。回国前有半年时间，我狠狠地练了练。顶着大太阳去跑步，到公园里做俯卧撑。所以等回国时，混在那些短期（长期的不大有回去的)考察、培训的首长和老师中间，就显得又黑又壮。结果是，过海关时人家让我等着，让别人先过。除此之外还操了我一把，说出国劳务的一点规矩也没有。当时我臊得很。现在我食不厌精、脍不厌细，躲风躲太阳地养了三年多，才算有点知识分子的模样了。

（原载1993年第4期《四川文学》）

域外杂谈·农场

王小波

　　什么地方只要有了中国人，就会有中国餐馆，这是中国人的生计。过去在美国见到的绝大多数中国人都和餐馆有关系。现在不一样了。有的人可能是编软件的，有的人可能是教书的，但是种类还是不多。物理学说，世间只有四种力：强力、弱力、电磁力和万有引力。中国人在外的生计种类也不比这多多少。这些生计里不包括大多数中国人从事的那一种：种地。这是因为按照当地的标准，中国人都不会种地。刚到美国，遇到了一个美国老太太，叫沃尔夫，就是大灰狼的意思。她是个农民，但是不想干了，叫我教她中文，她要到中国来教书。我教她中文，她就教我英文，这是因为她拿不出钱来做学费。但是这笔买卖我亏了。我教了她不少地道的北京话，她却找了几本弥尔顿的诗叫我抑扬顿挫地念。念着念着，我连话都不会说了。沃尔夫老太太有英美文学的学位，但是她教给我的话一出口，别人就笑。这倒不是因为她的学位里有水分，而是因为时代在前进。在报纸上看到哈佛大学英美文学系老师出个论文题：论《仲夏夜之梦》。学生不去看莎翁的剧本，却去找录像带看。那些录像带里女孩子都穿超短裙，还有激光炮。沃尔夫老太太让我给她念杨万里的诗，念完以后，她大摇其头，说是听着不像诗。我倒知道古诗应当吟诵，但我又不是前清的遗老，怎么能会。我觉得这位老太太对语言的理解到中国来教英文未必合适。最后她也没来成。

现在该谈谈沃尔夫老太太的生计——认识她不久，她就请我到她农场上去玩，是她开车来接的。出了城走了四个多小时就到了，远看郁郁葱葱的一大片。她告诉我说，树林子和宅地不算，光算牧场是六百多英亩，合中国亩是三四千亩。在这个农庄上，总共就是沃老太太一个人，还有一条大狗，和两千多只羊。我们刚到时，那狗跑来匆匆露了一面，然后赶紧跑回去看羊去了。沃尔夫老太太说，她可以把农场卖掉。这就是说，她把土地、羊加这只狗交给别人，自己走人，这是可以的。但是这只狗就不能把农场卖掉——换言之，这只狗想把土地、羊加沃尔夫老太太交给别人，自己走掉就万万不能，因为老太太看不住羊。这个笑话的结论是农场上没有她可以，没有它却不成。当然，这是老太太的自谦之辞。车到农场，她就说："要把车子上满油，等会儿出去时忘了可找不到加油站。"于是她把车开到地下油库边上，用手泵往车里加油，摇得像风一样快。我替她摇了一会儿，就没她摇得快，还觉得挺累。那老太太又矮又瘦，大概有六十多岁。我是一条彪形大汉，当时是三十五岁。但是我得承认，我的臂力没有她大。她告诉我说，原来她把汽油桶放在地面上，邻居就说有碍观瞻。地方官又来说，不安全。最后她只得自己动手建了个地下油库，能放好几吨油。我觉得这话里有水分：就算泥水活是她做的，土方也不能是她挖的。不过这话也不敢说死了，沃尔夫老太太的手像铁耙一样。后来她带我去看她的家当：拖拉机、割草机等等。这么一大堆机器，好的时候要保养，坏了要修，可够烦人的了。我问她机器坏了是不是要请人修，她就直着嗓子吼起来："请人？有钱吗？"

后来我才知道，沃尔夫老太太这样的农妇带有玩票的性质，虽然她有农学的学位，又很能吃苦耐劳，但毕竟是个老太太。真正的个体劳动者，自己用的机器坏了，送给别人去修就是耻辱。不仅是因为钱被人赚走了，还因为承认了自己无能。后来我们到一位吊车司机家做客，他引以为豪的不是那台自己的价值三十万美元的吊车，而是他的修理工具。那些东西都是几百件一套的，当然我们看了也是不得要领。他还说会开机器不算一种本领，真正的本领是会修。假如邻居或同行什么东西坏了请他修，就很光荣。而自己的家什坏了拾掇不了要请别人，就很害臊。总而言之，这就是他的生计。他在这方面很强，故而得意扬扬。在美国待了几年，我也受到了感染。我现在用计算机写作，软件是我自己编的，机器坏了也不求人，都是自己鼓捣。这么干的确可以培养自豪感。

沃尔夫老太太有三个女儿，大女儿混得很成功，是个大公司驻日本的代表。这位女儿请她去住，她不肯，说没有意思。我在她家里看到了男人的袜子，聊天时她说到过还有性生活，但是她没和别人一块住。照她的说法，一个人一只狗住在一个农场上是一种理想的生活方式。不过她也承认，这几年实在是有点顶不住了。首先，要给两千只羊剃毛，这件事简直是要累死人。其次，秋天还要打草。除此之外，环绕她的牧场有十几公里的电网，挡住外面的狼（更准确地说是北美野狗）和里面的羊，坏了都要马上修好，否则就不得了啦。等把这些事都忙完就累得七死八活。当时正是深秋，她地上有十几棵挺好的苹果树，但是苹果都掉在地上。她还种了些土豆，不知为什么，结到地面上来了。晚饭时吃了几个，有四川花椒的味道——麻酥酥的。我很怀疑她的土豆种得不甚得法，因为土豆不该是这种味道。远远看去，她那片墨绿色的牧场上有些白点子。走近了一看，是死羊。犄角还在，但是毛早被雨水从肢体上淋下来，大概死了有些日子了。面对着这种死羊，老太太面露羞愧之色，说道：“应该把老羊杀死，把皮剥下来。老羊皮还能派上用场，但是杀不过来。”除此之外，她也不知道自己有多少只羊。因为那些羊不但在自己死掉，还在自己生出来。好在还有 Candy（她那只狗）知道。Candy 听见叫它名字，就汪汪地叫，摇摇尾巴。我在沃尔夫老太太农场上见到的景象就是这样的。

在美国我结识了不少像沃尔夫老太太这样的人——个体吊车司机、餐馆老板、小镇上的牙医等等，大家本本分分谋着一种生计，有人成功，有人不成功。不成功的人就想再换一种本分生计，没有去炒股票，或者编个什么故事惊世骇俗。这些人大概就叫人民吧。美国的政客提到美国富强的原因，总要把大半功劳归于美国高素质的人民，不好意思全归因于自己的正确领导。回了中国，我也尽结识这样的人。要是有人会炒股票，或者会写新潮理论文章，我倒不急于认识。这大概是天性使然吧。

（原载1993年5月《四川文学》）

美术馆

陈丹青

> 美术馆应该算是领会形式、评判形式的最后场所吗?
>
> ——杜尚

孩子喜欢打量穿制服的人。我也喜欢。在这儿,警察的黑制服和一身披挂当然最醒目:帽徽、肩章、警衔、枪、子弹带、手铐、警棍、步话机,外加一本记事皮夹。有一回我在地铁站点烟,才吸半口,两位警察笑嘻嘻走拢来,老朋友似的打过招呼,飞快填妥罚款单,撕下来,递给我。

纽约大都会美术馆到处是警卫,一色青灰制服,但行头简单,只是徒手,每座小馆至少派定一位。当你拐进暗幽幽的中世纪告解室、古印度庙廊偏房或埃及经卷馆,正好没有观众时,必定先瞧见一位警卫待在那里。文艺复兴馆、印象派馆、设在顶层的苏州庭院,男女警卫可就多了,聊天,使眼色,来回闲步。在千万件珍藏瑰宝中，他们是仅有的活人，会打哈欠，只因身穿制服，相貌不易辨识。人总有片刻的同情心吧（也许是好奇心），当我瞥见哪位百无聊赖的警卫仰面端详名画，就会闪过一念：三百六十五天，您还没看够吗？

警卫长不穿制服，西装笔挺，巡睃各馆，手里永远提着步话机——闭馆了。忽然，青灰色的警卫们不知何时已在各馆出口排列成阵，缓缓移动，就像街战时警民对峙那样，将观众一步步逼出展厅。这时，将要下班的警卫个个容光焕发。

大门口还有一道警卫线。当我在馆内临画完毕，手提摹本通过时，警卫必须仔细查证内框边缘和画布反面事先加盖的馆方专章（从不瞧一眼我的画艺），确认无诈，这才拍拍我的肩背，放我出馆，就像小说《复活》中聂赫留朵夫探完监，挤过门口时被狱卒在背上拍那么一记。

只有那位肥胖的老警卫每次都留住我，偏头审视摹本："哈！艾尔·格列柯，不可思议。你保管发财——等一等，这绝对就是那张原作，你可骗不了我！"

老头子名叫乔万尼，意大利移民。如果不当值，这位来自文艺复兴国的老警卫可以教我全本欧洲美术史呢。

1982年元月，我踏雪造访大都会美术馆，平生第一次在看也看不过来的原作之间梦游似的乱走，直走得腰腿滞重、口干舌燥。我哪里晓得逛美术馆这等辛苦，又不肯停下歇息。眼睛只是睁着，也不知看在眼里没有。脑子呢，似乎挤满想法，其实一片空白。

撑到闭馆出门，在一处可以坐下的地方坐下，我立即睡着，还清清楚楚地做梦。

但随即醒来。饿醒的。

记得获准留学，行前被江丰老师叫去。"不要怕吃苦，"老先生沉吟着，并不看我，"到了美术馆，就吃点面包、香肠，这样子，我们中国的油画就上去了嘛！"

后来呢，后来发现美术馆阔人区的香肠面包并不便宜，而且美术馆内不准吃东西：其实是自己穷。美术馆餐厅一份三明治，七八美元，加上地铁来回票，对当年如我似的中国留学生来说，能省则省。馆外小摊有便宜"热狗"，既难吃，也不果腹。怎么办呢，于是自备一份干粮，坐在馆外慢慢地咽。

几年后我进馆临画，索性煮好茶叶蛋之类中国饭菜随身带着，仅为在餐厅落座而叫杯咖啡，颇以为得计。有一回剥着茶叶蛋，邻座来了一家四口工人模样的日本游客，叫满一桌，光是每人饭后那份水果，单价就在三明治之上。

据吴尔芙夫人的说法，若缺了高浓度营养，写作时脑后那根"火苗"就是蹿不上来（难怪"困难时期"中国高级知识分子得赏较多的是粮票和油票）。我既非作家，更不是"高知"，乍来美国，肠胃史的内容不过是美院食堂那份菜单：熬白菜、馒头、白开水。以这点蛋白质、卡路里加脂肪，哪里扛得住逛美术馆这类高度体力兼脑力支出的风雅情事。好在美院伙食总算长进了：那年归国探访，只见面色活润的年轻人围在桌边，爆腰花、醋熘鱼片、番茄炒鸡蛋，还叫白酒。

祝福年轻人！如今真喜欢看见青年，常常发现自己在那儿傻看。

我久已是纽约美术馆资深导游（免费）。业务之一，是当朋友被内急所逼，我通晓馆内各个厕所的方位——朋友进去，我等在门外浏览观众。看画既久，我本能地会腾出眼睛看看活人。

奇怪。人到了美术馆会好看起来——有闲阶级，闲出种种视觉效果；文人雅士，则个个精于打扮，欧洲人气质尤佳；天然好看的是波希米亚型穷艺术家或大学生，衣履随便，青春洋溢，站在画幅或雕像前，静下来了，目光格外纯良：我所谓的好看就是这意思。美术馆似乎无为而为事先选择了它的观众，观众进馆，也和馆外的世界自然而然划分开来。也许只是错觉？要么理由很简单：在这儿，人的背景换了。就说拍照吧（彩色胶卷泛滥之后，照片变得丑陋），在美术馆厅堂或藏品前留影，也就比较的可看。

去年在一篇访谈中被问及艺术与人民的关系，我想，我们或许将"人民"和"文化人口"相混淆了。初来，看到音乐厅、歌剧院和美术馆的人潮，我不禁感慨：此地的人民真有教养。但我错了。其实千千万万美国人民挤满在商场、赌场、迪士尼乐园、流行歌厅、体育馆、健身房、电影院，或稳坐在自家电视机前，手里捏一罐啤酒。

就我所知，古代的艺术和人民曾经关系和谐。意大利人民（包括乞丐和囚犯）挤在西斯廷教堂朝圣，中国老百姓（包括商贾和驮夫）钻进敦煌洞中礼佛，那时，说艺术等同于宗教，不如说艺术等同于今日所谓"媒介"——我们口口声声地"现代"，人民更在乎艺术，艺术更在乎人民吗？

此间一份社会调查显示，在男性中有高达百分之四十的人从不去美术馆，毕生对艺术毫无兴趣。而在受过所谓高等教育的专业人士中，去美术馆的人数比例也少得可怜——然而这少得可怜的一撮人，就我所见，常使此地美术馆人满为患，每逢专展，一票难求。

所以值得比较分析的是各国文化人口在"人民"中的比例差异和差异的原因。今天，将人与人排比而贬褒，未免乖张，我的意思是，美术馆馆里馆外的人群或可测出今昔文化生态的变迁。报上一则报道说，某日大都会美术馆总监亲自带领一群纽约中学生参观名画，一位黑人孩子大胆质问总监："您不觉得这种参观是在提倡精英文化吗？"（好一个"精英文化"，这是当今民主时代的时髦用词之一，同我们的"文革"语言多么神似）总监同志答道：

"今天大好天气，星期六，您不在街上和朋友们玩耍，却来这里受罪，您不觉得将来您或许也是一位精英吗？"

弗兰西斯·培根在纽约一家豪华旅馆电梯间遇见一位阔佬，

手提纸袋破了，滚出青豆和马铃薯来。培根于是说："他的套间里想必备着小炉子，好让他煮这些菜蔬吃。噢，对有钱人来说，这才叫作奢侈！"

培根自己也有钱，在伦敦买好几处画室，脏乱不堪，晚年还睡墙角边的破旧垫子。

奢侈观确乎可以是好多种。一位北方来的名作家即曾对我叹道："奢侈啊！我现在都不敢坐下来读小说，花好几百租着房子，你他妈得赶紧出去把钱挣回来！"

这是实话。好几次我陪国中刚出来的朋友上美术馆，自以为他们理当兴奋，至少脸该正对着墙上的画。可是有位老兄看着看着，又把头朝我别过来："昨晚想想又哭了一场。往后怎么活下去呀，你还有心思看画？"

我至今记得出馆后这位老兄临风站着忧心如焚的神色。谢天谢地，他很快在外州发财了，电话里都听得出眉飞色舞的——"往后怎么活下去呀！"这真是一只挥之不去的大苍蝇。好在我是老油条了，"插队落户"的前科结结实实垫着，犯起愁来，一会儿又想别的去。想什么呢，索性上美术馆临画。青豆、马铃薯还得过磅付钱，临画，一律免费。

美术馆自身谈不上"奢侈"，美术馆是"贵重"。无价珍藏不必说，单是养好几百警卫就是一大笔开销。大都会美术馆正厅总柜台和四面石壁上的壁龛，长年供着大号名贵鲜花，每簇市价至少千元，三五天更换一次，是一个出版界大家族永久性赠送的。奢侈吗？照培根的说法不能算，仍属"贵重"物品。此地美术馆多属私立，前厅石墙嵌有刻满捐家姓名的石碑，还留着空余，谁捐赠谁上榜。我曾见老刻工戴着袖套气闲神定对着石碑下凿子。这是真正的手艺匠人啊，在纽约就像稀有动物般难得一见，可是往来观众谁也不看他。

当初我揣着几十美金来到美利坚，只为一件事：奔美术馆看原作。往后怎么活下去、画下去，全不知道。现在想来，真蠢得连这就叫作"奢侈"也不知道。如今国中来的不少同行总算知道得多了：简历、幻灯片子、参展资料、得奖记录，外加画廊名单。美术馆呢，有空再去，或根本不去。是啊，凭什么非得去——我想明白了：恐怕这才叫作"奢侈"！

欧洲。到目前为止，我只去过英国和意大利。

伦敦国家美术馆夏季不设冷气。这无妨，但不列颠的经济状况由此可见一斑。意大利的衰乱景象可就触目了：拿坡里街市，下午两点，只听身后一位女子锐声尖叫，原来皮包被一位美少年生生扯去，上了另一位少年的摩托车绝尘而去。

说来意大利全境找不到美国式的美术馆。艺术品都散在大小教堂、宫殿、古堡、豪宅、旧日市府，或者马路上。在各地名城的街巷游走，不必进什么馆，随处可见中古或文艺复兴的雕刻遗迹。那不能叫作"藏品"，终年裸露着，日晒雨淋。

藏品当然有，躲在早先供着的场所，寻访不易。譬如卡拉瓦乔两件中期作品，挂在罗马市东南一座小教堂里。教堂还天天用着（一早就有市民为些私事跪在那儿喃喃自语），你得找到管理员，付了钱，被领到某个漆黑的角落，由他拉一下开关（正是上海民居那种老式电灯"扑落"），灯泡亮了，先照见金灿灿暗沉沉无数雕饰，然后渐渐看清那两幅名画上的马腿、人脸。探访名胜的感受是分不清兴奋和疲乏的界限（往往二者都是），当日还有好几处教堂要去拜呢。呆看片刻，关灯离去，卡拉瓦乔悄然没入黑暗，回了坟墓似的。

所谓梵蒂冈美术馆根本就是一座教堂城。光是一件紧挨着一件摆满罗马雕刻的长廊就有几十条。先看左边、右边？还是这件、那件？进宝库如临奇境，目光和脚步是难以节制的。判断、选择、品鉴、赏析，都谈不上，都在过度亢奋而心不在焉之际匆匆走过去了。通向西斯廷教堂的走廊仅供单行，挤满游客，前胸贴后背地往前蹭。广播用各种语言反复念道：安静，安静！

毕加索曾说，去一趟枫丹白露森林，他就得了绿色消化不良症。在意大利，天天消化不良：文化、历史、艺术，加上大白天抢皮包。

文艺复兴的重头作品不必在美国找。全美大概仅得一枚芬奇肖像，供在华盛顿国家美术馆，用丝绒绳子拦着。中古雕刻在欧洲挤满仓库，美国则三五件就占一大间厅堂。绘画一律平行挂开，看去倒是十分疏朗，但我反而喜欢欧洲那种传统挂法：密密层层挂满整墙。当初印象派同志在沙龙里受的鸟气，就是好不容易选上了，也给挂在冷僻之处——如今还这么挂，给你看到另一层意思，仿佛历史也在场。不是吗，咱们敦煌就有许多小洞，小到你得贴地趴下塞进脑袋和上半身，你不由得设想自己就是那画工：画具往哪儿搁，腕臂又如何转动施展，瞧那四壁画的飞禽走兽，灵动生猛，一笔不懈怠。

不过有一种看画方式，可谓奢侈。大都会美术馆素描部允许经由申请（或走后门）调出藏件，坐在专室独个儿细细品味。1993年经朋友提携，登记净手，米开朗琪罗和安格尔数件真品居然将信将疑捧在掌中了。看是早在展厅看过的，此刻私会，什么感觉？记得脱口而出一句比喻，自以为贴切，只是不好意思写在这里。

芬奇的几帧素描曾随哥伦布发现新大陆纪念展来过华盛顿。搭朋友车赶去瞻仰，上午到馆，黄昏才轮到我们进场，里面挤得好比在京沪搭公共汽车。哪里是人在看画，分明是芬奇派代表远赴美国接见二十世纪的黎民百姓。出场，路过美国风景画馆。大概正值另一专展开幕酒会在即，入口处用屏风挡着，一阵阵飘来刚出炉的、照例以乳酪为主的西式点心的馥郁香气。从屏风缝中张望，但见一排酒瓶闪光，像马奈晚年那幅画。

食物的浓香！那就是我对那次大展和芬奇手迹最清晰、最感动的回忆。

美术馆是一座座庞大的坟墓。多少埃及木乃伊、罗马石棺、中国陶俑，还有波斯古冢的瓷砖画，离开自己的千年洞穴，隆重迁葬美术馆。扬言烧毁所有美术馆的达达派、未来派团体的原始文件，博伊于斯及其同志们刻意走向社会大众的种种观念作品和影像资料，统统被投下巨额保险，给灯光照亮着，得其所哉的样子，死在美术馆里。

美术馆又是艺术家连绵不绝的灵感场、输血站、临时抱佛脚的地方。塞尚会画到一半，雇辆马车到卢浮宫去："我得瞧瞧他们是怎样画袖子口的，否则一切又得从那里重新画起。"当毕加索被邀请去卢浮宫看看自己的画与经典对照的效果，他破例起个大早，全过程郑重其事。同行看同行，心思不难揣度。八十年代初，"波普"式微，"极简"途穷，美术馆推出了"一战"前后现代主义、表现主义的密集专展：年轻一代涌进展厅，脸上分明写着大彻大悟，故作镇定，不服也得服的诸般表情。不久，在画廊和双年展就看到备受刺激的当代画家奋勇离经，又难以叛道的新作品：更大、更极端、更空洞，也更加变化多端。

然而美术馆总能有效地让人沮丧、厌倦。艺术家不免都有狂妄和脆弱的间歇性并发症：朝拜前人，要么摩拳擦掌，要么万念俱灰。一位国中来的青年同行在微醺之后对我说："上那儿干啥！还是喝上几杯，自己画自己的。"真是说得一点不错。曾有此间的理论家认为每一代新人都有潜在的"弑父"情结，存心要同美术史的祖辈先人过不去。西方人说话也动辄上纲上线呢，弑父？那是他们的纲、他们的线，如我似的西方文化的外人，至多饱看一场后颓然出馆，在市声暮色中无端感动起来

（好像在美术馆受了谁的委屈似的）：还是过寻常生活好啊！

可"寻常生活"又是为了什么？

所以美术馆也是艺术家念念不忘的梦。1889年，印象派同仁集资两万法郎从马奈遗孀手中买下《奥林匹亚》献给国家。1906年塞尚在弥留之际一直念着本镇美术馆馆长的名字，因为这位仁兄始终拒绝塞尚的作品。事情到今天仍然一样，只是方式在变。"波普"耆老利希滕斯坦前几年听说日本国家美术馆有意藏购他的画，亲自出马会见日方人士，不假代理人出面。而美苏冷战解冻之初，两国间最先眉来眼去握手言欢的镜头中，就有美术馆高级官员商讨互换画展的情节。

美术馆尚且看重美术馆，何况区区如艺术家——美术馆是森严的衙门，是被西方当代艺术家和文化人士持续抨击的政治机构。1976年，一群艺术家干脆在纽约现代美术馆门口坐卧不去，抗议评审的不公。类似事端在欧美时有所闻。但包括极为潇洒傲慢的角色，说起哪位美术馆资深的或刚刚走马上任的策划人、部门主管、馆长、董事长、赞助人的姓名时，也会压低声音，露出敬畏、企盼、神秘、晦涩的神情。

不过依我看来，美术馆仍不失为一张慈祥公道的面孔。历来美术馆的人事，总不免为权力所左右，为外界所诟病的吧，但说它慈祥，指的是馆内悠悠千年藏品的总体性格和潜在律令；说它公道，则指的是时间。人世有公道吗？似乎也只剩时间仿佛有所公道，而美术馆所收藏的多少可以说就是时间，以及时间的意义（假如时间真有意义的话）。自然，收藏现代当代作品的美术馆总在争议权谋中行事，但就我所见，那里也常在"平反"现代艺术的种种"冤假错案"，追认并适时"发现"曾被遮蔽冷落的天才，为之认认真真地举办规格得宜的回顾展。

我像小孩一样积攒过美术馆作为门票的各色圆形小铁片，攒了怕有上百片吧。那是我去熟的地方，但其实我并不了解此间的美术馆。

据说，过去二十年来西方美术馆的功能、角色越来越难定义：文化格局日渐多元繁复、馆方资金来源和维持方式诸多变迁，使美术馆至尊权威的形象大为降低、软化，以至庸俗。美术馆管理的空前专业化，艺术品藏购手段的极度商业化，当代科技覆盖一切的制度化，又使美术馆门禁更形森严，以至霸道。凡·高、塞尚这等梁山好汉活在今天，左右难以逢源，怕是只有流落草泽的命。问题已经不是什么原因造成这种现象，而是这种现象正在或将要造成什么。高度发达的资本主义使美术馆事业更强大、更完善，并以更强大、更完善的力量有效操纵美术馆，乃至操纵文化。那些倔强耿介的地景艺术家，包括其他种种行为艺术家像不像资本主义朝廷的山林隐士或江洋大盗？不论他们的内心和行为最终能否证实他们有无招安之想，作为异端（相对而言），他们依然从外部反衬并肯定了美术馆难以动摇的存在。

每到星期一，美术馆锁起大门休息了，看过去死气沉沉而气宇轩昂。外星人假如要来攻击人类，又懂得使用飞弹，"他们"会不会特意瞄准各国的美术馆先行发难？

美术馆。近年我很难得上一次美术馆了，不是没兴趣，是不再经常惦记它。如今让我神往的事是飞回咱中国，然后到哪座小村庄的后山坡看看走走——客居域外的无根之说早已是陈腔滥调，我也至今难于回答何以长居此地的发问。随手可以工作的画室？习惯、方便到麻木的日常起居？还是仅仅出于惰性？好几次，从街头拐角望见美术馆门墙高处展览公告的大旗幡随风摆动，并发现自己又在朝那儿走过去时，我就想，大概（为什么是"大概"？）在有形而无意中留我年复一年耽在此地的，就是这可敬可恨的美术馆。

1997年3月

（录自《纽约琐记》，广西师范大学出版社，2007年版）

我的画室

陈丹青

　　带天窗的画室早已不时兴了，同架上绘画一样，成了古董。纽约艺术家的梦是租用老式工厂仓房整层打通的大画室（英文叫作"Loft"），面积两百平方米上下，大得可以骑自行车转。如果在苏荷一带，月租三五千。再花个几万装修，隔成画室、书房、卧室，然后买来中东地毯、南美盆栽、非洲的木雕、欧洲的古玩——"Loft"其实不仅是画室，它代表后现代的生活方式，纽约上流文艺人的地位，加上每月一沓高额账单。

　　那么去租带天窗的画室。且慢：更贵。古董会便宜吗？何况这古董是一个房间。六十年前的前卫艺术家有福了：那时，万恶的资本主义还没进入消费时代，即便在"二战"期间寄居纽约的曼·雷、杜尚也能在下东城以低租金（才几十块钱）享受画室的天窗。

　　咱社会主义怎样呢？瞧如今北京新盖的古董四合院，叫价一百万。美金。

我怀念中央美院"U"字楼带天窗的画室。（现在上学也得交学费了吧？）那年头，在我结束八年插队生活的眼光看来，天窗就是天堂，光芒从上而下照在人脸人体上，雍雍穆穆，简直伦勃朗。

人各有记忆。开课那天，侯一民先生笑吟吟走进来。走到我的画架子跟前，他指着老旧的地板说："就在这儿。就在这儿他们殴打我，连着打十几天，不让回家。"

如今，"U"字楼成了所有美院同仁的记忆。前年造访旧美院，每间教室上了封条，一枚封条旁还留着陈年标语："欢迎新同学。"新同学呢，都在西八间房万红街二号新美院的新画室：高大、空阔，没有天窗，原先就是厂家的房子。我转了一圈，想起纽约的"Loft"。

上美院以前，我在中国有过几处临时"画室"（据说偷儿格外记得作案的地方）。1974年江西省美术"办公室"在井冈山举办"学习班"，我有幸混在那儿画了第一幅油画创作。1976年在拉萨"人民广场"的文化馆画好多藏人痛哭，出门北望即布达拉宫。1977年是在南京街巷深处两位朋友的私房，我辗转其间赶一幅部队进藏的大创作。记得想看我画画的小哥们儿连连敲门，我不应，可陋室板扉缝隙太宽，瞒不住。

每回告别一次性"画室"，我都默然四顾，不知下一回能在哪里画大画。1980年去拉萨，我缩在妻子的七平方米的宿舍里弄毕业创作，画纸搁在椅背上，挪到房门口就着过道的天光画。那是藏剧团的小院子，记得有一口用杠杆打水的井，井口碗一般大。黄昏，院墙远处的山峰被夕阳照得像烧红的生铁，我趁着余晖到院子里退远了审视自己的画。

"画室"一词译得太雅。比较接近英文"Studio"的是"作坊"，用白话说，就是"干活的地方"——来到纽约，我在不同寓所的窗下摊开家伙将就画了十年，倒也没什么：我从小就习惯干活不一定非得有条件齐全的"干活的地方"。但终于我想画大画（青少年时画惯大画的旧习居然潜伏到中年），草图出来了，"想法"接踵而来，自己的寓所是断乎画不了的，干活的地方在哪儿？"Loft"，是做梦，带天窗的画室更是妄想。回井冈山？去拉萨？

后来是原浙江美院的郑胜天先生赏给我干活的地方。1991年夏他假加州圣地亚哥艺术学院办了一期暑季艺术活动，招集一群中国艺术家，我也算一个。可第三套双联画才铺开，学院开学，学生返校，我们撤出。住在洛杉矶的老哥阿城接我过去，四米长的大画正好同他家大厨房西墙的尺寸相当。窗外的柚子树雨后落一地果子，阿城特意买来两盏白炽灯方便我连夜作画。那些日子我想起在国中打游击似的作案地点——到美国情形还是一样。大画运回到纽约也没处搁呀，索性存在阿城的院子里。没画室，画也没个自己的家。

纽约是房屋的丛林（有理无钱莫进来），是一片难以测知深浅的生态场：各种人，各种生活方式，各种可能性，包括各类租金。总之，1991年底我的美国画友奥尔告诉我时代广场第七、第八大道之间有一所住满艺术家的大楼，每一画室月租金才三五百元。他独用一间，大半时间要去打工，空着也是空着，于是频频催我过去。知青生涯留给我的后遗症（或良药？）可能是对一切不抱奢望，所以有些我以为很难的事忽然如愿以偿，半是机缘，半是有人推一把。那年冬天我取到奥尔的钥匙打开西四十二街233号501室的房门，经年累月的松节油气味扑面而来。撒一泡尿，点上烟，我在五十平方米的屋里坐也不是站也不是，只觉得就像初上井冈山那会儿一样年轻，这是我平生第一间自己的画室啊！

除了苏荷区，纽约艺术家租用画室比较集中的地段是东、西格林威治村，以及西十四街一带和布鲁克林。地处中城曼哈顿心脏地区的时代广场纵横一二十条街面，既是繁华的商业区，又是百老汇歌舞剧剧场和纽约时装公司聚集地带。然而各种动物总能觅得栖息出没的场所：时代广场西端，第七、第八大道之间的四十二街，二战前有好几家著名百老汇剧场，夜夜笙歌。六十年代嬉皮士运动后不知怎么一来没落了，渐渐成了"成人文化"（即色情业）店铺集中点，也曾是毒贩、流莺兜生意的地段。向西去中国领事馆，朝东进入时代广场，都得经过这条街。白日里看不出什么异常（没有"成人文化"的中国成人倒是常来此地游走盘桓），晚上呢，其实纽约到了晚上哪儿都难保不出事（中国画家林琳即是在时代广场附近被歹人打死的）。市政府对这条街头疼多年，苦于没钱整治——没钱的艺术家于是钻了这条街房产贬值、房租低廉的空子。

233号楼总管巴巴拉先生每天气宇轩昂站在大门口，同时和好几位熟人生客插科打诨兼招呼。全楼共有六层，两架电梯。上下进出的人物看来真是艺术家，准确地说，还未成名发迹的艺术家——疲倦，亢奋；沮丧，骄傲；心事重重却了无牵挂；目光冷漠但眼神热情；懒、随便，又显然紧张而工作过度；气质是单纯的，精神则天然地颓废。美式英文的招呼礼节从来简洁，彼此擦肩而过，门一关，美国所有的楼道差不多总是空无一人。

画画。画室里很快摊得一塌糊涂。记者问培根，是否刻意从画室的零乱无序之中画出"有序"，培根回答："是。"在画室里能这般理性吗？收音机开着（刚占据画室，接上电源乐音弥漫，真像开了新纪元）。乐曲有序，我无序地听。这里不作兴串门聊天，"干活的地方"就是干活的地方。一天，有人猛敲门，冲进两个警察两个便衣，三人直奔大窗口朝步话机急速讲话，留一位解释："朋友！要抓人，借个监视点，对不起。"

二十分钟后，楼下斜对过两个青年已被反身制服，双手抱头，就像电影里那样。

录像带普及后，四十二街一排成人电影院相继倒闭。看下去，影院的突出门楼上每天聚满鸽子，鸽粪斑斑。有人定时撒食，鸽群飞降街面，挤挤挨挨捣头如蒜（多好。它们用不着画室，也不需要绿卡）。天黑了。下地铁前偶尔会弯进哪家成人商店（这词想得真好）。我也是成人。千万册杂志画报（十八岁以上的成人照片）可以随便翻看，翻着，忽然就想起楼上我的画室，我当天的画——我是谁？从何处来？我在哪里？井冈山、拉萨、时代广场？

居所和画室分开真有道理。松节油气味仿佛催眠剂哄着我进入恒定的工作，工作专注到近于痴呆，快乐的痴呆，以至忘记快乐。累了，醒过来，发现自己睡着了。画室在日光灯下的宁静呈现一片无声的吵闹：这里那里都是被灯光平均照亮的画或画册，所有画面抢着说话。美国的生活教会我如何同自己相处，教会我如何工作（倒不见得教会如何画画）。每次当我买下做内框的成捆木杠背回画室，心里就想：干什么？谁叫我画这么多无用的大画？每次办展览，搬运货柜车停在楼下，几条彪形大汉铺一地家伙包装，我就觉得闯了祸似的。渐渐地，我和奥尔的大画堆不下了。1994年，我单独租用楼下的406房间，并铺开画一套十五米长的十联画（真是疯狂）。几年来不少过访纽约的中国画家来过，登时一屋子北京话、四川话、上海话。在这个陌生地方，他们见到从前熟悉的人。

我已熟悉得仿佛从来就在此地，也将长此以往。一个地方让人踏实下来，只为这里有你摸熟的书画、抽屉，一堆随手拿起放下擅自作案的家当。往昔漂泊粗陋的作画条件变得不可思议。最不可思议的是，如果有一天我失去这画室？失去每天开锁进门，泡上茶，坐下来审视前一天画好的（或画僵掉的）作品的权力？是的，这是我唯一的权力。恐惧倒还不至于，但绝不好玩。单是这许多大画寓所就根本放不下。

好吧，我想：知青日子我也蹚过来了，还能怎样？多年来我调动这个念头对付种种挫折，正如那位阿Q，这大概又是知青生涯留给我的良药（或后遗症）——1994年夏末，406室的中国阿Q兼老知青（包括楼内的所有艺术家）果然遇到了最不愿遇到的问题。

纽约市市长朱利昂尼今秋再获连任。政绩：过去四年犯罪率大幅降低（没话说），失业率获得控制（也没话说：艺术家反正从来无业）。还有，悬置二十多年的时代广场整建方案终于在他上任后强力通过付诸实施。钱哪里来？一说是香港财团有巨资介入，另一说很快证实：沃尔特·迪士尼集团包下统吃。

都没话说。

巴巴拉照旧站在大门口谈笑风生。大家在电梯里多了一两句对话：听说吗？听说了。规模较大的事是一点点变化的：对街停车场那幅巨大的梦露性感广告拆卸了，接着，门面最大的成人中心悄然关闭（往日生意清淡时，二楼常有舞娘抽着烟凭窗张望）。废弃几十年的剧场"维克托利"和"阿姆斯特丹"被施工铁架包围，开工翻新，周边街面也封锁起来。其实，迹象早已昭然若揭：从1993年起，市政府就在这条街举办好几次露天艺术品展示（雕塑、装置、行为艺术），目的就是制造文化气氛，让纽约人看看曼哈顿黄金地段这条失落的街道快要改邪归正了（后来当我们抗争时就有人指控市府在时代广场先利用艺术而后驱逐艺术家）。1994年春，我窗户对街的大墙画上了迪士尼卡通广告，那只大白兔造型日后在经济上、政治上的超级势力，轻易打败了楼内全体艺术家。

地皮早就圈了出去，轮到我们的节目只是扫地出门——我的耳目太迟钝了。

入秋的一天，两位男子敲门进屋，西装笔挺，不就座，站着，递过一份"市府开发四十二街计划"知会，附表是长串动迁文件，内有本楼房号和租户名单，我的名字赫然在目。"下一步我们会及时通知，任何问题请来电话，劳驾，隔壁几位今天进来没有？"名牌风衣、领带、皮鞋，男用香水味隐隐袭来，头发朝后梳得一丝不苟。留下名片后他们离去，转身的动作潇洒而干练，不愧大公司雇员有恃无恐的气派。此后几天这两件簇新的浅亮色风衣在老旧的楼层内飘荡，寻访每道门背后的租户（许多艺术家在外兼职，并不天天来的）。

工作如常。传说怎么也得拖到来年春天。不过很快艺术家们就行动起来。冬初，我被叫到六楼一位来自意大利的女画家画室中开会。那是全楼二十多位同行头一遭会齐，彼此通了姓名，大家看向一位衣履光鲜面色红润的秃头男子。他用坐惯皮沙发的姿势靠在一张铁椅子上，胖手团握，言语清晰，说一句话就目光炯炯环顾众人。他是老牌律师雷康，他说，"案子他接了，同时上告市府和所谓整建计划办公室罔顾人权欺负艺术家，上策争取不迁，下策要求赔偿。"输，他免费效劳；赢，每人赔款他抽成百分之二十五。

接着商量具体措施。群情激奋。我只能听懂小半，兼以遇到开会我就神志涣散，思想眼睛同时开小差：意大利女画家专画欧美大幅地图，她长得像个吉卜赛人，乌眉黑发，赤脚，脚趾上又是颜料又是趾蔻。瘦高个招集人名叫克里斯蒂，据说是音乐家，又是观念艺术家，蓝眼睛露着忧郁、嘲讽的神色，讲话慢条斯理。大半来者早就面善，在这样的场合，言谈之下情同难友。散会时大部分来者在公诉合约上签字，围着救星兼侠客雷康先生，又聚在楼道里谈了很久，话题早已不是官司，而是哪个画廊的哪期展览——灾难临头的艺术家。那位吉卜赛女画家跶一双用大红绳子编结的南欧凉鞋，在人丛中无缘无故地尖笑。

此后几个月邮件不断，一类是整建办公室提供的画室出租资料，曼哈顿各地段都有，租金贵多了。另一类是雷康办公室的诉讼报告，并迅即来人登记各位同行的画室私产以便报备索赔。两件风衣又来过几回，询问（明明是催逼）另租画室的意愿。显然所有人厌恶这一对活宝，不久，头儿亲自出马：一位伶牙俐齿的时髦女郎，她略去我的姓直呼名字，接着是飞快地唱歌般的开场白："我知道，我知道，我父亲也是画家，当然，你们有律师，好啊，非常好！我们谈得很好。"她而且坐下，架起腿打量画作诚恳赞美，叫人很难不相信她。我笑着提到那两位喷香的男人。"噢！可怜的孩子。我简直头疼！但是听着：你难道愿意继续这种状况？"我问什么状况（故意的），是指留下去吗？"NO，NO！"她撮起嘴唇，像幼儿园阿姨那样举起食指左右摇晃，每个指端涂着巧克力色的高级指蔻。

进入1995年，我们至少开过六七次会。我心里早已认命。我不是美国人，不像他们从小知道为自己的权利同任何势力争。我一路跟着大家，差不多只为严重的事端总是有点好看、好玩的地方——2月，全体艺术家出现在下城联邦法庭。我迟到，推开某号法庭边门，一眼看见233号楼全体艺术家坐在这种地方，恍如目击一段电影情节。法官的老脸总是疲倦而呆板，不看大家。第一轮我们失败了，记得我隔壁的两位阿根廷画家当庭用西班牙语大骂。雷康镇定自若，步出庭外，同克里斯蒂躲到大石柱背后商量。不久，好几位"难友"悄没声退出案子，他们是时装设计师或工艺美术家，必须赶紧找到工作兼营业的去处。电梯忙起来，大件家当堆在门厅等待搬运。4月第二回出庭时，清一色都是"纯艺术家"。大家坐到前排，神色平静庄重，不像来打官司，倒像是出席葬礼。吉卜赛女画家两眼泪汪汪的，出庭后瞧着春枝绿芽又笑将起来。几天后律师事务所发来信函，措辞坚定沉重，要求大家准备长期周旋。克里斯蒂原来是个能干的政治家，他同时展开舆论战，包括《纽约时报》在内的四五家报馆先后登出消息和文评，一致表示同情和声援，从报章援引的资料，我才知道楼内颇有几位同行成绩不凡，是名牌画廊及惠特尼美术馆双年展的作者。艺术家们向各界散发的传单更是用词耸动，诸如："四十二街新上演的百老汇悲剧"，"纽约杀害艺术家"之类。我们站成两排在大楼背景前被记者拍照，一位谁也不理，从不参加会议的画家朱利亚（画得非常不错）那天也挤进行列，带着难为情的笑容。

4月底飘着细雨的一天，我们在时代广场发起游行。

艺术家总是像在玩耍。游行前后楼内好比过节，每道门敞开着，大家忙进忙出。克里斯蒂倚在门口问我能否弄到喇叭（我没弄到），三楼那位剃短发蹬军靴，长得活像革命者模样的女画家挨户送发黑色长布条，关照在游行当天从窗口悬挂到街面，并要求尽量带朋友加入。这是我第二回在时代广场游行示威。上一次是为祭悼林琳。下午两点，队伍集合，我回望大楼：楼面一半窗户内的主人撤走了，零散下垂的布条被风雨折腾得不成样子。人倒来了一大群，给警察、记者围着。队伍启动，忽然，从排首穿过来一阵难听而凄厉的钝响：克里斯蒂，不知他从哪儿弄来一支靠旋转刮出响声的木头家伙——笨重粗大，模样像极了中国土制木板机枪或旧时乡镇的敲更器——他昂然高举，金白色头发逆风飘抖，奋力地、很不熟练地挥舞着，但队伍随即被领错方向，止住，转弯，刮木片声哑了片刻，又复刺耳地响。一片笑声。

自那天以后（我们在四十三街《纽约时报》报馆门口解散，人人浑身湿透），我再没完整无缺见过坚持到最后的那群人。迁出势成定局，众人陆续动身。好几位艺术家七十年代末就在这儿藏身作画，他们是最难受的人。某日在门口遇见六楼那位年长的德国同行（我喜欢他优雅沉静的面容），他站住，和我长久握手："再见了，朋友。我回家乡去。在这儿待了十五年，纽约伤了我的心，我永远不想回来了。"

　　剩下的蚂蚱静静等候最后的驱赶。夏天。成人商店相继移走，连串门面被涂成彩色的大木板封闭了。四十二街变得陌生空荡，就像爱德华·霍珀的那幅名画《星期六》：一排歇业的店铺前空无一人，阳光斜照。我赶制完毕（不完也得完）十联画，初秋将连同所有大画去台北展览。7月的一天，我打开房门清扫画室。一位不认得的中年艺术家走进来，巡视过后，告诉我他叫毕德娄。好，毕德娄。您玩哪一路？"我？你不知道我是谁吗？"（美国人好在直爽。一年后我知道了：他是八十年代"挪用占有"大师图像的一位知名画家。）真的，我不知道。他于是领我到隔壁412房，说他闲租十几年，只为堆放私人收藏。

　　满屋尘土。在尘土中我如梦似幻看见杜尚先生的两件作品：那只戳着自行车轮胎的高脚凳，那扇连着门框的门。这么说，杜尚同志也得挪窝了。毕先生解释道，同一作品杜尚做过两件（此话倒也不假，现代美术馆的《泉》就是重做的，原件很早即已遗失），他说他是从朋友那儿转手买来的。但愿他的话和收藏都是真的。原来我的邻居包括杜尚的幽灵和遗作：这似乎是为我失去画室而及时补偿的一份不大不小的虚荣。

8月初，那位革命者模样的女画家在过道里叫住我，目光锋利咬牙切齿："听着，世界末日！他们通知了，9月20号之前所有人一律迁出。"

也在同一年，母校中央美术学院迁出北京王府井校尉营移往京城东郊。10月，我指的是今年，曼哈顿西四十二街233号楼以西至第八大道为止所有建筑物夷为平地。东端楼群和街面年来焕然一新，剧场早已开业，迪士尼集团名下的高档连锁店、衣装店、礼品部、咖啡馆相继开张，周围簇新的巨幅广告牌铺天盖地。英国航空公司甚至在街口楼顶架设了一部几十米长的模型飞机，机翼机头倾斜着对准街市，看过去英勇而幸福。其他各项工程如火如荼日夜进行，到年底最末一夜，几十万纽约人在广场举行传统守岁仪式时，时代广场确实气象更新——那年秋末我从亚洲回来，如丧家之犬：画室岂不就是我的家。承画友坦希帮助，运回的大画存在他的画室。无法工作的两个月不知是如何度过的，直到一笔我在年初申请的基金被批准——来自已死去的后现代女画家琼·米切尔遗嘱设立的基金会，连同另十九位入选的美国艺术家：至少在这件事上，出钱和领钱、帮助和被帮助的都是彼此素不相识的艺术家。我立刻租下新画室。并非故意，经纪人介绍的处所与老画室仅一街之隔。在十六楼，我从新画室北窗看下去，233号楼每个窗眼都瞎了，灰蒙蒙站着等待被拆毁。同样的地铁路线，同样的出站口，不同的是画室租金高了将近三倍。起初，好几次我仍习惯性地朝老画室那儿走去，就像至今我记忆中的美院方位也还是在东单王府井一样。

雷康，继续办案保持来信。我明白了，他办案子好比我们画画，习性难改。在我早已忘了官司时，赔款于上个月寄到。大伙儿临别留下联络地址，两年来收到过几回展览开幕邀请信，谁呢，想起来了：233号楼"难友"，都活着，都在新的干活的地方继续干活。在街上遇见克里斯蒂和女革命家，彼此笑了，谁也没提起那段日子。

我们被撵走了——这在迪士尼集团的宏图大略看来算不了一回事。在我们，那段日子除了此刻当成写作材料，说实在也他妈的不算回鸟事——请容我顺口带这么一句粗话。

1997年12月

（录自《纽约琐记》，广西师范大学出版社，2007年版）

曼哈顿随笔

刘索拉

1993年，我的美国音乐代理人打电话到伦敦，说她为我在曼哈顿找到了一套转租的房子，地点是在格林威治西村。从那以后，西村就象征着我新生活的开始。等费尽了千番周折从伦敦来到纽约曼哈顿，搬进了西村的第一天，我就把新居里一把房东的"古董"椅子给坐折了。从此后我惧怕纽约的古董家具，谁家有古董家具我都绕着走。

转租（sublet）的意思是租用别人租来的房子，一般这种情况下房子里都有现成的家具。我租的那套单元里充满了古董家具，砰，一个水杯放在桌子上，桌子上一个水印，那是古董油漆，怕水；咚，一屁股坐在椅子上，椅子腿就折，那是第二次世界大战时的木工。后来我赔偿了很多古董家具修理费。在英国跳蚤市场上卖的旧货，在美国就可以进博物馆陈列。我在房间里绕着各种陈列物走，还是免不了那些木头们自己就裂开。

邻居家的钢琴响了,指法干脆利索。这楼里都住的是什么人呢?直到有天楼里着了大火,我才见到一些邻居。发现我们那个楼里住的都是单身,很有些风流人物,不知是艺术家还是同性恋的派头使他们举止非凡。各家抱出来的都是小猫小狗,没有小孩儿。

离我住的不远,是个很舒服的咖啡吧兼饭馆。年轻人在那儿一坐就是一天,可以看书、吃饭、喝咖啡、约会、聊天儿。大沙发椅有种安全感。这安全感有时对外来人是一种假象,因为侍者可以根据你的风格来决定他是不是想要热情招待你。如果他不认同,你就一边等着去。看着他有选择地嘻嘻哈哈或气势汹汹地招待顾客,这就是西村人向外人显示无名压力的时候。这儿来的大多是艺术家,话题永远是项目、计划、前景,外加谈论爱情……姑娘们尽力要使浑身曲线分明,那就是她们给曼哈顿的礼物,曼哈顿喜欢线条儿。

在西村散步,我和朋友发现一条小街上的法国饭馆,安静,没有外来青年们改天换地的高谈阔论气氛,坐的都是老住户,是吃饭的地方。走进去,想找个座位,侍者出来,不太情愿地问,几位?然后说,午餐快结束了,没什么饭了。似乎他不愁没生意。我看看四周,屋里面坐的人们在看报纸,屋外露天坐的人们也是在看报纸。所有的人都是坐在那儿看报纸,没人说话,但似乎所有的肩膀都开始审查我们:这外来的是什么人?他们是住在这儿的还是游客?似乎他们都在向饭馆的老板示意：我们可不想和游客在一个饭馆里吃饭！要是你把这个饭馆搞得像游览区饭馆一样庸俗你就会失去我们！你是要游客还是要我们？！这些外来的游客都是一些傻瓜！就是他们把环境破坏了！我们住在西村的人就是不喜欢这些专会破坏景象的游客！庸俗的游客，没准是日本人，闹不好还会掏出照相机来！这些肩膀们发出的无声抗议，使我怀疑错进了帮会俱乐部。住在西村的老住户有时候像金字塔里的石头，闹不清他们自己是塔或只是些石头，是没有塔就没有他们还是没有他们就没有塔。反正这是文化名流聚集地加现代文化发源地，即便你想向文化贡献小命，没有他们的默许，也没地方去献血。

　　走出西村到东村，东村的饭比西村容易吃。东村住的人们没有西村那种成就感，更加随意、外露、不修边幅。街上走的净是披头散发的男女艺术家，夜生活比西村热闹得多。到了晚上人和狗都在街上整夜寻配偶。人们眼睛里发着亮，随时期待着什么新刺激出现。那儿整夜都有各种声音，不管是不是做艺术的人，住在那儿，就是要追求艺术。你能看得出来他们人人被内心的艺术渴求烧得冒火。想当作家的人最好是住到东村去，听听噪声，使你完全不能精力集中，一天到晚能感受人类对情欲的饥渴。于是你开始不得安宁，要逃避那些声音，可又要听那些声音，还要参与那些声音。你不能等待，不甘寂寞，不能自拔，挣扎着寻找更多在别处找不到的感觉。那些快乐，那些消耗，那些挣扎，不在其中是不能体会的。你必须被东村骚扰到向它妥协，再不用常人方式思索和生活，精疲力尽，一个字都没了，就搬出去，变成另外一个人，油头粉面，把你所经历的灿烂时刻都消化掉排泄出去了，再不写作；也可能突然有一天，那些血都涌上来了，成串的字滚滚吐出，小说有了。

但我没在东村留住脚。走出东村，到了十四街。到了十四街就是彻底出了格林威治村。那儿煮着另外一种生存方式，热气腾腾。人到了那儿就回到生活的最本相，单纯地满足基本需要。满街都是不管质量、不问品牌、不论审美的便宜货，穷人天堂。移民可以大批廉价购买衣食住行所需用品，装进黑色垃圾袋扛回家解决急用之需。一步之差，那儿和格林威治西村就是两个世界。十四街是穷人的真理，一把勺子就是一把勺子，它不可能是一张床。可是出了这条街，上了第五大道，或者是去那时还存在的下城巴尼斯分店（Barneys），一把勺子可能就是大门，品牌和设计使它变成了身份和教养的标志。美学、情趣，想文明，你就活在文明的压力下。刚一学会审美，就要先体验有钱不知道怎么花的困惑，一旦知道了怎么花，又随之招来被文明欲望驱使的劳碌。永远不满足已经有的，永远想有个更高雅的符号，永远在寻找新的……我住在伦敦的时候，一个英国朋友说："干脆不去商店了，不知道买什么才对。"伦敦人可以躲在习俗的后面，曼哈顿人只能不停地换胃口。曼哈顿的商店预示着移民的命运，你会挣扎，会爆发，会死掉，什么都是你的。

从西边往上走，是切尔西（Chelsea）地区。切尔西地区是在十四街之上三十街之下的西边，那儿是老房子、老店堂、老市民。如果用颜色形容曼哈顿，格林威治西村是黑色，切尔西就是粉的。这儿净是曼哈顿的老住户。著名的切尔西旅馆过去以便宜得名，曾经吸引过不少作家、艺术家，这些人的行踪被载入史册后，切尔西旅馆也跟着成了文化象征。现在它是老样子新价钱，吸引着要买文化气的顾客。切尔西旅馆旁边是一个热闹又艳俗可亲的西班牙饭馆，每天客满，来的都是外省的白人，穿着土气鲜艳，吃得热火朝天。顾客中，也常常混入些纽约名流，为了享受温暖的市民风韵而舍弃格林威治村里幽雅的西班牙餐厅，到此来大啃龙虾巨蟹。切尔西的街上什么人都有，风貌绝不似格林威治村那么酷，也没有强烈的文化优越感。老式的音乐俱乐部和新开的时髦画廊并没有使街道变得更趾高气扬。切尔西街道有好胃口，街头小商品，跳蚤市场，古玩商店街，花街，"巴诺"书店（Barnes&Noble）……在切尔西二十八街上买的古董一旦进了格林威治村里那些高雅的古董店里马上就会由于价码不同有了新的美学意义。二十八街上卖古董的，个个满面风霜，脸上写着故事。游客、乞丐、艺术家、小贩、骗子、忧郁症者、学生、小职员、退休老人，垃圾和珠宝、假象和真相都在街上挤，一个典型的老城区。

烦于被"艺术"气氛骚扰，我决定搬出格林威治村。先是住在曼哈顿东边的三十街，离"印度城"很近，是个安乐窝式的地区，住的都是良民。附近有一家出名的意大利咖啡店，蛋糕好吃。我常去那儿坐着看书喝茶，还有一个男人也常去那儿坐，一坐就是一天。后来我发现那男人是个日本作家，他把自己的照片和报纸评论都装在镜框里挂在咖啡店的墙上。这不是艺术家区，店里来的都是普通人，他们不谈论文化。你看着作家在墙上的照片再看他本人坐在那儿，觉得很滑稽，不知他是在装饰那个店还是那个店在装饰他。所有我认识的艺术家朋友都吃惊为什么我会搬到那座崭新的单元楼里去住，对于下城的艺术家来说，新式的单元楼毫无审美价值。但我在这个既不疯狂也没有想象力，感觉不到挣扎也感觉不到挥霍的地区完成了一些很重要的作品。没事的时候走到第三大道上，街上那些密密麻麻的各色饭馆和各类民族食品店实在吸引人。夜里偶然有几个妓女出没街头，站在便宜旅馆周围，到了早晨就都不见了。

然后我又搬进了厂房建筑区。厂房式住宅最适合音乐家和画家，因为厚墙隔音，空间大，建筑大多是早期曼哈顿建筑师的杰作。现在这种房子越来越少了。因为它不适合家庭，没有足够的卧室。曼哈顿厂房式住宅大部分在中城、下城。中国城、"揣百喀"（Tribeca）、Soho、百老汇都是有名的厂房住宅区。

从三十街以上到中央公园以下大概都算中城吧。中城有火车站，有百老汇剧场，有长途汽车站，有红灯区（现在没了），有供出租的艺术家画室，有各种小剧场……是最嘈杂的地区，有很多爵士音乐家住在中城。后来红灯区被拆了，很多艺术家的画室也被拆了。四十二街的文化被迪士尼商店取代，中城完全成了大商业区。我现在住的地方，是在中城，那儿都是大型厂房建筑，多数建筑是办公室和批发公司，只有少数的楼改建成住宅。走出我的住处，到处都是电脑商店和服装批发店。白天上班的人群如潮，到了晚上，几条街上都是寂静无声。邻居的那几家饭馆只有午饭快餐时人多，晚上真是萧条。街口的那家有名的黎巴嫩饭馆每星期五有中东音乐和肚皮舞表演，只有那一天热闹，其他时间都没生意，因为那儿不是住宅区。那些批发店的衣服，是世界上最难看之服装大聚会，每天路过它们可以想象出世界上各种最有人情味的场面。比如意大利的奶奶过生日，俄罗斯的大婶儿二婚。

住在中城不温情也不艺术兮兮，很有爵士音乐风格。你眼看着一堆堆来购物和上班的人群拥来挤去，像是 be-bop（一种爵士乐）的音符和节奏。我们住宅门口的咖啡店是那种廉价的快餐店，里面黑乎乎的，没有作家的照片也没有艺术家光顾，来的都是附近打工的。但是店里的伙计对人非常友好，无论我进去还是路过，都是一片笑容。街上常停着大型的送货车，邮递员推着货物还是喜欢停下来跟你拉家常。如果没有这些寒暄，我们就像住在一个忙碌的机器城里：商店——汽车——商店。回到家里藏起来，朋友们还说在我房间里能感到曼哈顿精神。我不知道那些精神是从哪儿钻进来的。因为我从来不拉开窗帘，一拉开窗帘眼睛就能直射进对面楼的办公室里去。

坐在"巴诺"书店里看书也是一乐（这是连锁书店，曼哈顿到处都有）。那儿提供了世界上最多最新的信息，你可以买了吃喝坐在那儿，大饱眼福，比图书馆好多了。图书馆要有借书证还不能在里面吃喝聊天，在"巴诺"书店看书，不用真买书，就可以在里面过起日子来：找上一大摞爱看的书，找张桌子，买足了吃喝，一天就在天南海北中过去。走出书店，街上已经灯火辉煌，算命的和做美容的都在黑暗中举起耀眼的招牌，就像自由女神和死神抢着挥手，刚刚在书店运动完的脑仁子，一见到生死的指路人就会犹豫起来，怕活得难看，死得突然。

我生病的时候，常常去中央公园散步。中央公园很大，有很多树，也有很多人。人和树的呼吸搅在一起，使人置身于此不得安宁。有一天，我总算找到一个安静的地方可以抱着一棵树跟树交流一下健康状况，只听见有人唱着："我从你身后来了……"定睛看，一个蓬头垢面的大黑汉正摇摇晃晃地冲我走来，吓得我弃树而逃。

上城西边——中央公园西大道、林肯中心、哥伦比亚大学——哎哟，主流文化。有一次应邀去看纽约芭蕾舞团的表演，除了领舞的可看，群舞跳得不知所云，可能是赶上了学员们实习，让我着实怀恋《红色娘子军》。又被朋友请去看歌剧，舞台背景像是迪士尼的动画片，乐队一团乱糟，看得我直犯眼病，周围还一片欢呼"Bravo"！似乎知道怎么喊"Bravo"已经是看歌剧的一大享受，就和听摇滚音乐会在下面尖叫的快感一样。

美国的古典文化教育是普及式的，什么都有但别挑剔，那些听众的热情不容旁人置疑，古典音乐家当然用不着去对比欧洲的演奏质量而反省。其实纽约的特点不是那些古典歌剧而是那些"噪音"，是百老汇，是爵士乐，是现代音乐和现代舞蹈，是分布在曼哈顿各处小剧场中的实验演出。一个城市，有万花筒般的艺术形式，能不能把《浮士德》唱好也就不太重要了。东边——麦迪逊大道从始至终散发着诱惑力：宠物商店、名牌专卖店、法国餐馆……像是到了欧洲城市一样，闻着好面包好咖啡的味儿，走路也比中城的人慢了一拍半，被太阳晒出来的人情味儿满街地挥发。再往上走，随着中央公园将尽，街道冷清起来，有时冷清得不敢左顾右盼。再往上走，就快到了哈莱姆区。哈莱姆区聚集着各路绿林好汉，是爵士乐、hip-hop（嘻哈）的发源地，到了晚上连出租车都不敢往那儿开。看来"人往高处走"不容易，还是出溜下去，到曼哈顿下城去吧。

格林威治村的下面，是Soho。Soho的下面，是中国城。周末，很多人去中国城，纽约的中国城非常好客，只要你能长五只眼睛，看着前面慢走的老太太，看着右边的商店，看着左边的车辆，看着脚下面跑的小孩，看着脚底的泥，就能享受中国城的快乐。中国城里卖什么的都有，商店里面，商店外面，楼上楼下，都是在买卖，任何能变钱的东西这儿都卖，从风水到星座，从人到物。

一直往城下走，就到了海边。那儿新建了一片住宅区，完全没有纽约的痕迹。海水、公园、阳光，到处是家庭和孩子，一片健康太平景象，很像北京新建的那些豪华住宅区。那地区以前是海，后来用土填起来，变成城市，就像是用幻觉造出来的现实，那些楼房实际上都是一条条漂在海上的船。

　　几年前有人说曼哈顿将被海啸吞没。海啸没来，曼哈顿人已在"9·11"经历了一场人为的"天"塌。北京的朋友为曼哈顿人面对死亡的镇静所感动，其实这是曼哈顿人生活方式的结果。就算是不"大死"，曼哈顿的人每天都有"小死"。那些竞争、拼搏、自我完善、生命价值之类的追求多了，活着反而变成第二位。有一次我去听一位爵士大师的音乐会，他从头到尾都在一个能使常人吐血的高音上吹。吹得天摇地动、撕心裂肺，台下人不停地欢呼。音乐会后，他的搭档说："这人真是不要命了，给不给钱他都是这么拿命吹。"这就是曼哈顿的精神。

　　　　　　　　　　　　　（原载2002年第1期《收获》）

搬家记

北　岛

·一

1989至1995的六年工夫，我搬了七国十五家。得承认，这行为近乎疯狂，我差点儿没搬出国家以外。深究起来，除了外在原因，必有一种更隐秘的冲动。我喜欢秘鲁诗人塞萨尔·巴列霍（Cesar Vallejo）的诗句："我一无所有地漂流……"

头一站西柏林，住处在最繁华的库达姆大街附近，是德国学术交流委员会（DAAD）提供的。我昏沉沉地穿过纪念教堂广场，所有喧嚣被关闭在外。一个"朋克"鸡冠状头发鲜红似血，他张开嘴，却没有声音。那年夏天，墙还在，西柏林与世隔绝，像孤岛。我带着个空箱子，一头钻进语法严密的德语丛林。我把从墨西哥买来的绳床吊在阳台上，躺在那儿眺望柏林摇荡的天空。我前脚走，柏林墙跟着轰然倒了。

接着挪到挪威首都奥斯陆，住大学城。我有时去市中心散步，狂乱的内心和宁静的港湾恰成对比。

住下没两天，迈平就开着他那辆老爷奔驰车，帮我搬到另一处学生宿舍。这回，箱子成双。绳床怎么也塞不进去，正好捞些锅碗瓢盆，拖进新居。我和五个挪威小伙子共用厨房。头疼的是，刚塞进冰箱的六瓶啤酒，转眼少了四瓶半。在挪威啤酒太贵。得，我顺嘴喝干剩下的半瓶，把另一瓶拎回屋里。我带多多到一个教授家做客，主人用自制的啤酒招待我们。那啤酒有股怪怪的肥皂味，没喝多少，我俩沉沉睡去。教授气得四处打电话：我、我的中国客人怎么都睡着啦……

冬天到了，北欧终于给我点儿颜色看看：漆黑。一个专门倒卖旧电视的中国同学，看我可怜，匀出一台给我。我喝着温啤酒看电视。那挪威话还挺耳熟，带陕北口音。

在挪威待久了，迈平得了失语症。每天晚上，我俩一起做顿饭，对影成四人，无言。放寒假，他去外地看老婆。大学空城，我孤魂野鬼般游荡。钻进一家中国餐馆，除我，还有一人。他自言自语，动作古怪，目光疯狂，充满强烈的暗示性。慌张中我丢下碗筷，撒腿就跑。

过了1990年元旦，我把绳床留给迈平打鱼，搬到瑞典斯德哥尔摩，住进一家相当宽敞的公寓。主人一家去印度旅行。我实际只用厨房，有时去客厅和餐厅遛弯，顺便照料花草。冬天的斯德哥尔摩让人沮丧。太阳才爬起来，没升多高，就被黑暗之鱼一口吞下去，吐出些泡沫般的灯光。我日夜颠倒，索性整天拉上窗帘。三个月后，花草奄奄一息，主人回来了。一位好心的中国餐馆老板借我个小单元，更符合孤独的尺寸。有人从英国带来瓶苏格兰威士忌，让我一口喝光。我把自己关在屋里，发疯尖叫，在镜子前吓了自己一跳。

我常和李笠泡酒吧。他用瑞典文写诗，出版了好几本诗集。他是个拈花惹草的老手，满街跟姑娘们套近乎。在斯德哥尔摩，几乎每个酒吧都有赌桌。我们输光兜里的钱，喝得醉醺醺的，摇摇晃晃走在大街上。李笠会突然歇斯底里地大笑。

春去夏来，我照旧拉着窗帘，遮挡喧闹的白夜。

那年秋天，我到丹麦第二大城市奥胡斯（Aarhus）教书，一住两年。安娜帮我在郊区租了间可爱的小厢房。两位女房东是女权主义者，一位心理学家，一位妇女博物馆馆长。她们带各自的娃娃住正房，居高临下，审视一个倒霉的东方男人。夜半，三盏没有性别的孤灯，遥相呼应。小院紧靠铁路，火车常闯入我梦中。惊醒，盯着墙上掠过的光影，不知身在何处。

我父母带女儿来探望我。我临时借点儿威严，住进丹麦海军司令家隔壁的小楼。我们住二层，窗外是海和丹麦国旗。一层是老建筑师乌拉夫，地下室租给年轻的女钢琴家乌拉。他俩并无血缘关系，名字近似，像欢呼，自下而上，不过多了声岁月的叹息。乌拉夫鳏居，有种老单身汉的自信，仅用台袖珍半导体欣赏古典音乐。我有时到他那儿坐坐，喝上一杯。他特别佩服贝聿铭。作为中国人，我跟着沾光。不过盖房子是给人住的，而诗歌搭的是纸房子，让人无家可归。轮到我割草，乌拉夫也会板起面孔，驱赶我推着割草机在后院狂奔。乌拉独身，靠教课及伴奏为生。她的眼神茫然，好像看多了海平线。她对我经常外出十分羡慕，梦想有一天能在巴黎或纽约那样的大都市找到工作。她弹得真好，但琴声永远被门紧紧关住。

父母和女儿走了。图便宜，我搬到郊外的新住宅区。外出的房主是一对中国老人，跟着儿子享受丹麦的福利。那单元特别，以厕所为中心，所有房间环绕相通。我心情好时顺时针溜达，否则相反。那恐怕正是设计者的苦心。要不怎么笼中困兽或犯人放风总是转圈呢。

1992年十月初，从丹麦搬到荷兰。送的送，扔的扔，我还是坐在行李堆里发愁。没辙，只好向柏林的朋友求救。他从柏林租了辆面包车，开到丹麦，装上孤家寡人，再经德国开到荷兰的莱顿（Leiden）。

莱顿的住处实在太小，根本没地方溜达，我成了那些陈旧家具中一员。房东玛瑞亚住二楼，是个神经兮兮的老寡妇。她有个儿子，极少露面。她每年都要去修道院做心理治疗。这位眼见要全疯的老太太，这回可抓住我这根稻草，一逮着机会就跟我东拉西扯，没完没了。我尽量溜边走。玛瑞亚有种特殊本事，只要开道门缝，她准站在那儿等我，唱个法文歌，背首德文诗，要不然就讲述她的噩梦。不管怎么着，我绝不让她进屋，否则就成了我的噩梦。

玛瑞亚抠门。冬天阴冷。我夜里写作，不到十二点暖气就关了。第二天早上请示，不理。哆嗦了三天，再请示，恩准。她把定时器调到夜里两点——在妄想与噩梦之间。

我请玛瑞亚到附近的中国饭馆用餐。她精心修饰，早早坐在那儿等我。大概很多年没人请她吃饭了。饭馆生意冷清。玛瑞亚显得有些拘束，话不多。她讲起战时的荷兰和她的童年。回来的路上，她的高跟鞋橐橐响着。那夜无风。

临走她请我上楼喝茶，我留了地址。她的信追着我满处跑。我搬家速度快，却还是被她的信撵上。她每次都附上回邮信封。我铁石心肠，扔掉。这世上谁也救不了谁。孤独的玛瑞亚！

· 二

来美国前，在巴黎住了三个月。先寄居在我的法文译者尚德兰（Chantal Andro）家。她离了婚，带两个孩子，住在巴黎郊区的小镇上。她自己动手盖的房子，永无竣工之日。每次来巴黎，她指给我其中的变化：新装修的厕所、楼板上刚踩漏的洞。她喜欢抱怨生活，但不止于抱怨，而是英勇地奔忙在现实与虚无之间：教书、做饭、翻译、割草。我有时担心，万一出现某种混乱怎么办？比如把书做成饭，把草译成诗。她喜欢跳舞：芭蕾舞。无疑，这有效地阻止了混乱。我没见过她跳舞。

可以想象，在练习厅，她深吸一口气，踮起脚尖，展开手臂，旋转，保持平衡……

我父母和女儿来到巴黎。宋琳一家去度假，把钥匙留给我们。他家在市中心，五楼。旋转楼梯像受伤的脊椎吱吱作响，通向巴黎夜空。我妈妈腿脚不好，爬楼梯是件痛苦的事。这和我的噩梦连在一起——是我在爬没有尽头的楼梯。夏天，巴黎成了外国人的天下。我几乎每天陪女儿去公园游乐场。我拿本书，在长椅上晒太阳，心变得软软的，容易流泪，像个多愁善感的老头。书本滑落，我在阳光中睡着了，直到女儿把我叫醒。

那三个月，像跳远时的助跑，我放下包袱，灌够波尔多红酒，铆足劲，纵身一跳。

1993年8月25日，我带着盖有移民倾向标记的护照，混过海关，灰头土脸地踏上新大陆，毫无哥伦布当年的豪迈气概。先在密歇根州的小城伊普西兰梯（Yipsilanti）落脚。第一任美国房东拉里，用狡黠的微笑欢迎我。他是大学电工、市议员、民主党人、离婚索居者、两个孩子的父亲和一只猫的主人。他除了拉拢选民，还加入了个单身俱乐部，在政治与性之间忙碌。这一点他是对的：政治是公开的性，而性是私人的政治。

拉里很少在家。我常坐在他家的前廊看书。在东密歇根大学选了门小说课，每周至少要读一本英文实验小说。英文差，我绝望地和自己的年龄与遗忘搏斗，读到几乎憎恨自己的地步。把书扔开，打量过往行人。深夜，金黄的树叶，铺天盖地。晚上，大学生喝了酒，显得很夸张，大叫大喊。那青春的绝望，对我已成遥远的回声。

拉里的黄猫不好看，毛色肮脏，眼神诡秘——这一点实在很像拉里。它对我表示公然的漠视。饿了，也从不向我讨食，完全违反猫的天性。以一个流浪汉的敏感，我认为这是拉里私下教导的结果。白天，一只黑猫常出现在窗口，窥视着黄猫的动静。有了房子的保护，黄猫不以为然。两猫对峙，斗转星移。我把黄猫抱出后门，黑猫包抄过来，低吼着，声音来自白色腹部。黄猫毛发竖立，蹿到台阶下，背水一战。黑猫虽占优势，但也不敢轻举妄动。此后，黄猫知我狼子野心，不再小瞧，尽量躲着我远点儿。

1994年初，我搬到十英里开外的城市安阿伯（Ann Arbor）。不会开车，我在商业中心附近找了个住处。那片红砖平房实在难看，但在由快餐店、加油站和交通信号灯组成的现代风景中却恰如其分。我头一回动了安家的念头，折腾一礼拜，买家具、电器、日用品，还买了盆常青藤植物。由于这些物的阐释，“家”的概念变得完整了。收拾停当，我像个贼，在自己家里心满意足地溜达。

我很快厌倦了同样的风景和邻居，而旅行仍让我激动，每次坐进火车和飞机，都会有这种莫名其妙的激动。一个美国姑娘告诉我：她最喜欢的地方是航空港，喜欢那里的气氛。其实，旅行是种生活方式。一个旅行者，他的生活总是处于出发与抵达之间。从哪儿来到哪儿去都无所谓，重要的是持未知态度，在漂流中把握自己，对，一无所有地漂流。

我开始迷上爵士乐，想搬往昔日的美国。徐勇帮我查报纸，打电话，一家家逛去，终有所得。那条小街僻静荒凉，木结构的小楼多建于二十年代，门脸颓丧，油漆剥落，但与爵士乐的情调相吻合。那天晚上看房的人很多，中意者按先来后到，我排第五。前面四位犹豫不决，让我得手。

写作往往是个借口，我坐在窗前发呆。松鼠从电线上走过，用大尾巴保持平衡。一棵柿子树在远处燃烧。前廊有个木摇椅，坐上，铁链吱嘎作响。

我住二楼，房东老太太住一楼，却未曾谋面。收垃圾的日子，一摞摞纸饭盒堆在门口。一日，我坐摇椅闲荡。只见侧门推开，探出一根拐棍，够着地上的报纸。我连忙弯腰递上。老房东太老了，恐怕已年过九十。她说话极慢，词儿像糖稀被拉开。我突然想起她年轻时在摇椅上的身影。

她的律师儿子告诉我，母亲得了中风，多次住院，但死活不愿搬家，不愿离开这栋自打她结婚时买下的房子。我这个搬家搬惯了的人，对此深表敬意。

她儿子的深宅大院藏在树丛深处。太太和气，烤得热腾腾的饼干，一定让我尝尝。他们有多处房产出租，却坚持自己割草。每到周末，两口子出动，戴草帽，备口粮，挥汗如雨为何忙？那劳动热情让我费解。

1995年秋天，我和家人团聚，在北加州的小镇定居，先租公寓，后买房子。我有时坐在后院琢磨，这些年恐怕不是我在搬家，而是世界的舞台转动。我想起玛瑞亚。她在这舞台上孤独地奔跑，举着那些地址不明的信，直到信被冷风刮走，消失在空中。我头一次想给她回封信：亲爱的玛瑞亚，我还好。你呢？

（原载2002年第4期《收获》）

在国外"吃请"记

资中筠

　　近见报载国人在国外旅游，其吃喝之排场、浪费和席间的喧哗令外人咋舌。中国人之吃喝已是老话题了，以至于二十世纪七十年代有一位中国问题专家以此为题写过一本专著，题目是《革命不是请客吃饭》。我由此想到多年来在国外"吃请"的情况，从一个侧面也反映各国民俗、民情。

　　与国人的"请客吃饭"成鲜明对照，给我留下深刻印象的是有一次美国前参议院多数党领袖、前驻日大使的曼斯菲尔德请我吃饭。这里需要交代一下背景：1972年尼克松访华，发表历史性的《上海公报》之后，为表示两党一致支持这一重大决策，紧接着，美国参众两院先后组织两党国会党团领袖访华。当时曼斯菲尔德以参议院多数党（民主党）领袖身份与共和党领袖斯科特共同率团于1972年4月访华。照例，多数党领袖为团长。我参加了接待工作，为团长翻译，从北京到各地全程陪同，因而建立了友好关系。曼斯菲尔德是美国可以载入史册的德高望重的资深政治家，他从四十年代起从政，以正直敢言，忠于美国民主价值而又能平等对待其他国家而受到尊重。自四十年代末，他就态度鲜明地反对美国卷入中国内战，以后又一贯主张与中国关系正常化。作为民主党人，能够超越党派之争，带头无保留地公开支持尼克松的戏剧性的转变，非他莫属，在当时是起了关键作用的。

现在言归正传讲"吃饭"。二十年后，我于1992年在美国华盛顿做访问学者，适逢曼斯菲尔德来华盛顿小住。一位知情的热心朋友将我在华盛顿的消息告诉了他。过了几天，曼斯菲尔德办公室就打来电话，说是"参议员"（这是终身称呼）要约个方便的时间，请我共进午餐，并约定派他的专车来接我。到约会的前一天，我意外地又接到他的秘书来电话，说是为了订明天参议员的午餐，希望知道我选择哪种三明治（他报了几种名字：无非是火腿、火鸡、奶酪、牛肉……），语气十分郑重而客气。次日，参议员的司机如约来接我。那司机也是老派绅士风度，满头白发，态度和蔼，礼貌周到，令人想起英国管家。到达后，秘书已在门口迎接，我是唯一的客人，陪客就是他的几位助手和一位秘书。曼斯菲尔德当时已经八十多岁，仍然腰杆笔挺，思路清晰，对二十年前访华之行还记得不少花絮，那正是美国国会每年都要就"最惠国待遇"对中国施压的时期，席间曼斯菲尔德站起来讲话，除对我表示欢迎外，还发表了一通他对美国对华政策的一贯主张，认为美国应该改变态度，改善对华关系。这多少使我有些意外，因为我只是一介书生，没有任何官方身份。总之这顿午餐庄严而隆重，我确实荣幸地受到了贵宾待遇。不过吃的内容真的就是一盘三明治和少数几样供选择的软饮料。那位秘书按名单指挥服务员准确无误地分发各人预点的三明治。事后我知道，生活简单朴素、饮食节制，也是这位参议员一贯坚持的原则，回想起他的访华之行，我真不知道他是怎样应付那各地无穷无尽的丰盛筵席的。

多年来因工作关系与美国人交往较多。一般说来，美国人对请客吃饭比较随便。约会交谈常常约在共进午餐时，因为这样比较节省时间。地点大多在本单位食堂，丰俭不一，大体适中。不过我的熟人有不少是"中国通"，大概受了点中国的影响，比较好客，有时也在名餐馆（中、西都有）请我。

有一年，连续访问英、法各一个月，由于对比鲜明，在吃饭问题上留下深刻印象。我那次访问一半是到档案馆查资料，一半与有关学者交流。先到英国。接待单位按我事先提出的名单，约定时间，一般每次谈话一小时。大多数的约会都在中午十二点到一点，我起初以为和美国一样是共进午餐，后来知道英国人的午餐时间是一点钟，谈完后就告别，从无请吃饭之说。英国的学术单位和大学所在地往往离闹市较远，一条街看不见一家餐馆。其地铁虽然方便，但是两站之间特别长。所以我在英国期间，常有饥肠辘辘奔走在马路上找地铁站或餐馆的经历。

后来有了经验，在赴约前先填饱肚子。最令我难忘的一次是访问剑桥大学的一位教授，时间约在下午四时，从伦敦坐火车去大约一小时。我本来打算谈完后乘火车回去，大约六点半可到住处。但是到剑桥后，那位教授说，他正好要主持一场报告会，与我的专题有关，是一位苏联（那时是戈尔巴乔夫"新思维"时期）学者、一位欧洲大陆学者谈斯大林的外交政策与冷战时期的东西方关系，报告会临时提前了，因此如在会前与我谈话时间太短，我如愿意，可以参加报告会，以后再同他讨论。我对这个机会当然有兴趣，因为我当时正在编写《战后美国外交史》。会后，那位剑桥教授又说，他按计划要请那两位报告人吃饭，但我不在预算内，所以不能请我参加，是否可以等他们吃完饭他再同我谈（他甚至没有提到我可以到哪里去吃饭）？如此不近人情，实属仅见，我当即告别，乘车返伦敦了。这是在英国遇到的最极端的例子。在伦敦唯一请我吃饭的是一位老"中国通"，伦敦大学东方和非洲学院的资深教授，他有一家常去的中国餐馆，凡有中国朋友来访大多请到那里。他一进去宾至如归，用广东话点菜，果然菜肴相当地道。不过离开英格兰，到了苏格兰和威尔士，访问对象也是大学教授，情况就大不相同，不但被请吃饭，而且颇为丰盛。在威尔士，甚至还被邀请在一位教授家过夜。那位教授曾在美国留学，说是受了美国人的开朗热情的感染，决心要改变英国人的矜持的作风。应该承认，我正式在英国做学术访问只有那一次，所约见的人都是第一次见面，据说与英国人深交和浅交是大不相同的。以上经验不一定全面，也不能据此说明英格兰人与其他两岛人的区别，这里只讲吃饭，不涉及其他。

从英国到法国，情况大不相同。同样是初次见面，谈话几乎都是在饭桌上进行。法国的食文化是与中国齐名的，文人之于美食也与中国同。巴黎每一条街都餐馆林立，大多不大，但门面装潢各有特色。那些教授几乎每人都有附近自己经常光顾的餐馆，而且每人都是点菜行家，知道各家餐馆的拿手特色。就这样，我吃了不少不同档次、不同规模的餐馆（不过没有太豪华的），菜几乎没有重样的，都精致而可口。有时谈得投机，意犹未尽，接着再到另一家咖啡馆喝咖啡，又是一番情调。或者约我过几天再聚谈一次，又换一家餐馆。他们自己说，实际上就是随时找借口下馆子。我在巴黎去过不多几家中国餐馆，感觉比多数美国的中国餐馆味道好。很明显，这是巴黎食客比较讲究，没有美国佬"好对付"之故。

二十世纪五十年代访问苏联，印象深刻的是盘子和菜肴的量都大得惊人，就饭量一道，对"老大哥"就得甘拜下风。服务员（当时多为老大妈）还在一旁热情地劝你多吃。不过到六十年代饭菜量就大大缩小了，甚至我国代表团的小伙子有吃不饱之说。不知是由于供应问题还是两国关系恶化之故。以后我再没去过，不知现在盘中是何光景。

"日本料理"，现在国人已很熟悉，特别是"寿司"（生鱼片）已经进入中餐的菜谱。日本人有东方的习惯，访问日本"吃请"的机会较多。二十世纪八十年代中期曾随一个规格较高的代表团访日，受到热情隆重地接待。有一次在一家据说是最高档的日本餐馆宴会。顺便说一句，我很怕参加日本式的宴会，因为都得席地而坐。按规矩，男士盘腿，女士跪着。如今为照顾没有经过基本功训练的外国女士，食案旁设有带靠背的坐垫，可以坐在地上把腿伸到桌底下不算失礼。即便是这样，不终席而腰酸腿麻在所难免。我和代表团另一位女同事称这种宴会为"受东洋罪"。好在日本式宴会多用于最隆重的规格，平时受到这种招待的机会不多。却说那一次，宴会厅是窄长方形，宾主各在两长条案边相对席地而坐，中间的过道是服务员上菜的通道。一进大厅，只见房间尽头有一条硕大无比的鱼被固定在金属架子上。我起初以为是装饰品，忽见那鳍和嘴一动一动，原来是条活鱼！席间，大师傅进来向大家鞠躬，然后操刀，当众把那鱼一片一片切下来，放入准备好的调料，由服务员分给每一位客人。整个过程时间不长，显然厨师技术高超，如庖丁解牛，十分熟练，服务员流水作业配合极好。我本来对生鱼片已能欣赏，但面对如此"鲜活"的美味，却不敢举箸了，大概是君子远庖厨吧。以后还有一道菜就更加难以言述了。只见服务员给每人前面放一小巧精致的锡制高脚炉，有点像旧式煨酒的高脚杯，不过顶部略浅，作盘状。上面放一活鲍鱼（我不知道那圆圆的鲍鱼应该称一块还是一条），我已记不得炉里燃料是什么，如何点火的，只记得那鲍鱼在火烫的盘中辗转伸缩、挣扎，令人不忍卒看。不一会儿算是火候到了，立即夹到特殊佐料的盘中食用。我连看的勇气都没有，先把我那一份夹给旁边一位"日本通"男同胞，他一边吃得津津有味，一边笑我外行。其实，这也不足奇，我国文雅清秀的江浙人吃"醉虾"，不就是把活生生的虾肉挤入口中吗？好在鱼虾都是不会叫的，对待会叫的动物就不敢这样了。

各国都有不同的"饮食文化"。但无论如何，对"请吃""吃请"赋予如此多的含义，其密集和规模、其精细和野蛮、其想象力和创造力、其奢华和浪费，恐怕世界任何国家不足以望中国之项背。

2002年12月

（原载2002年12月15日《文汇报》）

"愤青"的下场

刘　瑜

与中国社会相似，大好形势怎么也杜绝不了那么一小撮愤怒青年"端起碗来吃肉，放下碗来骂娘"，美国社会也充斥着很多这样的愤青。让美国愤青们愤愤不平的事有很多，比如他们对一种叫"资本主义"的事物经常嘀嘀咕咕，又比如很想把白宫那位老念错别字的先生送回老家，他们说将抽大麻非法化是变相的种族歧视，而且心系第三世界国家的"血汗工厂"，说什么也不买耐克鞋。

天下太平时，美国愤青们是没有什么市场的。他们大多衣冠不整，失魂落魄，龟缩在一些波西米亚式的咖啡馆里唉声叹气，为天下没有什么事可以愤愤然而愤愤然。美国国泰民安，人民心宽体胖。愤青只能过着一种"精神游击"的生活，徒有满腔热血，终究报国无门。

但是打起仗来就不一样了。伊拉克战争快打响时，美国举国愤青，上下出动，隔三差五跑到大街小巷去反战，一颗颗长期被压抑的愤世嫉俗的心终于找到了一片艳阳天。在愤青的根据地纽约、旧金山等地，成千上万的愤青们从城市的各个角落涌出来，相聚在街头，以音乐、舞蹈、吼叫、骂娘、大字报、小漫画等各种群众喜闻乐见的形式表达其热爱和平的心声。愤青们在自越战以来默默无闻地度过了几十年之后，终于赢来了又一个春天。

不过站在大街上浑水摸鱼地吼一两嗓子是一回事，站在讲坛上掷地有声地散布卖国言论又是一回事。有那么一个愤青，被愤青的大好形势冲昏了头脑，得意忘形，结果出言不慎，被和愤怒青年一样慷慨激昂的爱国青年们抓到把柄，被整了一个七窍生烟。

这位愤青就是哥伦比亚大学人类学系一个三十五岁的教授基诺瓦。在哥大的一次反战集会上，他一时激动，说出了"希望美国战败"的言论，更重要的是，他用了下面这个耸人听闻的句子，"我希望在伊拉克发生一百万次摩加迪沙事件"。摩加迪沙事件是指1993年十八个参加索马里维和行动的美国士兵死于一场伏击的事件。

基诺瓦的言论引起了各界群众的极大愤慨。爱国青年对基诺瓦竟然公开希望在前线抛头颅洒热血的美国士兵不得好死感到"震惊"和"恶心"。首先是基诺瓦一两天之内收到成百上千的"死亡威胁令"；群众的唾弃像雪片一样飞向哥大校长办公室，人类学系办公室；哥大的许多捐助人威胁说如果哥大不解聘这个卖国贼，他们将不再资助哥大；一百零五位国会会员联名给哥大写信要求哥大解雇基诺瓦；社会各界通过媒体对基诺瓦发出了强烈声讨，称其言论为："白痴的"，"令人发指的"，"野蛮的"，"无耻下流的"，总而言之，一时间，基诺瓦成了美国"最受人痛恨的教授"。

这里有必要为爱国青年的群情激愤给一个小小的注释。自伊拉克战争被提上日程以来，在美国民间，主战派其实是一直深受反战派压抑的。虽然"民意调查"显示美国主战的民众随着战鼓越敲越响而越来越多，但从街道政治的风采而言，经常是一个浩浩荡荡激情洋溢的反战示威和一个稀稀拉拉有气无力的主战示威相对峙。在这种爱国青年士气低落的情形下，愤青的一个错误就成了爱国青年的最好炮弹——终于有扳回道义上的劣势地位的机会了，爱国青年们终于可以像愤青们那样义正词严一回了。所以虽然基诺瓦一再声称他只是在"象征性地使用摩加迪沙的比喻反对战争，并不希望美国士兵损失生命"也无济于事，因为爱国青年不怕愤青犯错误，就怕愤青不犯错误，此类"白痴的错误"对爱国青年们这么有利可图，澄清了就没劲了。

但是基诺瓦事件算是对愤青们进行了一次生动的国情教育。愤青们发现他们三十年不遇的反战狂欢节其实并不是所向披靡。有人开始抵制法国货，因为法国政府和美国政府在伊拉克问题上叫板；一些零售商开始拒销麦当娜的唱片，因为麦当娜没事吵吵什么和平；某地方电台一个主持人公然号召谋杀一个反战分子；一些反战名人开始收到各种威胁并被取消公开露面的机会；一个教师因为穿反战汗衫而被解雇……一股政治寒流笼罩着美国，再一次证明了自由在"群情激愤"面前的脆弱。

不过也不用难过得太早。愤青的下场也并不总是这么悲惨，另一个美国著名愤青的故事就比基诺瓦的故事要振奋人心得多。这个超级愤青就是麦克·摩尔。摩尔几十年如一日，兢兢业业地战斗在愤青第一线。如果要在全球设立一个诺贝尔愤青奖的话，他恐怕是当之无愧的得主了，至少也能和那个鞠躬尽瘁死而后已的老愤青乔姆斯基平分秋色吧。

摩尔最大的愤青作品应该就是他获奥斯卡最佳纪录片的《黑枪文化》（BOWLING FOR COLUMBINE）了。这个纪录片以美国的枪支问题为线索，以"都是美国惹的祸"为主题，彻底全面揭露了美帝国主义国内国际上的种种劣迹。其中最经典的镜头就是将美国在亚洲、拉美、欧洲、非洲的警察行动和"9·11"串起来，以"无声胜有声"的方式精炼回答了让美国人民困惑不已的一个问题：为什么他们仇恨美国？

当然，摩尔对这个问题的回答和白宫里那一小撮走资派的观点是形成鲜明对比的。白宫认为"9·11"的发生是因为美国的自由民主招致了全球性的妒忌，很有点"红颜祸水"的论调。摩尔对"红颜祸水"论这么响亮的一记耳光，还得到了主流的奥斯卡奖委员会的承认，可以想象白宫之尴尬了。

不出所料，摩尔在奥斯卡颁奖会上表演了一场超级愤青秀。他在颁奖台上发表了如下愤青言论："咱们这年头，一个扯淡的选举产生了一个扯淡的总统。眼下这场战争更是一场扯淡。你们发扯淡的防毒气胶布也好，搞扯淡的橙色警报也好，我就是要跟这场战争过不去。布什啊布什，你怎么不害臊。当教皇和Dixie Chicks 都看你不顺眼时，你也没啥混头了。"

如我们所知，摩尔的讲话很快被一片嘘声和乐队演奏声给扑灭了。据主持人后来玩笑说，摩尔被塞进他的车厢盖里拉走了。在当时战争正如火如荼地进行，爱国主义精神日趋高涨时，不难理解为什么摩尔一番欠揍的言论引起嘘声一片。也不难想象事后他会受到无数的威胁恐吓，成为众多媒体攻击的对象。

但是摩尔不愧是一代愤青之豪杰。不管风吹浪打，胜似闲庭信步。在车厢盖里蒙头大睡了一阵之后，他觉得有必要以愤青老大的身份出来鼓舞一下愤青队伍了。后来，他在其个人网站上给愤青们写了一封鼓舞人心的信，大意是：同志们，我知道你们现在日子不好过，因为反战，你们有的失去工作，有的失去朋友，有的在心理上承受巨大的恐惧，敢怒而不敢言……但是告诉你们一些好消息：他们不是希望我的电影卖不出去吗？我的《黑枪文化》票房比有史以来最卖座的纪录片还要好三倍；我的书《愚蠢的白人》现在在《纽约时报》畅销书排行榜排名第一，我的网站在奥斯卡颁奖会后一周是平均一天一千万到二千万的点击量；我又拿到了下一部片子的资助……总而言之，摩尔给广大的愤青队伍带来愤青前线的捷报，证明了愤青的道路是曲折的，愤青的前途还是光明的。

摩尔和基诺瓦两大愤青的不同下场说明了什么？第一，要做好愤青，不能犯右倾机会主义的错误，但也不能犯"左派幼稚病"的错误，愤青要愤得有理有节，这样愤青的统一战线工作才能做好，基诺瓦的教训说明了这一点。第二，虽然人民群众的爱国热情高涨，但是愤青还是有其生存的一席之地，愤青们完全可以用"敌退我进，敌进我退"的策略继续拓展生存空间，所以盲目悲观还为时过早，摩尔的经验则说明了这一点。

对了，给广大愤青打气的一点小尾声。虽然政客们和大款们极力要挟哥伦比亚大学解雇基诺瓦，哥大还是抵住了压力，援引宪法第一修正案中关于"言论自由权"条款保住了基诺瓦的职位。基诺瓦出门避了两个星期风头之后，又于4月11日回到了课堂，而且其愤青势头不减当年，说什么"一个吵吵闹闹的社会才是一个健康的社会"。

（录自《民主的细节：当下美国政治观察随笔（修订版）》，

上海三联书店，2011年版）

辑三　亚非

不可接触者

金克木

四十几年以前，在印度加尔各答的一条狭窄的小街上有一所简陋的平房。这虽然差不多也在市中心附近，那时却还保留着大概十九世纪的风貌。

有一天，我正在这所房里同两三个朋友坐着闲谈。我刚到这天竺古国不久，脑中储存的有关资料同眼前出现的真实"信息"还不大对得上号。我见到的仅仅是"西天"的类似那时香港的一个小小角落。因此，听人谈话很觉得新鲜有趣。

忽然房门前出现了一个影子。接着，几乎是贴着门框进来一个人。他紧贴着墙，低着头，弯着腰，右手向上举到额际，做出行礼的姿势，一直不放下来，左手拿着一块布样的东西靠紧臀部，仿佛是藏着什么宝物，生怕被我们看见。整个的人也是缩得小而又小，唯恐被发现似的，偷偷摸摸地钻进来。进来了，他就像飞一般地飘忽而过，完全同墙上附着的一个暗淡的小影子一样，一瞥间就顺着墙一路转弯溜进了后面的厕所。厕所的门一开一关，影子不见了。

尽管是一瞥即逝，我却注意看了他的身形。室内光很弱，下午开着电灯也不亮。我只是当他沿墙走到距离我最近的一点时才看得稍为清楚。原来这是一个极其瘦弱的老人。头上的短发全白了，胸口凹进去，手臂和腿上好像根本没有肌肉，真是一层皮包着骨头。全身光着，只在下身腰部和两腿间缠着一块不白的白布。

朋友们似乎根本没有看见这位倏忽来去的人。

我禁不住问了一声："这是什么人？"

"阿丘特。"（不可接触者）

我当时还不知道这个印度字，瞪着眼。

朋友明白了，用英语的译词又讲一遍，随即继续原来的话题谈。我感觉到好像是连语言中接触一下也不方便一样，便不再问下去了。

我们谈话很热烈，我沉溺在中间，竟没有再见到这飘忽进来的身影怎么飘忽出去的。

忽然外面院中传来一阵印度话，口气显然是训斥什么人。我向门口一望，才见到刚才那个身影，腰弯得更厉害，右手仍然举在额边，飞跑似的出了大门。

"他不该在这个时候来。"一位朋友说。

"他知道这里是中国人住，他才敢来。"另一位朋友说。

"那么他在大街上怎么办呢？"我的问题暴露出我对当时当地现实生活的无知。

"哈哈，哈哈！"朋友们一齐笑起来。

没有答复。

后来我才知道甘地把这些人叫作"哈利真"，意思是"神之子"，而且甘地的一身也是按照这种人的形象打扮的，只在下半身裹一块布。

再后来我才知道，英国统治者把这类人算作"表列种姓"。在印度总督的行政会议中有位大臣就是出身于这一"种姓"。印度独立时，他是制定宪法的重要人物。印度宪法中否定了种姓制度，取消了这所谓"表列种姓"。这位大人物就是安培德卡博士。我在报上见过他的照片。他穿着西装，同他所代表的人打扮得完全不一样。

再后来我才知道，这种所谓"表列种姓"，所谓"不可接触者"，也不是单纯的一个所谓"种姓"。这是古代社会的产物，像晋朝法显去印度时看见的那样，他们上街要敲木头让别人回避不碰见他们。在现代城市的大街上，这类人已经化为各种各样。我所见的是地道的一种。不地道的，化为可以"接触"的也有。往久了，接触到的各种人多了，对印度人的姓名的各种各样的来源和叫法了解多一点，加上中国古代社会的背景知识，我才略略得到对各种人物真实身份的"第六感觉"，这应当说是从见到那位弯腰曲背不断行礼的老人开始的。

可是在院中的那一场训斥以后，我再也没有看见他了。真像一瞥而过的一个影子，然而是鲜明的影子。

在我的心中，这类人的代表是他，而不是安培德卡博士。

印度独立后实行宪法几十年了。这种人的情况应当改变了吧？

他应当是过去的人物了，我想。

（录自《天竺旧事》，读书·生活·新知三联书店，1986年版）

鸟巢禅师

金克木

　　鹿野苑的中国庙的住持老和尚德玉，原先是北京法源寺的，曾见过著名诗僧八指头陀寄禅。他偶然还提起法源寺的芍药和崇效寺的牡丹。但他不写诗，只是每晚读佛经，又只读两部经：《法华》和《楞严》，每晚读一"品"，读完这一部，再换那一部，循环不已。

　　他来到"西天"朝拜圣地时，发现没有中国人修的庙，无处落脚，便发愿募化。得到新加坡一位中国商人的大力支持，终于修成了庙，而且从缅甸请来了一尊很大的玉佛，端然坐在庙的大殿正中央，早晚庙中僧众在此诵经礼拜。

　　他在国外大约有二十多年了吧，这时已接近六十岁，可是没有学会一句外国话，仍然是讲浓重湖南口音的中国话。印度话，他只会说两个字，"阿恰（好）"和"拜提（请坐）"。

　　有一天他对我说，他要去朝拜佛教圣地兼"化缘"，约我一起去。我提议向西北方去，因为东南面的菩提伽耶、王舍城和那烂陀寺遗址我已经去过了。他表示同意，我们便出发到舍卫国、蓝毗尼、拘尸那揭罗去。这几处比前述几处（除伽耶同时是印度教圣地因而情况稍好外）更荒凉，想来是无从"化缘"乞讨，只能自己花钱的。我只想同他一起"朝圣"作为游览，可以给他当翻译，但不想跟随他"化缘"。

这几处地方连地名都改变了，可以说是像王舍城一样连遗迹都没有了，不像伽耶还有棵菩提树和庙，也不像那烂陀寺由考古发掘而出现一些遗址和遗物。蓝毗尼应有阿育王石柱，现在想不起我曾经找到过，仿佛是已经被搬到什么博物馆去了。在舍卫国，只听说有些耆那教天衣派（裸形外道？）的和尚住在那里一所石窟里，还在火车站上见到不少猴子。

老和尚旅行并不需要我帮多少忙，反而他比我更熟悉道路，也不用查什么"指南"。看来语言的用处也不是那么大得不得了，缺了就不行，否则哑巴怎么也照样走路？有些人的记忆力在认路方面特别发达。我承认我不行。

老和尚指挥我在什么地方下车，什么地方落脚，什么地方只好在车站上休息。我们从不需要找旅馆，也难得找到，找到也难住下。我这时才明白老和尚的神通。他是有目的有计划的，他带着我找到几处华侨商店，竟然都像见到老相识的同乡一样，都化得到多少不等的香火钱，也不用他开口乞讨。

到佛灭度处拘尸那揭罗，我弄不清在一个什么小火车站下的车，下车后一片荒凉，怎么走，只有听从老和尚指挥。

他像到了熟地方一样，带着我走，我也不懂他第一次是怎么来的。这里有的是很少的人家和很多的大树。他也不问路。原来这里也无法问路。没有佛的著名神圣遗物，居民也不知道有佛教，只是见到黄衣的知道是出家人，见到我这个白衣的知道是俗人，正像中国人从佛教经典中知道"白衣"是居士的别称那样。

"这里只能望空拜佛。有个鸟巢禅师住在这里，我们去会他。"

我知道唐朝有位"鸟巢禅师"，是住在树上的一个和尚。如果我没有记错，《西游记》小说里好像还提到过他。怎么这里也有？

"他是住在树上吗？"我问。

"那是当然。"老和尚回答。

又在荒野中走上了一段，他说："就要到了。"我这时才猛然想起玄奘在《大唐西域记》中记山川道里那么清楚，原来和尚到处游方化缘、记人、记路，有特别的本事。

突然前面大树下飞跑过来一个人，很快就到了面前，不错，是一个中国和尚。

两人异口同声喊："南无阿弥陀佛！"接着都哈哈大笑起来。我向这新见人物合掌为礼。

这位和尚连"随我来"都不说就一转身大步如飞走了。还是老和尚提醒我说："跟他走。这就是我说的鸟巢禅师。"

走到大树跟前，我才看出这是一棵奇大无比的树，足有普通的五层楼那么高。在离地约一丈多的最初大树杈上有些木头垒出一个像间房屋一样的东西。树干上斜倚着一张仿佛当梯子用的两根棍和一格一格的横木。

鸟巢禅师头也不回，一抬腿，我还没看清他怎么上的梯子，他已经站在一层"楼"的洞门口，俯身向我们招呼了。他仍不说话，只是打着手势。

老和尚跟了上去，手扶、脚蹬，上面的人在他爬到一半时拉了一把，一转眼，两位和尚进洞了。

这可难为我了。从小就不曾练过爬树，我又是踏着印度式拖鞋，只靠脚的大拇指和"食指"夹着襻子，脱下拿在手里，又不便攀登，因为手里还提着盥洗用品之类。勉强扶着"梯子"小心翼翼地、手脚并用地往上爬，一步一步，好容易到了中途。大概鸟巢禅师本来毫不体会我的困难，只拉了老和尚一把就进去了，现在看到我还没有"进洞"，伸出头来一望，连忙探出半身，一伸手臂把我凭空吊上去了。我两步当一步不知怎么已经进了"巢"，连吃惊都没有来得及。

原来"巢"中并不小。当然没有什么桌、凳、床之类，只有些大大小小的木头块。有一块比较高而方正的木台上供着一尊佛。仔细看来，好像不是释迦牟尼佛像，而是密宗的"大威德菩萨"，是文殊师利的化身吧。佛前还有个香炉样的东西，可能是从哪位施主募化来的。奇怪的是他从哪里弄来的香，因为"炉"中似乎有香灰。

三人挤在一起，面对面，谈话开始了。鸟巢禅师一口浙江温州口音的话同老和尚一口湖南宝庆一带口音的话，真是差别太大了。幸亏我那时年纪还不大，反应较灵敏，大致听得出谈话的大部分，至少抓得住要点。

湖南和尚介绍了我并且说我想知道鸟巢禅师的来历。禅师听明白了大意，很高兴。大概他不知有多长时间没有和人长篇讲话了，尤其是讲中国话。我想，他也许会同这次路上"化缘"时见到的一位华侨青年一样干脆夹上印度话吧。然而不然，他非常愿意讲自己的家乡话。

"我一定要见佛，我一定能见到佛的。"这是他的话的"主题"。"变调"当然多得很，几乎是天上一句，地下一句，不过我还是弄清楚了大致情况。

他是温州人，到"西天"来朝圣，在这佛"涅槃"的圣地发愿一定要见佛，就住下修行。起先搭房子，当地居民不让他盖。他几次三番试盖都不成，只能在野地上住。当地人也不肯布施他，他只能到远处去化点粮食等等回来。这里靠北边，近雪山脚下，冬天还是相当冷。他急了，就上了树，搭个巢。可是当他远行募化时，居民把巢拆了。他回来又搭。这样几次以后，忽然大家不拆他的巢了。反而有人来对着大树向他膜拜。他也不知道是怎么回事。往后就好了。他安居了下来。

"我也听不懂他们的话。后来才知道，他们见我一个月不下树，也不吃东西，以为我成佛了，才让我住下来了。我也就不下树了。索性又搭了两层'楼'，你们看。"说着他就出了巢。我同老和尚伸头出去一望，禅师正在上面呼唤。原来再上去约一丈高的又一个树杈处，他搭了一个比第一层稍小的巢。他招手叫我们上去。这可没有梯子，只能爬。老和尚居然胆敢试了几步。禅师拉着他时，他在巢门口望了一望，没有钻进去，又下来了。禅师随着出巢，三步两步像鸟一样又上了一层。从下面望去，这似乎又小了一些，仿佛只能容纳一个人。他一头钻进去，不见了。我看那里离地面足有四丈左右，也许还不止，不过还没有到树顶。巢被枝叶掩住，不是有他的行动，看不出有巢。

过一会儿，禅师下来了。他毫不费力，也不用攀缘，不但像走，简直像跑，也可以说是飞，进了我们蹲在里面的第一层巢。

"我在上两层的佛爷面前都替你们拜过了。"

这时我才明白，他上"楼"并非为显本事，而是为我们祈福。不过这一层的佛像前，我们也没有拜。老和尚没有拜，可能是因为他看那神像不大像他所认识的佛。禅师却替我们拜了一拜，嘴咕噜了几句。我忍不住问："难道你真有一个月禁食不吃斋吗？"很担心这一问会触犯了他。

他毫不在乎，说："怎么不吃？我白天修行，念经咒，夜深了才下去在荒地上起火，做好几天的饭，拿上来慢慢吃。这里的人不布施我，我就在夜里出去，到很远的地方化点粮食、火种、蔬菜、香烛，还是深夜回来。这里好得很，冬天不太冷，夏天也不太热，我也不知道过了多少春秋。我自己有剃刀，自己剃发，自己提桶到远处提水，什么也不求人，一心念佛。我发愿要在这里亲见佛爷。你们看。"说着，他把下身的黄褐色布裙一掀，露出两膝，满是火烧的伤疤。这使我大吃一惊，难修的苦行。可是，这不是释迦牟尼提倡的呀。

他又说："现在不一样了。常有人来对树拜，不用我远走化缘。吃的、用的都有人送来了。我也不用深夜才下树了。有时这里人望见我就行礼，叫我一声，我也不懂，反正是把我当作菩萨吧。"

我估计这两位和尚年纪相差不远，都比我大得多，都应当说是老人了，可是都比我健壮得多。

我同老和尚下树走了。鸟巢禅师还送了我们一程才回去。他告诉了我，他的法号是什么，但我忘了。他并不以鸟巢禅师自居，他巢内也没有什么经典。他说诵的经咒都是自幼出家时背诵的。从他的中国话听来，他也未必认得多少中国字。他的外国话也不会比鹿野苑的老和尚更好多少。

在车站上等车时，恰巧有个印度人在我身边。他见到我和一位中国和尚一起，便主动问我是否见到住在树上的中国和尚。然后他做了说明：原来这一带被居民相信是印度教罗摩大神的圣地，所以不容许外来的"蔑戾车"（边地下贱）在这里停留。

尤其是那棵大树，那是朝拜的对象，更不让人上去。"后来不知怎么，忽然居民传开了，说是罗摩下凡了。神就是扮成这个样子来度化人的。你们这位中国同乡才在树上住下来了。居民也不知他是什么教，修的什么道，只敬重他的苦行。你知道，我们国家的人是看重苦行的。"我看他仿佛轻轻苦笑了一下。我想，这也是个知识分子。

（录自《天竺旧事》，读书·生活·新知三联书店，1986年版）

地下工作者

金克木

1942年英印谈判失败，甘地、尼赫鲁等人入狱，印度国民大会被政府宣布为非法组织，不能公开活动，全印度掀起一场风暴。

我和一位朋友请来教印地语的老师有些天没来，我们以为他也入狱了，却不料有一天早上他忽然又按照教课的时间到了。

"向你们道歉，误了几次课。原因不必说，你们也知道。现在接着上次课讲吧。"

他若无其事，一点激动也没有，照旧上课，我们也不便问。

临走时，他从口袋里掏出一卷纸交给我们，说：

"希望你们能把这些东西转给中国人民，让更多的人知道我们是为什么进行这场斗争的。为了打仗，我们要政权，英国不给，就是这样。假如你们没有政权和军队，能打日本吗？"

说完，他就走了。

那是一些油印的传单，主要内容是甘地的入狱前最后一次大会讲话。有印地语和英语两种文本，看来是速记，未加整理。甘地原来也是先后用这两种语言讲的，词句不完全一样。这在当时是不许发表的违禁品，我们也无法邮寄国内。寄回去，在战时情况下，也不会有什么地方能发表，只能传阅。

那位朋友说，由他去办，可以设法转到国内，自有关心印度的人看到。至于起什么作用，无法估计，作为一种原始资料总是有用的。

于是印度教员照常来定时上课，每次临走时总是不声不响掏出几张油印传单给我们。他从不问我们是怎么处理的。我们是中国人，他已经交到中国人手中，就算完成任务了。

两三星期以后，他临走时交出传单，忽然附了几句话：

"下次我不来了，我要入狱了。有另一位来教你们，他也会带点东西给你们的。再见。"

他笑了笑，走出了房门。

果然，到下次上课时间，敲门进来了一位中年人。矮矮的，头戴小黑帽，服装整齐，一望而知是个帕西人，就是说，拜火教徒，古波斯人的后裔。

他略略迟疑，便很有礼貌地自我介绍，说是原先那位老师介绍来教印地语的。

"他不能来了，很抱歉。"他说。

我们客气地招呼他，表示感谢，没有问他的身份和职业，只问那位老师是否被捕了。

"是的，他入狱了，做了'坚持真理者'。我们这里只是入狱有自由，可以自愿入狱。此外，我们又能做什么呢？只有这种不要自由的自由。现在要被捕是很容易的，大家心里都明白。"

这一段话，他是用印地语说的，末尾加上一句英语：

"英国人心里也很明白。"

他笑了笑，没有说别的，翻开书就讲课。讲完课，站起来，同样掏出一卷纸交给我们，什么也没有说，合掌行个礼就走了。

"他是个拜火教徒吧？怎么行印度教徒的礼？"我那位"同学"问我。

我说，照我所知道的说，印度人有的非常非常拘谨，有的非常非常开放，有时一个人能同时极新又极旧。外国人研究印度人当然要讲典型、立框子，所以总不免要强调一方面而把另一方面当作例外。来印度还不久，我认识的印度人不多，见到的却不少，上上下下各色人等都接触过，真是五花八门，色色俱全，不在我们中国人以下。

朋友笑了，说："我觉得印度人有点神秘。这个印地语也有点奇怪。他们自己说是很容易，外国人也说不难学，我觉得很难。一个人怎么能那样讲话？我只怕是学不会了。"

这样，我们从这位帕西人学了几星期，他又声明不能教了。我们问他是不是也要当"坚持真理者"。他笑着说："也是，也不是。"见我们有点迷惑，他又用印地语夹杂着英语解释说：

"我要入狱也可以，不过我是帕西人，用英语说是拜火教徒。他们不肯用政治理由逮捕拜火教徒。我当然不能犯政治以外的法去进监狱。"说着他又呵呵笑起来："难道我这样一个人能够去偷盗、杀人吗？即使我到车站上去演说，公开触犯禁止反战的法律，他们不得不根据预防犯罪条例或印度国防法将我逮捕，也不过拘留一下，最多罚点款，还得释放我。说不定报上当作一条新闻登出来，彼此都不好看。"

我们这时才明白，原来这位老师不是平凡的人，但还是遵守外国礼貌，不打听他的身份。

"不过我下次不能来了，来得次数多了也不好。何必去麻烦 CID（刑事犯罪侦缉处，半秘密的特务性质警察机构）呢？恐怕他们派人跟踪也有点不耐烦了，让他们休息休息吧。刚才我在你们门前看见了一个，大概不是等我的。我也不是为了躲避他们，我另外有事。'我们那位共同的朋友'（他用了英语，这是狄更斯的著名小说题目）托我代理一段时间。现在我的任务完成了，以后有机会还会再见的。谢谢你们同情我们印度人，帮了我们的忙，把这些纸传给中国人。"说着，他又掏出了几张纸，接着说：

"我不相信这些传单有什么用。大概也发不多久了。这一出大戏又演完了一幕，事情总要收场的。英国人仗打完了总要交出政权，不过他们绝不会乖乖地交出来。说不定大钉子、小钉子留下一大堆。我们怕的不是英国人，怕的是我们印度人自己。

你们会讲印度话以后就会明白的。会讲英语能明白英国人，可是也不容易。我们快成为说英语的民族（他用英语说这两个词），可是我们的脑袋里装的还是印度各种各样的语言，我们的百分之九十几的人一点不会英语。你们中国不是这样，你们很难明白。"

他以完全的绅士风度向我们握手告别，然后又合了一次掌，抬起腿来要走出门去，忽然转过身来，说：

"我几乎忘了。以后你们的印地语教师可以另外找，那位朋友一时还不会出狱。如果出狱，他会来找你们的。假如你们还有兴趣要那些东西，我告诉你们一个人的地址。不过他不能来，他有工作，日夜都要上班，加上星期日，为了养家糊口。你们得去找他。他会得英语不多，印地语很好。他那地方是晚间开放，要夜里去。在那地方要讲印地语。讲英语也可以，但会引起注意，不大好，不过也不要紧。我们的所谓秘密事都是公开进行的。甘地反对秘密行动，你们大概也知道。"

他留下一个人名，一个地址。地址是个小图书馆，在一条冷僻的小街道上，也没有名字，也许就叫印地语图书馆吧。他做了解释：

"这条街好找，这个图书馆不好找。只有一间屋，门口没有牌子。路灯不亮，也看不清门牌。不过有个办法。你们找到街道，随便问一下'比拉图书馆'，一定有人会指路，说不定还会带你们去。"

"比拉！"我那位"同学"不由得轻轻叫了一声。我们早已听到这位纺织工业大王、印度民族资本家的名声，而且稍许知道一点这一家族中兄弟的"分工"：宗教、政治、工业。

"是比拉。是他出钱办的这个夜间开放的印地语小图书馆。那位朋友是半尽义务，晚间去工作两小时。他是馆长，也是馆员，也是杂役，是个街道私人图书馆。在那街上一问就知道。"

我那"同学"虽然对资料有兴趣，却不愿去探险，于是我自告奋勇，单独夜间去赴会。

有天晚上，我搭公共汽车到了那条街。真是冷僻的小街，几盏路灯相距很远，如同鬼火，发出一闪一闪的黯淡的光。大概是灯泡太老了，电力又不足。我望了望街口的古老的路名牌，不错。走进街去，没有看见行人，一家一家都关着门，好像也没有晚间开门的小铺子。我想，不来探险也许更好，不过已经来了，就深入一次"虎穴"吧。一个人寂寞地往前走，不多远，忽然看见一家门口有一盏电灯亮着。走上前去一看，门是开着的，里面靠墙是书架、报架，大概不会错，就走了进去。

屋里果然是图书馆。中间放着几张条桌和凳子、椅子。书都是开架摆着，自由取阅，一望而知没有英文书。有几个少年儿童坐在那里翻阅画报和什么儿童读物。有两个人站在书架前翻书，我进门前有一个翻书的人回头望了我一眼。可能是因为我只依照印度人习惯方式穿一件大衬衫，更可能是因为光线不强，看不清面貌，他又回过头去专心看书。另一个站着的人和坐着的儿童都头也没抬。

靠里边，有扇对外窗户，窗前摆了一张桌子，桌后坐着一位青年人。他抬起头来望着我。我知道我要找的就是他，连忙过去，低声说了那两位印地语老师的名字，说是他们介绍来的，请问这里是不是"比拉图书馆"，他是不是某某先生。

他见我过去就站起来，听我讲印地语，略显惊异，随即平静下来。我想是因为我讲的印地语是事先准备过的，过于遵守语法规则，发音也过于明确，所以不地道，加上近处看清了黄面孔，所以他开头有点感到意外。

听我背诵完自我介绍词以后，他点点头（实际是略摆一下头），拉过一把椅子请我坐下。然后说：

"你是位中国朋友，我听说过了。他们两位我都认识。难得你晚间找到这地方。你要看什么书籍和报纸杂志吗？这里经费有限，书报很少，来看的人也不多。外国人来，你还是头一个。我表示欢迎。"他一句也不提政治，好像把我当作新闻记者前来访问似的。他的语音很低，讲得很慢，大概是怕我听不懂。讲的句子很短，像语法书里的例句，但比我讲得像说话。

序幕一过，我就真是先访问起来，请问他那里情况。不料这一把钥匙打开了话匣子，他越说越快、越有些激动，但语音还是很低，很低，不打搅看书的人。看书的人谁也没有注意听我们说话。

他这篇报告不是事先准备的，但明显是久已蕴藏在心里，也许是说出过多少次的。总之，他的话回荡在我耳边，一直到回来以后还向别人说过，主要是这样几句：

"你是外国人，还来看我们的自己语言的图书馆。真是小得不能再小了。你比比英国人办的帝国图书馆看看。我们就是这样对待自己语言的。请你看看那些报纸、杂志和架上的书，跟英文报刊书籍能比吗？当然，有朝一日，我们会办自己语言的大图书馆的，那时欢迎你再来看。"

我仿佛看见他已经坐在比帝国图书馆还要大的、像"维多利亚女皇纪念堂"那样的巍峨的大厅中了。可是面前的他还只是个夜间也要半尽义务工作的小职员。

"你不要看看印地语书刊吗？请自由取阅吧！我们这里不需要什么手续。肯来看书，就欢迎。啊！这几份东西送给你吧。"他从桌抽屉里取出了一叠纸交给我，彼此心照不宣。

我起身告辞，在屋里巡视一周。果然没有多少很像样的书，纸张印刷都不高明。那两位站着翻书的人早已走了。坐着的儿童只剩下两个年纪较大的还在聚精会神地看什么书，也许是小说，不是儿童图画故事。

我出门时回头向这位朋友打了个招呼。他起身合掌为礼，也没有说一句"欢迎再来"。

我出门走在小街上，觉得路灯更暗了，一个行人也没有，直到走出街口，上了有公共汽车的大街，才忽然眼睛一亮。街上灯火通明，又是另一种夜景。

（录自《天竺旧事》，读书·生活·新知三联书店，1986年版）

岁末恒河

韩少功

出访印度之前，新德里烧了一次机场，又爆发登革热，几天之内病死者已经过百，入院抢救的人则数以千计，当局不得不腾出一些学校和机关来当临时的医院。电视里好几次出现印度军警紧急出动在市区喷洒药物的镜头，有如临大敌的气氛。

我被这些镜头弄得有些紧张，急忙打听对登什么热的预防办法。好在我居住的海南岛以前也流行过这种病，直到近十来年才差不多绝迹，对这种病较有经验的医生还算不少。一位姓凌的医生在电话里告诉我，登革热至今没有疫苗，因此既不可能打预防针，也没有什么预防口服药品可言。考虑到这种病主要是靠一种蚊虫传染的，那么唯一的预防之法，就是长衣长裤长袜，另外多带点防蚊油。

新德里的深秋，早晚天气转凉，长衣长裤长袜已可以接受。但我没有料到，紧紧包裹全身再加上随身携带的各种防蚊药剂，用来对付印度蚊子仍是防不胜防。星级宾馆里一切都很干净，只要多给点小费，男性侍者的微笑也应有尽有。但不管有多少笑脸，嗡嗡蚊声仍然不时耳闻，令人心惊肉跳，令人心里"登革"。有时，几位同行者正在谈笑，一些可疑的尖声不知从何处飘忽而近，众人免不了脸色骤变手忙脚乱地四下里招架，好端端的一个话题不得不中止和失散。

出于一种中国式的习惯，我对眼前的飞蚊当然绝不放过。有意思的是，我出手的动作总是引来身旁印度人惊讶和疑惑的目光，似乎我做错了什么。

中国大使馆的官员给我们准备了防蚊油，并且告诉我们，印度是一个宗教国度，大多数人都持守戒杀的教规，而且将大慈大悲惠及蚊子。蚊子也是生命，故可以驱赶，但断断不可打杀。对于我两手拍出巨响的血腥暴行，他们当然很不习惯。

我这才明白了他们一次次惊讶和疑惑地回头。

也明白了登革热的流行。

生活在印度的蚊子真是幸福。但是，蚊子们幸福了，那一百多条死于登革热的人命怎么说呢？人类当然可以悲怀，悲怀一切植物、动物乃至动物中的蚊子，但人类有什么理由不悲怀自己的同类？为什么可以把自己积善的纪录看得比同类的生命更为重要？

在印度，不仅蚊子，人类以外的其他各种活物也很幸福。新德里街头常有呼啦啦的猴群跳踉而过，爬到树上或墙上悠闲嬉耍。每一片绿荫里也必有松鼠到处奔窜，有时居然大摇大摆爬上你伸出的手掌。还有潮水般的鸦鸣雀噪，似乎从泰戈尔透明而梦幻的散文里传来，一浪又一浪拍打着落霞，与你的惊喜相遇。你无论走到哪里，都似乎置身于一个天然的动物园，置身于童话。不必奇怪，你周围的众多公共服务机构也常有一些童话式的公告牌："本展览馆日出开门，日落关门。"这种时间表达方式与钟表无关，只与太阳有关，早已与新闻、法律、教材以及商务文件久违，大有一种童话里牧羊人或者王子的口吻。

地球本来是各种动物杂处的乐园，后来人类独尊，人类独强，很多地方的景观才日渐单调。我在中国已经很少听到鸟叫。那些儿时的唧唧啾啾——"熄灭"，当然是流失到食客们的肠胃里去了，流失到中国人花样百出的冷盘或火锅、蒸笼或烤炉里去了，流失到遍布城乡灯红酒绿、热火朝天的各色餐馆里去了。中国人真是能吃。除了人肉不吃，什么都敢吃，什么都要吃。一个宗教薄弱的世俗国家，一个没有素食传统的嗜肉性大众，红光满面大快朵颐成了人际交往的普遍表情。人们正在吃得一个又一个物种几近绝迹，随着食文化的发达繁荣，眼看着连泥鳅、青蛙一类也难于幸免。我一位亲戚的女儿，长到八岁，至今也只能在画册上认识蝌蚪。

印度也是一个人口大国，但绝无中国这么多对于动物来说恐怖万分的餐馆。这当然让刚到此地的中国人不大习惯，有时候搜寻了几条街，好容易饥肠辘辘地找到了一家有烟火味的去处，菜谱也总是简单得让中国食客们颇不甘心。牛是印度教中的圣物，不论野外有多少无主的老牛或肥牛，牛肉是不可能入厨的。由于受伊斯兰教的影响，猪肉也是绝大多数餐馆的禁忌。菜谱上甚至极少见到鱼类，这使我想起了西藏人也不大吃鱼，两地的习俗不知是否有些关联？可以想见，光是有了这几条，餐桌上就已经风光顿失，乏善可陈，更不可能奢望其他什么珍奇荤腥了。在这样一个斋食和节食几乎成为日常习惯的国家，我和朋友们不得不忍受着千篇一律的面饼和面饼和面饼，再加上日复一日拿来聊塞枯肠的鸡肉。半个月下来，我们一直处在半饥饿状态、减肥的状态，眼球也吧嗒吧嗒似乎扩张了几分。

咽下面饼的时候，不得不生出一个疑问：印度的军队是不是也素食？如果是，他们冲锋陷阵的时候是否有点力不从心？印度的运动员们是不是也素食？如果是，如何能保证他们必要的营养和热量？如何能保证他们的体能，足以抗衡其他国家那些牛排和猪排喂养出来的虎狼之师？难怪，就在最近的一次世界奥运会上，偌大一个印度，居然只得了一块奖牌。这一可悲的纪录原来让我百思不得其解，现在倒让我觉得顺理成章。

也许，素食者比较容易素心——相当多数的印度人与竞技场上的各种争夺和搏杀，一开始就没有缘分。

他们看来更合适走进印度教、伊斯兰教、佛教的寺庙，在那里平心静气，无欲无念，从神主那里接受关切和家园。当他们年迈的时候，大概就会像我所见到的很多印度老人，成为一座座哲学家的雕像，散布在城乡各地的檐下或路口。无论他们多么贫穷，无论他们的身体多么枯瘦衣着多么褴褛，无论他们在乞讨还是在访问邻居，他们都有自尊、从容、仁慈、睿智、深思而且十分了解熟悉你的表情。他们的目光里有一种对世界洞悉无余的明亮。

一块奥运奖牌的结局在印度引起了争论，引起了一些印度人对体育政策、管理体制、文化传统的分析和批评。果然，也有一位印度朋友对我不无自豪地说："我们不需要金牌。"

"为什么？"

"你不觉得金牌是体育堕落的表现？你不觉得奥运会已充满铜臭？这样的体育，以巨额奖金为动力，以很多运动员的伤残为代价，越来越新闻化和商业化了，不是堕落是什么？"他再一次强调，"我们不需要金牌，只需要健康和谐的生活。"

说这些话的时候，我们正在班加罗尔一个剧院门口，等待着一个地方传统剧目的演出开始。由于1996年度的世界小姐选美正在这个城市举行，他们也七嘴八舌抗议着这种庸俗的西方闹剧。

我们用英语交谈。说实话，英语在这里已经印度化，对于中国人来说很不好懂，其清辅音都硬邦邦地浊化，与英美式英语的差别，大概不会小于普通话与湖南话的差别。我们代表团的译员姓纽，英语科班出身，又在西北边陲与巴基斯坦人和印度人交道多年，听这种英语也有些紧张，脸上不时有茫然之态。

我比起小组来说当然更加等而下之。幸好印度人听我们的英语毫无障碍，收支失衡的语言交流大体还可以进行下去。更大的问题是，我们没有印地语译员，很难深入这里的社会底层，很难用手势知道得更多。

英语在这里仅仅是官方语言之一，只属于上流人士以及高学历者，普通百姓则多是讲印地语或其他本土民族的语言——这样的"普通话"在印度竟多达二十几种。换句话说，这个国家一直处在语言的四分五裂之中，既有民族的语言分裂，也有阶级的语言分裂。他们历史上没有一个秦始皇，主体社会至今人不同种，书不同文。他们也没有诸如1949年的"革命大手术"，贵族与贱民的分离制度至今存留如旧。这就是说，他们没有经历过文化的大破坏，也没有文化的大一统。我没法知道的是社会的裂痕阻碍了他们语言的统一，还是语言的裂痕阻碍着他们阶级的铲除和民族的融合？

循着英语的引导，你当然只能进入某种英国化的印度：议会、报馆、博物馆、公务员的美满家庭、世界一流的科研基地和大学，还有独立、博学、优雅并且每天都在直接收看英国电视和阅读美国报纸的知识阶层。但就在这些英语岛屿的周围，就在这些精英们的大门之外，却是残破不堪的更广阔现实。街道衰老了，汽车衰老了，棚栏和港口衰老了，阳光和落叶也衰老了，连警察也大多衰老了。这些白发苍苍的老人抄着木棍，活得没什么脾气，看见哪一辆汽车大胆违章，只是照着车屁股打一棍就算完事。很多时候，他们搂着木棍或老掉牙的套筒枪，在树荫下昏昏大睡，任街面上汽车乱窜，任尘土蔽天日月无光。所有的公共汽车居然干脆拆掉了门，里面的乘客们挤不下了，便一堆堆挤在车厢顶上去，迎风远眺，心花怒放。乘着这样自由甚至是太自由的汽车驶入加尔各答市恒河大桥广场，你可能会有世界轰的一声塌下来的感觉。你可以想象眼前的任何房子都是废墟，任何汽车都是破铜烂铁，还可以想象街上涌动着的不是市民，是百万游牧部落正在浩浩荡荡开进城市并且到处安营扎寨。这些部落成员在路旁搭棚而居，垒石而炊，借雨而浴，黑黝黝的背脊上沉积着太多的阳光。他们似乎用不着穿什么，用不着吃什么，随便塞一点面渣子入口，就可以混过一天的时光，就可以照样长出身上的皮肉。他们当然乞讨，而且一般来说总是成功地乞讨。他们的成功不是因为印度有很多餐馆，而是因为印度有很多寺庙。他们以印度人习惯施舍的道德传统为生存前提，以宗教的慈悲心为自己衣食的稳定来源。

面对着这些惊心动魄的景象，老警察们不睡觉又能怎么样？再多几倍或几十倍的警力又能怎么样？

幸好，这里的一切还没有理由让人们绝望。交通虽混乱，但乱中有序；街市虽破旧，但破中无险。他们的门窗都没有铁笼子一般的防盗网，足以成为治安状况良好的标志并且足以让中国人惭愧。外人来到这里，不仅不会见到三五成群贼眉鼠眼的人在街头滋事，不仅不会遭遇割包和抢项链，不仅不会看到公开的色情业和强买强卖，甚至连争吵的高声也殊为罕见。印度人眼里有出奇的平和与安详，待人谦谦有礼。最后，人们几乎可以相信，这里的老警察们睡一睡甚至也无关紧要。

一个不需要防盗网的民族，是一个深藏着尊严和自信的民族。也许，印度教的和平传统，还有甘地的非暴力主义，最可能在这个民族的清洁和温和里生长。我曾看过一部名为《甘地传》的电影，一直将甘地视为我心中谜一般的人物。这个干瘦的老头，总是光头和赤脚，自己纺纱，自己种粮，为了抗议不合理的盐税，他还曾经带领男女老少拒食英国盐，一直步行到海边，自己动手晒盐和滤盐。说来也有趣，他推翻英帝国殖民统治的历史性壮举，不需要军队，不需要巨资，一旦拿定主意，剩下的事就是默默走出家门就行。和平大进军——他从一个村子走到另一个村子，从一片平原走向另一片平原，于是他身后的队伍滚雪球一样越来越壮大，直至覆盖在整个地平线上，几乎是整整一个民族。碰到军队的封锁线，碰到刺刀和大棒，他们宁愿牺牲绝不反抗，只是默默地迎上前去，让自己在刺刀和大棒下鲜血淋淋地倒下。第一排倒下了，第二排再上；第二排倒下了，第三排再上……直至所有在场的新闻记者都闭上了眼睛，直至所有镇压者的目光和双手都在发抖，直至他们惊恐万状地逃离这些手无寸铁的人并且最终交出政权。

甘地最终死于同胞的暗杀。他的一些亲人和后继者也死于暗杀。从某种意义上来说，这些频频得手的暗杀并不能说明别的什么，倒是恰恰证明了这个民族缺乏防止暴力的经验和能力。他们既然不曾反抗军警，那么也就不大知道如何对付暗杀。

作为印度之魂，甘地不似俄国的列宁、中国的毛泽东、南斯拉夫的铁托以及拉丁美洲的格瓦拉，他一弹不发地完成了印度的独立，堪称二十世纪的政治奇迹和政治神话之一。也许，这种政治的最不可理解之处，恰恰是印度人最可理解之处：一种印度教的政治，一种素食者和流浪者的政治，来自甘地对印度的深切了解。这种"非暴力不合作"运动的理论与实践，不过是政治天才给一个贫困和散弱到极致的民族，找到了一种最可能强大的存在形式，找到了一种最切合民情也最容易操作的斗争方法——比方在军警面前一片片地坐下来或躺下来就行。

在尚武习兵的其他民族看来，这简直不是什么斗争，不过是丐群的日常习惯。但正是这种日常习惯迫使英国政府和议会低头，使西方世界很多男女对天才的甘地夹道欢迎、崇敬有加。

现在，很多印度人还坐在或躺在街头，抗议危及民族工业的外国资本进入，抗议旧城区的拆迁，抗议水灾和风灾以及任何让人不高兴的事，或者他们也无所谓抗议，并没有什么意思，只是不知道要如何把自己打发，坐着或躺着已成了习惯。时过境迁，他们面对的已不再是英国军警，而是一项项举步艰难的现代化计划。这些缺衣少食者被一个伟大的目标所点燃的时候，他们个个都成了赤脚长衫的圣雄，个个都强大无比。但这种坐着或躺着的姿态一旦继续向未来延伸，也许便成为一份历史的沉重负担，甚至会令每一届印度政府头痛不已。二十世纪末的全球一体化经济正在铁壁合围，没有一个大陆可以逃避挑战。那么，哪一个政府能把眼前这个非暴力不合作的黑压压人海组织进来、管理起来，并且向他们提供足够的住房、食品以及受教育和工作的机会？从更基本的一点来说，哪一个政府能使素食者投入竞逐而流浪者都服从纪律？如果不能的话，即便甘地还能活到现在，他能否像创造当年的政治神话一样，再一次创造出经济神话？

换句话说，他能否找到一种印度教的经济，一种素食者和流浪者的物质繁荣，并且再一次让全世界大吃一惊？

我们将要离开印度的时候，正赶上加尔各答地区某个民族的新年日，即这个国家很多新年日中的一个。一排排点亮的小油灯排列台阶，零星礼花不时在远方的空中闪烁。节日的女人很漂亮，裹身的纱丽五彩缤纷，一朵朵在节日的暗香中游移和绽放。只是这种纱丽长于遮盖，缠结繁复，是一种女神而非女色的装束，有一种便于远观而拒绝亲近的意味，不似某些西式女装那样求薄、求露、求透，甚至以"易拉罐"的风格来引诱冲动。

这里的节日也同中国的不一样：街上并无车水马龙，倒有点出奇的灯火阑珊和人迹寥落；也没有杯觥交错，倒是所有的餐馆和各家各户的厨房一律关闭——人们以禁食一天的传统习俗来迎接新的岁月。他们不是以感官的放纵而是以欲望的止息来表示欢庆。可以想象，他们的饥饿是神圣，是幸福，也是缅怀。这种来自漫长历史的饥饿，来自漫长历史中父亲为女儿的饥饿、兄长为妹妹的饥饿、儿子为母亲的饥饿、妻子为丈夫的饥饿、主人为客人的饥饿、朋友为朋友的饥饿、人们为树木和土地的饥饿，成为他们世世代代的神秘仪礼，成为他们隆重的节日。

> 母亲，你回来吧，回来吧，
> 你从恒河的滚滚波涛里回来吧，
> 你从树上的每一片叶子里回来吧，
> 你从路上的每一个脚印里回来吧，
> 你从我的睡梦里和眼泪里回来吧。
> ……

河岸上歌潮迭起，这就是恒河，在印地语里发音"刚嘎"，浩浩荡荡地流经加尔各答。

这使我联想起西藏的"贡嘎"机场，与之声音相近，依傍着恒河的上游，即雅鲁藏布江。"刚嘎"与"贡嘎"是否有什么联系？是否就是一回事？司机给我翻译着歌词的大意，引我来到这里观看人们送别嘉丽——恒河两岸亿万人民的母亲，他们在每一个新年都必须供奉的女神。她差不多裸着身子，年轻而秀丽，在神位上的标准造型倒有点怪：惊讶地张嘴悬舌，一手举剑，另一只手提着血淋淋的人头。由于语言的障碍，我没法弄明白关于这位女神的全部故事，只知道在一次为人间扫除魔鬼的著名战斗中，她杀掉了二十几个敌手，也最终误杀了自己的丈夫——她手中那颗人头。

直到这个时候，她才如梦初醒地伸长了舌头。

从那一刻起，她便凝固成永远的惊讶和孤独。

已经是新年的第二天了，民间庆典即将结束。人们拍着鼓，吹着号，从城市的各个角落载歌载舞结队而来，在恒河岸边汇成人海，把各自制作的嘉丽送入河水，让大小不等色彩纷呈的惊讶和孤独随水而下——漂逝在夜的深处。这是他们与恒河年复一年的约定。

看得出来，这些送神者都是穷人，衣衫不整，尘土仆仆，头发大多结成了团，或者散成了草窝。他们紧张甚至恐慌地两眼圆睁手忙脚乱大喊大叫，一旦乱了脚步，抬在肩上的女神就摇摇晃晃。他们发出呼啸，深一脚浅一脚踩得水花四溅，从河里返回时便成了一个个癫狂的水鬼，浑身水滴如注，在火光下闪耀着亮珠。但他们仍然迷醉在鼓声中，和着整齐或不够整齐的声浪大唱，混在认识或不太认识的同胞身旁狂舞——与其说这是跳舞，倒不如说他们正折磨自己的每一个骨节，一心把自己粉碎和融化于鼓声。

一个撑着拐杖的跛子也在跳跃，拐杖在地下戳出密密的泥眼。

你从路上的每一个脚印里回来吧，母亲；

你从我的睡梦里和眼泪里回来吧，母亲。

  恒河的对岸那边，几柱雪亮的射灯正照亮巨大的可口可乐广告牌，照亮了那个风靡全球的红色大瓶子。在那一刻，我突然觉得，远去的嘉丽高扬血刃回眸一瞥，她永远伸长舌头所惊讶的，也许不是丈夫的人头落地，而是一个我们完全无法预知的新世纪正悄悄来临。

  我抬起头来看彼岸急速地远退，留给我无限宽阔的河面。

1997年2月

（原载1997年第4期《作家》）

干旱台地蓝调

恺 蒂

    南非内陆是一望无际的干旱台地，英文是很形象的Karoo。年初我们从开普敦开车回约堡，三天的行程中似乎一整天就是花在这茫茫无尽头的干旱台地的一根细线般的公路上。干旱台地属于半沙漠，风景粗犷、单一、荒凉，铺满了被太阳晒得干巴巴的浅草，偶尔也会看到遥远的地里有两棵歪脖子树，一架风车，一两户人家，或是几头瘦骨嶙峋的绵羊，在烈日下懒洋洋地啃着草。整个干旱台地只有一种颜色，那就是土棕色接着土棕色，连树叶子都被黄土覆盖，看不到一丝绿色。开车经过时，眼前这片土地就仿佛永远没有止境，充满阳刚之气，似乎可以让你做着无边的梦，偶尔也会有一种突然的紧张和害怕袭上你的脊背。那天晚上，我们住在干旱台地一家农场中，女主人特地给我们烤了一只干旱台地的瘦羊腿，味道非常鲜美。夜里铺天盖地的星空如同一张巨大的网，凌晨没有鸟叫的声音，只有旧风车的吱呀声。

六月份在约堡，有一天晚上与F去曼德拉剧场看他的一位老朋友演的话剧，看到剧场广告上说他们也正在上演一台名为《干旱台地吉他蓝调》的音乐会，就想去听，但是一打听，说这台音乐会虽然已经加演两场，但是票子已经都卖完了。约堡剧场爆满，这还是新鲜事。看完话剧后，与那些演员们在剧院小酒吧喝酒聊天，看到角落里有一个穿着风衣戴着巴拿马草帽的矮小的男人，个头还不及我，上去与他说话，原来他竟是《干旱台地吉他蓝调》的主角大卫·克莱默。克莱默得知我是新到南非的外乡人，曾经被干旱台地的风景所震撼，就说，明天晚上你们来吧，我们会想办法给你们安排座位。他的声音很轻很细，让你怀疑他是否真是南非最著名的歌手偶像。

克莱默果不食言，第二天晚上我们再来剧院时，已经有两张票子在那里等着我们。舞台上摆着七把吉他，空中还挂着五把。这些吉他或新或旧，其中有两把是用五公升的旧油桶制成。还有一架旧风车，生了锈的，是干旱台地中常见的那种。背景巨大的屏幕上，投影着干旱台地一望无际的荒原。颜色或是一抹橘红色，那是黄昏夕阳西下染红整个天空；或是一层金黄，那是早上阳光初升第一道金光的灿烂；或是平静的深蓝，那是寂静的夜空上面缀满了星星无数。正是在这片土地上，克莱默开车走了一程又一程，在漫无边际的纳马夸兰以及干旱台地上寻找那些自弹自唱的歌手们。从柏油马路上黄土小路，从一个农场寻到另一个农场，他在最遥远最偏僻的地方找到了最好的音乐家。克莱默的干旱台地之行原本是为了拍一个关于流失的南非民间音乐与南非荷兰人传统的纪录片，纪录片逐渐扩大成了一场音乐会，他把七位音乐家从南非最内陆最偏远的角落带到开普敦，带到约堡，这些音乐家都是第一次面对麦克风，第一次上舞台，第一次在这样明亮的灯光面对这么多的观众表演，然而，两个城市的观众们都为他们疯狂。

　　克莱默到了舞台之上，声如洪钟，热情洋溢，说笑逗趣，边唱边跳，与前一天晚上小酒吧中的那一位竟然是全然不同的人。他演唱了第一首自己创作的歌后，就依次介绍他的音乐家们，每一位，他都得加上一些小故事。这些音乐家都有六七十岁，他们或是牧羊人，或是农场的雇工，或是保姆佣人，他们的手上长满了老茧，脸上刻满了皱纹，眉眼之间满是风霜雪雨艰苦生活的见证。然而，他们也是干旱台地上的传奇人物，是当地人所喜爱的行吟歌手。他们常常边走边唱，他们的歌是放牧牛羊时的歌，是晚上下工后在篝火旁娱乐家人邻居的歌，也是孤独地在茫茫干旱台地的长路上从一个农场走到另一个农场寻找工作时的歌。他们的吉他大多数都是自己制成，也没有老师教他们如何弹吉他，一天的农活之后，他们往往聚集在铁皮搭成的小酒店中，切磋弹唱吉他的技巧。所以，他们弹唱的手势可能不是那么正宗，往往是别出心裁，独具一格，反而让人们耳目一新。

牧羊人路德维克的吉他是用五公升的铁皮油桶制成，他的专长是叩击吉他，兴趣好时，他还会单手表演。柯蔡是用两只手拨与弹，用嘴巴咬着一个茶匙在中间奏出和弦，他一个人在舞台上表演，你闭上眼睛听，就像是两个人在演二重奏，柯蔡平时收集芦荟榨取芦荟汁为生，他也自己创作歌曲。

在克莱默寻觅的整个旅途中，他发现了摩尔斯一家，丈夫彦和妻子斯娜都弹吉他，他们的女儿是位好歌手。他们告诉克莱默，斯娜还有妹妹列娜和一个弟弟，他们分别住在很遥远的地方，因为交通不便，他们没有车，所以他们已经有十多年没有见面。于是克莱默又去寻找列娜和弟弟，列娜是位歌手，弟弟拉手风琴。克莱默把姐弟几人同时请到舞台上。斯娜瘦削，列娜丰满，斯娜用火柴杆和回形针弹吉他，列娜唱歌。这位大妈，坐在椅子上，两只脚几乎碰不到地面，她闭着眼睛尽情地唱，她唱干旱台地的热风和枯草，她唱风车的转动和牧羊人的迁移，她唱面对茫茫台地的孤独与寂寞，她也唱在街头铁皮搭成的小咖啡馆中的调情的快乐的歌。她的声音没有任何修饰，洪亮、有力，充满激情和能量。这些歌简单、强烈，既是绕梁三日，萦绕不散，又令人信服，动人心魄。这些歌是酸甜交织的产物，列娜表演得那么简单、那么淳朴自然，但是又充满幽默。她随着节拍在椅子上扭动着身体，其他几位原本坐在舞台边的音乐家们由路德维克带头，在台上尽情跳了起来，这几位新衣服都不太合身的老哥们，虽说舞步不是那么优雅，却是自然天成。

整个剧场也都沸腾起来，许多观众用手掌击出节拍，有的跟着哼唱，有的打着呼哨。这些歌手音乐家们都是有色人，他们不是纯正的黑人，不属于任何部落，他们的母语是南非荷兰语，他们唱着南非荷兰语的歌，他们秉承的是南非荷兰人的传统。南非荷兰语与现代荷兰语稍有不同，其实更接近弗莱芒语，很多声音都是从喉咙后部发出，是那种很强烈的语言。记得以前听说过广东话与上海话的对比，广东话是海洋的语言，所以粗犷、强烈，仿佛大海的波涛冲击着海边的岩石。而上海话，所谓"吴侬软语"则是河流的语言，像是平静悠缓的运河水，慢慢流淌，缓缓道来。南非荷兰语显然也正是铿锵有力的大海的语言。

　　然而，整个曼德拉剧场的狂热却骤然让我的脊背上一阵发冷，这是开车走过广漠的干旱台地时偶尔会有的那种害怕和紧张，是在充满了信徒的教堂或是寺庙时常常会让我这个旁观者突然感到的那种冰冷。这沸腾的剧场仿佛成了一个救赎的宗教仪式。回头看观众，他们大多可能都是南非荷兰白人，然而，他们的情感完全被操纵在舞台上那几个歌舞着的有色的雇工们的手中，似乎可以看到他们眼中有泪花在闪动。这已经不是单纯的对于音乐、对于歌曲的欣赏，这是一个赎罪的仪式。种族隔离还是不久以前的历史，他们是否想到了那个白人、黑人、有色人根本就无法同台演出的年代？他们是否因为这些有才华的吉他手歌手们仍然在白人农场中做雇工而内疚？他们是否为正在消失的南非荷兰语的传统而悲哀？在南非，种族、政治、肤色仍然高于一切，这里，从来就没有纯粹的艺术。

南非著名作家，今年的诺贝尔文学奖得主库切（J.M.Coetzee）在《铁器时代》（*Age of Iron*）中写道："让我告诉你，当我走在这片土地上，南非的土地上时，我有一种走在黑色面孔上的感觉。他们死了，但他们的精神没有离开他们。他们沉重而执拗地躺在那儿，等着我的脚步经过，等着我走开，等着再被召唤。"这，正是干旱台地的吉他手们的蓝调给你的感觉。

2003年11月

（录自《南非之南》，上海书店出版社，2009年版）

"我们的路灯比你们的亮堂"

恺　蒂

在约翰内斯堡，有一个很传奇的地方，那就是索维托。它的英文全名是 South West Township，Soweto 是其缩写，直译就是"西南镇"。它建立于三十年代，一开始是单身黑人金矿工人的住宅区，后来渐渐发展成南非最大的黑人区。索维托方圆大约有一百二十平方公里，一共有三十三个小区小镇，居住着祖鲁、科萨、茨瓦纳等九个黑人部族。索维托在不同人的眼里有着不同的面目。有人视之为家园，有人视之为魔窟。它曾经是种族隔离年代最为冲突的地方，它也以贫穷和暴力而著名，但也正是这里铸造出一代又一代的黑人领袖，曼德拉、图图、西苏鲁，他们都曾安家在这里。

我一直戏称索维托为南非的"革命根据地"，来约堡不去一次索维托，等于没有来过。年前有几位中国朋友来南非旅游，我说索维托你们是一定要去的，他们的导游以及同坐的另两位也在约堡居住的中国人一起又摇头又摆手："不能不能，那里可千万不能去，太危险了！你们如果一定要去，只能重金聘用警察的车子给你们当保镖，否则，旅行社无法对你们的安全负责。"我说我有朋友住在索维托，他可以带你们去呀，安全绝对保证，他们都大叫我发疯。

其实岂止是游客，绝大多数的约堡人也都没有去过索维托。四年多前我第一次到南非，住在约堡北郊小叔子的家里，当时正是圣诞季节，所以，刚到的第二天晚上我们就去参加了一个可以说非常盛大的银光灿灿的晚会。当时，坐在我旁边的是约堡《星报》的前主编，他问我对南非印象如何，我说棒极了，气候宜人，游泳池水温适度，水果新鲜，食物可口，交通便利，购物中心与英国没有区别。他眯眼一笑，对我诡秘地说："幻觉幻觉，你这两天所见是典型的南非的幻觉。你还没有去过索维托吧，那里才是现实。"那是我第一次听到索维托这个字眼。

第二天，我先生开着他弟弟的一辆奔驰带我去索维托，我们参观了曼德拉的故居（当时已经被他的前夫人温妮开发成博物馆创收，旁边还有一家小店，居然出售一小瓶一小瓶的曼德拉故居花园之泥土），在图图家外转了个圈，参观了有着世界上唯一的黑圣母的教堂，瞻仰了专以龟角骨下药的巫医门口挂满的各色旗子（据说不同的颜色代表着他的专长），在巴拉圭纳桥下的小巴车站上看人买卖牛羊骨头的烧烤。与我所见的约堡北郊的豪宅相比，那里是第一世界，这里是第三世界。贫富差距国国都有，让人惊诧的是约堡贫富差距的距离开车只要半个小时。我当时就想，这个国家需要的是一场"共产革命"！

现在，我已经在约堡住了三年，进出索维托无数次。当然，并不能说索维托不危险，索维托很大，有些地方确实是外人深不可及的。我既不勇敢也不鲁莽，所以，每次去索维托，总是与朋友结伴而去，或是采访或是会友，很少擅自独行。所以，对索维托的了解还算不得很深刻，但是，与一般约堡人相比，我可以自豪地说，索维托是我的朋友。

索维托最出名的是1976年6月16日发生的学生暴动，当时，南非当局不顾老师是否会说，学生是否能懂，下令所有的黑人学校必须用南非荷兰语或是英文来进行教学，在课堂里不许再用黑人语言交谈。在日常教育上老师学生都很吃力且不用说，更重要的在黑人老师学生看来，南非荷兰语是殖民主义的语言，是压迫的象征。所以，6月16日那天早上，学生们进行罢课游行，主题就是"去你妈的南非荷兰语"。游行过程中，警察与学生冲突，年仅十三岁的黑人孩子皮特森遭到枪击身亡，成为第一个受难者。

当时，事发后不久，一位名叫 Don Mattera 的诗人，根据阿扎尼亚的情诗写下这样一首感人的小诗：

第一位牺牲者
一颗子弹烧入

柔软黝黑的肌肤

一个孩子倒下了

液体的生命
奔腾的热气
染红大地

他是第一位牺牲者

现在
让哭泣的杨柳
作为标志
让自然建立起一座纪念碑

花朵和树木
不会让我们忘记那些罪恶的行径

　　那次学潮震动了全世界，把南非的种族隔离制度的非人性
公诸世界舞台，当时新华社也曾发表过长文哀悼。也是这次学
潮之后，镇区黑人的反抗越来越趋向于暴力，他们有一个口号，
就是要让"镇区乱得政府无法管理"。整个八十年代，索维托是

白人无法涉足之处，每天晚上十点到早上六点都实行戒严，黑人不许出门上街，警察结队持枪巡逻。

现在，南非民主刚刚十年，索维托的年轻人对这段历史怎么看？我曾经在索维托一个酒吧里与一些二十来岁的黑人青年们喝酒吃肉聊天（他们喝酒我吃肉），其中一位很自豪地指着索维托高架着的明亮的路灯对我说："你看，我们索维托的灯多亮，晚上在家里都不用开灯。你们住在郊区，都是黑洞洞的，哪里比得上我们！"这位十九岁的男孩对于这个最著名的黑人区的历史还不如我熟悉，我就对他说："你知道不知道这些高高的灯是种族隔离年代所架，是种族隔离的白人政府用这些灯来威慑你们，让索维托人永远没有黑夜，就像监狱里面的灯永远都亮着一样，属于心理折磨。而且，它们也是警察的探照灯，他们把索维托照得这么亮，就是怕你们趁着夜黑风高闹革命，为的是来抓人时不受暗算。"他听了我的话，大瞪两眼，不过，他很快就重新意气高扬："那都是十年以前的事了，早已是历史，我还是觉得我们这儿亮堂堂的就是比你们郊区好。"

（录自《南非之南》，上海书店出版社，2009年版）

东京停电

孙　歌

　　日本突然发生的这场九级地震和随之而来的海啸，大概是继汶川地震之后最残酷的一次灾难。它发生在日本的东部，却影响着整个地球：它不仅挪移了日本和朝鲜半岛，也加快了地球的转动速度。

　　地球的运转速度在加快，历史似乎也在提速。地震发生后的第八天，2011年3月19日[①]，法、英、美等六个国家把联合国安理会关于在利比亚设立禁飞区的维和决议变成了一场空袭。在最短的时间内，世界浓缩地推出了人类历史上最尖锐的矛盾：人与自然、人类与资源、国家利益、强权政治与人类正义……正是在这个灾难性的瞬间，我们在关注自然的巨大能量如何瞬间摧毁家园的时刻，也看到了人类生存模式本身所面对的真实危机。

---

　　① 　此时间为利比亚当地时间。

日本思想家竹内好的女儿、住在千叶县的裕子女士，给我发来报平安的邮件，同时告诉我，战后出生的她一直过着从容的生活，即使有什么不顺利乃至困窘，也从来没有意识到"生存"是一个问题。但是，这次大地震和福岛核电站的放射性污染以及随之而来的能源紧张，却使她经历了有生以来第一次生存危机。停电！停水！那些曾经如此自然地被人们所享用的资源，只有在今天，只有在这个灾难性的时刻，才被真正意识到，它们作为资源，并非取之不尽用之不竭。

裕子女士告诉我，千叶停电期间，她每天只能使用五个小时的电力。在其余的时刻，她必须接受停电的事实。千叶距离东京并不遥远，在东京的几位友人也纷纷通过邮件告诉我，他们都在准备适应这个新的生活节拍，练习在停电状态下生活和工作。

我调动自己的想象力，去设想停电这个事实的后果。我知道它不仅仅意味着依靠电力进行生产的制造业将要蒙受损失，而且也跟我们每个个体的生存方式息息相关。对于依然习惯于依赖电力生活和工作的人们来说，停电的不便几乎与突然失去呼吸一样是无法想象的，因为电力的存在几乎从未被意识到。设想我们生活中的停电状态吧——电脑不能使用，对于我们这些早已失去了纸笔写作习惯的人而言，它所带来的焦虑将多么严重；那些会因为停电而功亏一篑的科学实验，更无法承受设备停机、恒温箱断电的损失；电视、广播不能收看和收听，通信受到严重影响，必要的信息将难以及时获取；电梯停运，照明停止，各种公共场所的营业将受到巨大的影响，以电力为能源的交通也将瘫痪……

在最初的海啸画面带来的震撼定格之后，我开始思考这次灾难的核心问题。核泄漏与核辐射？日本平民在灾难面前显示的秩序感？一些日本人在面对灾难时的勇气和奉献精神？中国网民展开的对比中日民众素质的讨论？救灾过程中日本政府和企业的瞒报问题？抑或中国网民在面对这场灾难时表现出的人道态度？……

的确，这些在传媒上不断被谈论的热点都是不可忽视的，然而对我来说，最核心的问题却是不那么显眼甚至没有被正面意识到的"东京停电"。

东京停电，意味着这个不夜城将使夜晚以它原初的形态呈现。一片黑暗中的东京是什么样子，我无法想象。这意味着习惯了夜生活的东京人将在夜晚不得不待在家里，意味着以此为业的那些行业将不得不停业，也意味着待在家里的东京人不得不另找途径打发他们已然习惯于依靠电力使用的时间。东京停电，意味着这个白天高速运转的城市不得不放慢它的节奏，人们必须习惯于骑自行车和走路，习惯于在上下班高峰时期更加耐心地排长队等候电车和地铁。那些在日常生活中已经定格的行为模式，例如登上自动扶梯上下车站的楼梯、在空调中享受适度的温度，都将在电力使用被压低到最低限度的时候突然解体。至于停电给各行各业的正常生产带来的经济损失，那是无须赘言的。

对于日本乃至世界而言，东京是一个符号。这个符号附着了太多的象征性意义，以至于它不堪重负。除去它作为日本的政治中心这一不言而喻的事实，东京还象征着很多意涵。东京是落后的东亚岛国跻身于世界列强的符号，在二战中遭受了东京大空袭之后，战败的日本人在一片废墟上依靠特定的国际国内条件建起了这个现代化的大都会，它代表着日本成为一个与其国土面积并不相称的经济大国；东京是日本人憧憬的现代生活方式的符号，它繁忙的生活节奏、时髦的消费模式、注重细节的享乐感觉，一直使日本全国的年轻人向往着在这个城市中自我实现从而不断"东漂"；东京也是东亚虚拟经济的中心，东京股市的跌涨起落影响着世界股市，据说银座四丁目的交叉路口还是世界上最贵的地皮；东京也是日本的现代思想、文化、科技中心，这里聚集着大批日本的精英，他们影响着日本社会的选择与思考，也打造着日本人的生活态度……

因此，东京停电不可能是一件小事情，它远远严重于停电这个事实本身，它意味着这个符号将要面对尖锐的考验。

据说东京电力公司在宣布定时停电之后迟迟不在东京核心区域实行这一政策，因此首都圈县市停电之后，都内核心地带二十三区仍然保持基本供电。或许我所设想的上述这一切在东京都内并不会真的发生，或许它即使部分地发生了也仅仅如同台风一样是一过性的不便。我没有兴趣向东京的友人确认这些事实，因为有一个更基本的事实是不必确认的：我相信日本人和世界上的人们，都会认为停电仅仅是对于生活常态的干扰，人们有足够的耐心坚持，等待着恢复常态生活。

听说世界上一些国家已经在讨论用更安全的发电方式取代核发电，也听说包括中国在内的国家都在各自检查自己的核电设施；人类可以找到各种方式继续制造与消耗能源，不仅东京，世界上的所有城市都不会因为这次巨大的创伤而改变它们的面貌——这一点，似乎也不必确认。

当地震和海啸夺走至少九千多条鲜活的生命（这个数字还在不断攀升），还有一万多人下落不明的时候，人们关注的中心却不得不转移到福岛核电站的安危上面。一批勇敢的日本工程师坚守在核辐射的现场，为了切尔诺贝利核事故不再重演，他们以献身的精神试图抑制事态的恶化。每天早上起床，我做的第一件事就是打开电视调到国际频道，关注最新动态。从有限的信息当中，我看到福岛核电站的内容已经挤满了整个日本大地震报道的前台，而地震和海啸还有那些灾民的安置，则暂时淡化为背景。

等待着核污染警报的解除，等待着回归以往的生活常态。已有传媒和朋友在讨论日本的将来：这一切灾难过去之后，生活会回到从前的轨道，一切将重新开始。当然，也有一些人开始质疑核发电的合理性。

我依稀感觉到，似乎还缺少一些话题。

地震的时候，我刚刚从台湾返回北京。在宝岛客座执教半年，人们的热情和生活的惬意给我留下深刻的印象，台湾中产阶级的生活似乎比我们现代化，台湾社会也很好地保留了传统的社会形态。不过，在这两者之间建立和谐的关系，似乎并不是件轻而易举的事情。

我所客居的大学招待所是一个极为摩登的建筑，本身就构成了大学中的一个景点。不过入住之后不久，我就感受到了这所建筑"现代化的不便"：房间通风不便因此必须依赖空调，厨房全部使用电器，微波炉与电磁炉是烹调的全部工具。好心的台湾友人为我搬来普通电炉，劝我尽量减少接触电磁辐射的机会；至于洗衣，偌大的没有阳台的宿舍并没有提供晒衣台，用地下室的洗衣机洗衣之后只能在烘干机中烘干，或者在房间中利用空调或抽湿机吹干；大晴天想要晾晒被子，就只能厚着脸皮在宿舍内部天井的栏杆上晾晒，尽管油漆早已剥落的栏杆上贴着"注意油漆"的含蓄警示。在潮湿的北台湾，晾晒衣物比北京更重要，而这个宿舍却是禁止晾晒的。

我观察过一些台湾的建筑，那些传统民居显然仍然保留着暴露晒衣的习惯，有些人甚至会把衣物晾晒到电车轨道附近。但是那些现代化的高层公寓却很少提供这样的可能，人们缺少晾晒的条件，甚至连被子发潮都要送到干洗店烘干。

问题还不止于此。这种违反自然、大量耗电的方式，似乎被一些台湾人认定为"文明"。记得有个大晴天我用晒衣架把自己的衣物晾在天井里去湿气，一向容忍我此类行为的管理员赔着小心跟我说，因为下午有一批外宾入住，在天井里晾晒有碍观瞻。姑且不论这个不提供阳台的宿舍是生活场所，而且我晾晒的又仅仅是外衣，我觉得奇怪的是，人们为什么要坚持晾晒衣服有碍观瞻的价值判断？我不敢无端地推测这种"文明观"是否来自大量留美学人带回台湾的美国生活模式，也无从判断那些在铁道边晾衣服的百姓，有朝一日住进现代化公寓是否也愿意"文明"，但是我可以判断的是，台湾人如此消耗电力，使他们不得不依赖持续的和大量的电力生产，而独特的地理地貌，使得缺少水力发电条件的台湾不得不也选择核发电。

和台湾的朋友一起到台湾岛南端的垦丁旅游时，我被美丽的海湾和明媚的阳光吸引，举起相机时却发现不远处那群煞风景的建筑实在破坏构图。台湾朋友告诉我，那是核电站。我看着电视中日本福岛核电站的报道，不知为何突然牵挂起了垦丁。

台湾社会早就存在抵制修水库和抵制核电站的社会运动。据说核发电在台湾的发电方式中占百分之十六。这些运动基本是把地方政府的相关政策作为对抗的目标，似乎并不涉及民众的生活方式本身。我也曾经结识了一些为了节约能源而试图改变生活方式的台湾人，从建筑师到艺术家，他们都试图利用最少的资源和最简捷的方式来解决生存的质量问题。但是由于各种原因，他们的生活态度很难社会化。可以说在今天，自然的生活状态只能存在于贫困阶层，他们鲜少利用现代化的非自然生活工具，仅仅是由于贫穷。在连自然也在逐渐商品化的现代消费社会，有可能让生活回到曾经的那种不太方便却对环境有利的状态吗？只要看看传媒广告宣传商品的方式就可以明白，这是一个很难有肯定答案的问题。但是，假如我们如此接受非自然的"现代化生活"并赋予它以"文明"的正面价值，那么，什么样的生产才能满足我们不知餍足的生活需求？

几年前在北京的一个会议上，我曾听到一位从事有机农业生产的年轻人说出他的感慨：当他从乡村进入北京的时候，看到北京街头闪烁的霓虹灯，不禁联想起村里黑暗的夜晚："要是这些光亮能给乡亲们，那该多好！"至于那些耸立北京城区、消耗大量电力才能维持的摩登建筑，不是台湾大学里的摩登宿舍可以望其项背的规模。在赞叹它们巧夺天工的技术时，人们是否想到，维持其运作的大量电力来自何处？

城市在大量地消耗电力，人们在不经意地用电。记得某年在北京曾经有过一个晚上作秀式的自动关闭电灯的活动，似乎它被转化为一个时髦的行为艺术，被转换为如何有趣地度过这个夜晚的游戏。在常态生活里，能源问题、"绿色生活"尽管被大量谈论，却并未成为城市民众真正的焦虑，它仅仅是一个话题，一个无伤大雅的新的消费热点。

但是地震海啸发生了，核泄漏发生了，为了争夺能源与国际政治霸权而无视联合国决议的利比亚空袭发生了。正在加速的历史把一个紧迫的课题推到人类面前——过度消费能源的生活模式是否适合人类的可持续生存，这已经不是留给子孙后代的问题，它已经成为关乎当下的生存课题。如果人们关注日本的核发电背后是否还有核武器的阴影，那么，一个更紧迫的课题或许是，在这个日益保守化并且与真实存在的国际政治霸权保持着共谋关系的世界上，包括反对核武器在内的和平运动，必须与反思我们的生活方式相关。现代战争与资源掠夺的关系，比以往任何一个时代都更加露骨，而现代发达国家的大众对于国际公平正义的问题，却显示了惊人的冷漠与自私。无论表面上的借口如何冠冕堂皇，一个基本的事实是不容否认的：当发达国家需要保证有足够的资源供应大量消费的时候，选举政治就会通过国民的"民意"支持一场以民主为名的对外战争。美国社会已经一再重复了这个模式，这是有目共睹的。而美国社会内部反战势力的艰难困境，也正在于它必须不断与这种潜在的社会模式相抗衡。

或许有些已经形成的趋势是不可逆转的，尤其是大众社会的消费模式。次贷危机造成美国中产阶级生活"缩水"，却并未危及美国打造的高消费生活模式。拉动消费是社会发展的"硬道理"，对于后发达国家而言似乎这是一个无可逃避的宿命。但是，如何消费、消费什么，这却仍然是需要讨论和甄别的。什么是过度消费？什么是国民经济增长所需要的消费？怎样的国民经济增长真正符合社会可持续发展的要求？笼统地讨论消费已经无法应对今天的危机，我们需要找到新的思路。如果节减的生活仅仅被视为贫穷的代名词，那么，过度消费将势在必行。是否需要努力打造一种社会共识，让我们换一个角度来看待消费与节俭的关系？

在地震发生几天之后，埼玉县一位著名的在日韩人社会活动家转发给我一封来自韩国三十四个市民团体致日本社会的联合声明。这是一封慰问信，表示了韩国社会对日本地震海啸以及核泄漏中的日本民众最深切的关怀；同时，这也是一封警示信，它提醒日本社会，在巨大的灾难来临时，日本社会必须平等地对待它的所有成员，包括在日本的外国侨民。它呼吁道：现在正是超越国境与民族，把这个悲剧事件作为东亚的伤痛，使所有人一起奋起合作的时刻。不言而喻，这封信的背后不仅有着对于日本社会种族歧视和排外历史与现状的忧虑，更暗含着对发生在大正时期的东京大地震时日本社会对在日朝鲜人残酷虐杀的历史记忆。同时，这封呼吁跨越国族联合的声明也正是韩国社会近年来累积的关于东亚讨论的直接成果。应该说，这是一封未雨绸缪的信，它的及时发出，显然与日本社会有识之士和在日韩人近年来的不懈努力相关。正是在这个危急时刻，近年来批判日本社会歧视在日朝鲜人和韩国人的思想积累显示了它的功效。它向我们证实，社会共识的形成，必须经历一个长期的过程，持续地积累基本的共识，在危机来临的时候才能做出最有效的决断。

这位在日韩人活动家以超乎常人的精力从事着舆论生产的

工作。从他不断传来的信息中，可以看到有些日本人似乎对于这些在日韩国人的言论有非议，也有些日本人表示了无保留的支持。同时，随着时间的推移，已经可以确认部分灾区流传着诽谤在日外国人的谣言，它呼应着日本人排外的心理状态。但是目前，日本并未形成明目张胆的歧视和迫害外国人的社会风潮。尽管我们无法预料接下去的事态，但是有一点可以确定的是，1923年关东大地震的悲剧不可能重演，这不仅与今天的国际局势以及日本在东北亚的位置有关，日本社会中这些有识之士的不懈努力更是不容忽视的。

我从这封韩国市民团体的声明中，从这位在日韩人活动家的努力中，受到了极大的启示。有些努力和坚持，并不一定当即奏效，但是，它的公共积累却具有极为重要的意义。当历史突然加速的时候，正是这些积累有可能提供正确的选择，制衡邪恶的势力。

东北亚一体化问题，在今天的危急时刻具有了新的含义——跨越国境与民族，不仅为了利益最大化，为了更人道的理想，也更是为了民众的生存本身。能源的开发与消耗，也不再仅仅是官方和企业的课题——对于每个中国人而言，这也是我们的"活法"问题。不能说能源充足（尽管这似乎是永不会发生的理想状态）就一定会有效避免冲突与流血的发生，但是能源的紧缺却必然会导致类似目前几个发达国家在利比亚所作所为的再次上演，哪怕它们打着正义的招牌。在日本东部地区依然限时供电的时刻，即使东京未必停电，对人类而言，"东京停电"依然是一个需要共享的标志性事件：需要重新定义"文明"的内涵，需要从我们的生活感觉开始追问，我们今天的生活模式，是否真的"文明"？我相信，如果这样的反思与追问不是少数人的课题，而是某种程度的社会共识，而这种社会共识又能够真实地改变我们的生活模式，让我们以更少的消耗来打造更自然的生活，那么，它的累积或许才真的可以拯救我们的地球。而这种持续性的累积所需要的，却是比灾难时对恢复常态的信念更强大的理念。理念最真实的存在方式并非在于它的理论表述，而在于它介入现实的形态。换句话说，理念最真实的意涵，只有在它介入具体状况的时候才能确认。对于社会生活而言，最困难的改变就是对大众生活模式的改造。已然形成的现代消费模式，是与资本的欲望和操纵直接相关的，它打造的生活态度，必然以过度消费为底线。最困难的不在于改变道德姿态或者思想立场，而在于改变生活行为和生活感觉本身。试想，现代生活中那些潜移默化的过度消耗，不正是被罩上了"文明""成功"的光环，诱导着价值判断的共谋吗？

祝愿日本的民众早日渡过危机，也祝愿近万名无辜死者牺牲的代价不会白白付出。日本的教训属于人类，我们并不在它的外部。

（原载2011年第3期《天涯》）

在神户感受"乡愁"

贺桂梅

· 一

在神户，我最喜欢做的一件事，便是在迷宫一般的街巷之中漫无目的地穿行。神户的街巷，或许正如所有日本城市的街巷，都是彼此相通的。你从任何一个路口拐弯，都可以到达你要去的地方，却不用重复走同样的路线。在大致知道总体方向的前提下，我总是愿意去尝试从未穿行过的那些街道或小巷，看见一些意想不到的景观或事物，然后在某个路口，又出其不意地回到原来的方向上来。我很喜欢这种迷失的感觉，充满了人间烟火的味道，但却是在异国陌生的人群中与陌生的街巷里。

神户一般用来标示方向的词，不是北面和南面，而是"山侧"与"海侧"，靠山的一面是北面，靠海的那面是南面。神户的城区就沿着山与海之间的东西向坡地延伸。所以，每当迷失了方向时，只要抬头看看山的所在，就大致知道往哪个方向能回到原来的路线上去。

每次出门去漫游，我总是下意识地选择向山侧行进。在我的下意识里，海的一边或许是无趣的，除了过分现代的游乐设施和装卸塔吊，便是高架桥和公路上穿行的车辆，真正接近海的地方并不多。即便能够马上到达海边，也没有更多的新发现可以让人愿意一次一次去期待。但是，山侧却不同。这里有迷宫一样的街巷，有各色的住房，在住房与街巷之间，你常常会出其不意地看见一个神社、一座寺庙，或者在看起来已经接近山坳的地方，突然出现了一个热闹的市区。大马路就像一条条河流，曲曲折折地穿行在这些社区之间。真正的河流也是有的，从六甲山上流下来，水流不多，往往在还没有到达海的地方就消失在东西向的大马路下面了。说是河流，不如说小溪才对，日语里都叫"川"。山的坡度增加了水流的速度，尽管水少而浅，但一路哗哗作响，从依山而建的房屋之间穿过。隔不远就会有一座小桥，看起来颇有些年月，横在川上的树丛之间，让人增添"小桥流水人家"的兴味。

或许是因为在被钢筋水泥武装起来的北京生活太久的缘故，我特别喜欢那些在马路边、在街巷的一角、在楼房的院子里，甚至在比较热闹的街头，艺术品一样被保留着、站立在那里的那些树木花草。神户的整个城市设施给人的印象是相当现代而且颇为时尚的，在日常社区里，这就意味着街头巷尾的几乎每个角落，都被人工精心地整饬过。留下来的一棵树、一丛花或野草，都被小心地圈起来，而且和周围的建筑颇为协调。

那些树木里，最漂亮的一种，我叫不出名字，不算太高，枝叶繁茂地横向伸展，树叶由绿而浅黄、浅红直到深紫色。现在正是深秋的时候，这些树上的叶子几乎都已变红，但是因为色彩的层次不一样，在深红、浅黄之间，衬着高远的蓝天，骤然让人感觉到那像是一幅画，一幅日本画。日本的一些绘画常常有一种奇怪的纵深感，在明暗色调的对比之间，给人以明晰而辽远的感觉。一天晚上读美国人写的《日本文明史》，其中有一幅明治时期的画家小林清亲的木版画《夜色中的火车》。忽然想到，在远山与蓝天衬托下，在如波浪般随山势起伏的深色房屋背景上的那些树，或许就是这幅画给人的光影感觉，尽管画面本身是黑白的。

· 二

走在这样的市区里，常常会唤起我一种奇异的乡愁，一份晦暗不明的关于儿时记忆的某些感觉和情绪的余味。但是，瞬间我便意识到这种感觉是多么不可靠。因为我童年和少年时期生活的地方是长江南岸纯粹的农村，我从来没有过这样的城或镇的生活经验。

固然，"乡"是相同的，这些社区确实很好地保留了大自然的风味在其中，而且因为是经过人工精心筛选和重塑的，所以比大自然更像自然。我常常喜欢看那些小巷，道旁是颇有些年月的两层楼的日式住房，墙角总有花草或树木露出来，尽管已经是深秋，蓝色或黄色的花草却开得很茂盛，丝毫没有懈怠或颓败的意思。巷道随山势起伏，两侧是如今在国内已很难看到的电线杆和电线，一直伸展到看不见的山脚或远方的楼群下面。巷子里常常很少人走动，即便是在热闹的大马路背面的街巷里也是如此。这种安静和日常生活的氛围，或许才是唤起我乡愁的东西吧。

我再一次体会到一种熟悉而陌生的感觉，好像你熟悉的但却属于过去的某种东西，在这异国的土地上以空间的方式出现在眼前。你借助这些陌生的空间，回到了过去的某个时期的感觉和情绪之中。阿帕杜拉说：所谓"乡愁"，便是将你现在的愿望植入过去的某个时期，而且唤起比你曾经经历的要更真实的欲望。或许他说的是对的。走在这些街巷中，我常常想，我所感觉的这种"熟悉"，其实并不是我真的有过类似的经验，而是这种空间氛围本身在呼应着我内心的某种渴望吧。

我的童年和少年时期都在长江南岸那个小小的水乡村庄里度过。在我十六岁离家求学之前，我与那里的大自然中的一切水乳交融，构造了我体认世界的最初方式。这种东西是不能被后来的都市生活经验所完全抹去的。此后，我生活最长时间的地方便是北京，这个钢筋水泥以如此惊人的速度迅猛扩张的大都市。人们需要在周末的时候，开着车，排着长队去爬一爬香山，而北方春天的沙尘暴和冬天的寒冷，则使得花草显得格外稀罕。即便有树木花草，那也是以绝对的人工装饰的形态出现的，它们不是"自然"。也许可以说，在我的生活经验中，经历的是黑白分明的两级：绝对的自然乡村和绝对的人工城市。但是，这两样东西，却似乎在我现在生活的这个日本海滨城市和谐地交融在一起了。

在北京，我已经完全是个城里人了，不再有兴致东张西望，甚至很少抬头看看天空的云彩与光线变换。我每天沉迷在鸡零狗碎的琐屑感觉中，没有抽身出来反观的习惯。但是，神户对我是新鲜的，而且是陌生和孤独的，我像我四岁的儿子观察他身边的世界一样观察着这个城市中的一切。

· 三

更重要的原因是，这座城市也有足够的理由让我观察和体认它。它怡人的气候，干净的空气，整洁的街道和花草树木的情调，以及缓慢的发展速度与生活节奏，使人开始变得安静而有闲适"看"到自己生活其中的环境。据说在日本流传一句关于三个城市的名言：在东京打拼，在大阪挣钱，在神户过日子。这也可见神户这个城市的基本格调。我对神户历史的了解还不够多，无法判断这种舒缓的生活节奏和相对稀少的人群（除去三宫、元町等市中心消费区）到底是一种城市风格，还是经济迟缓的表征。走在平野、凑川等地相对边缘的消费区，可以看到规模颇为庞大的商业街，但消费的人群却并不多，只有在北野那样的旅游区、三宫那样的市中心闹市区，可以在周末的时候看到熙熙攘攘的人流。

在所有的街巷里，最让我吃惊的，大约是各色的咖啡馆、料理店或写着广告招牌的小饭馆、居酒屋的数量之多了。这些店面都很小，一般也就是一个厨师、一个服务员或一个老板娘之类，或者就是夫妻店。但是它们混杂在各种社区的住房之间，比每隔二三百米一个的便利店还多。

在我的宿舍朝向海侧的方向，每个十字路口的巷子拐弯处，都会有四五个这样的小店。我总是疑心是否会有人进去消费。不过常常是傍晚我从神户大学下班回来的时候，透过两块布拼起来的门帘，可以看到有人在里面吃喝，有音乐像灯光一样流泻到外面的巷道上。这些小店里的消费者，大约就是那些常常见面的熟客吧。我后来想到，真正重要的，其实并不是这些小店如何赚钱，而是餐饮消费以这样的小规模、四面开花的方式存在，和人们愿意去这些店里消费的习惯本身。这意味着这种消费常常主要是面对多年定居在这个城市乃至附近这个社区里面的人们，它们是一种本地的内向型的消费形态。我听到一些相对熟悉神户历史的人说过，这些年神户的经济衰退了，流动的人群减少，许多以前的老商业街都败落了。但是，如果神户因此而形成了一种内发型的消费模式，那或许是这座城市虽然显得安静，但却并不颓废的原因吧。

而我在北京的感受，以及这些年中国如此快速的变化，却常常让我看到的是另外一种快速滚动、浮躁而没有根基的经济与生活运转方式。显然，这是一个太大的话题，我想说的只是如何可以让在一个地区生活的人们真心地热爱这里，并在城市内部形成一种有效的生活与经济运转的可能。之前看过那部真不算太好的台湾电影《海角七号》，倒是记住了里面那位本地"代表"所说的话：我们海角人自己却不能欣赏这么好的风景！神户固然有得天独厚的自然环境，不过让我感兴趣的是，这种风景并没有完全被作为一种资本经营，也不完全以招揽外来游客拉动消费为目的，而是真正构成了这个城市中的人们日常生活的一部分，并渗透到他们生活的细微环节之中。给神户大学的学生上课时，我给他们出了一个作文题目《我心目中的神户》。出乎意料的是，这些年轻学生几乎所有人都说他们如此热爱这个城市，以至一辈子都不想离开这里。一开始我还以为这是一种作文秀，后来想这或许才是一种发达之后的常态吧：你不是永远感觉到生活在别处，以为自己的生活如同资本一样四处流动，而是可以在自己生活的地方停下来，经营出一种更好的生存环境。这种意识是否算是奢侈呢？

我不想为"发达国家"唱赞歌，想到这样的问题，只是因为想到了环境保护，想到了更好的生存环境，想到了"发展"

的意义，以及如何衡量更有价值的经济发展。这些或许是太大的问题吧，要写下去需要牵扯的问题太多。神户让我想到的，只是在高速经济发展之后，我们如何可能以人为的方式创造出更舒服的生存环境。但是这当然也绝不是个人的意愿就可以决定的。神户经济的迟缓也许有许多关于GDP方面的苦衷吧，但是它却让我领会到经济发展的一种良性的累积，从而让生活在其中的人们可以浸润在一种熟悉而现代的环境里。

常常在傍晚的时候，明净的蓝天上晚霞变换着绚丽的光彩，夜色渐渐地笼罩城市，我看着楼群之间的那些树枝在逆光中晃动，便骤然涌起一种乡愁一样的感觉。我知道，那只不过是因为我再一次在都市里看到了自然。我对神户的好感，或许正因为它既不像我曾经生活过的中国南方的乡村，也不像我现在生活其中的大城市北京，而是它以一种别样的方式把乡村和都市中某些符合"人性"的东西组合起来了。那就是我感觉到的"乡愁"。

2011年11月21日，星期一，晴朗有风

（录自《西日本时间》，生活·读书·新知三联书店，2014年版）

缘廊的妙趣

李长声

　　小时候睡过榻榻米，但不是铺在地上，而是当了床垫子。那是在长春，光复也好多年了。如今的年轻人，不论日本的还是中国的，都不大知道长春还叫过新京，曾经是伪满洲国的"京城"，日本人的乐土。不过，那垫子就是榻榻米，却是在年将不惑东渡，住进日式房间，一股子霉味儿呛鼻，才恍然大悟的。

　　铺满榻榻米，进屋即"上床"，大概可算是日式房屋最基本的元素。起初榻榻米并不是铺满房间，如京都御所清凉殿，地板上只放有一块厚榻榻米，那是天皇的"玉座"。后来把铺满榻榻米的房间叫"座敷"。乡下普及榻榻米是明治维新以后的事了，历史也就百余年。日式事物在城里日见其少，没睡过榻榻米长大的人越来越多。所谓传统，总是由落后于时代的乡下替城里保持着。

　　温泉旅馆一般是日式。风尘仆仆，一到了旅馆，脱下鞋，踏上榻榻米,脚底板顿感舒坦。泡过温泉,穿浴衣坐在沙发上,窗外或是山,或是海,暮色渐浓,更觉神怡。落座的这部分空间叫"缘侧",多译作"缘廊"。它是檐下走廊,里侧是座敷,外侧是园地。旅馆的缘廊当然被间断,大都封闭在房间里。缘廊类似中国建筑的檐廊,亦即谢灵运"望步檐而周流,眺幽闺之清阴"的步檐。不同之处是缘廊铺地板,用处也就大不同。缘廊与座敷以纸屏相隔,不仅是过道,拉开纸屏便用作出入口,搬进钢琴之类的大件也不愁通不过玄关。办红白喜事,缘廊又充当正门,和尚、神官、胥吏等由此登堂入室,新娘从这里进,尸棺从这里出。有的地方当作日常出入口,也有的地方因它出棺而忌讳日常之用。

最妙的是缘廊还可以坐,炎暑纳凉,中秋赏月,冬季像懒猫一样曝日,胜似大陆北方农村蹲墙根。秋风起,有人说:真想坐在缘廊吃西瓜。那该是孩提时代的快乐,使劲儿吐出瓜子,看它落向土地。山口百惠在《秋樱》中唱道:妈妈坐在缘廊上翻开相册,又一遍讲述我小时候的回忆。缘廊和井边(日语写"井户端")往昔是人际交流的两大场所。路过邻家,无须脱鞋进屋,在缘廊边垂足而坐,聊几句田中家长铃木家短,其乐融融。

日式房屋没有坚固的四壁和固定的间隔,纸屏是墙,也是门和窗,似隔非隔,几无隐私可言。秘密谈话不是关起门来,反而大敞四开,窃听者无处藏身。现代的隔音意识是受了西方生活及文化的影响,于是丧失了传统。夏日里游玩,住在农家院，各处纸屏全敞开，房屋好似只剩下木架，恍如置身于野地，八面来风，通体清爽，不禁叫一声快哉。檐下挂着风铃，中国古代叫檐马，叮当作响，更觉得凉风习习。想起了一句古诗："自从环佩无消息，檐马丁东不忍听。"呵呵。

古时候普通农家没有缘廊，江户时代甚至有地方视之为奢侈而予以禁止。缘廊具有多功能，也是做一些活计的场所。檐下悬挂，廊上堆积，譬如萝卜或鲑鱼，现今仍然是农家或渔户丰收的一景。缘廊本来是生活样式的实用性部分，渐渐也具有审美功能。剧作家木下顺二说："日本人的思考方式中好像有喜好把界线弄暧昧的侧面，现象之一即缘廊这个一半内一半外的场所。"诚然，缘廊既不是屋里，也不是屋外，显现了日本人特有的暧昧。中国的檐廊断然在屋外，而缘廊暧昧，仿佛是人工环境与自然的衔接与过渡。

自从被美国占领，日本人的生活方式大变，以致说日式，前面要加个"纯"字，纯日式才可能是地道的传统风格或样式。城市里寸土寸金，为使室内面积更大些，把出檐缩进去，更无余地设缘廊。于是乎日剧里缘廊多起来，在那里谈情说爱。如今要体会缘廊之趣，恐怕只好去乡下，或者去京都。京都的"町家"（市坊人家）是老屋，探头往里看，甬道深深深几许，想来那屋里是阴翳的。实际上四面房屋，当中有庭园，起到了采光、通风的作用。缘廊临园，园里栽种些低矮的观赏植物，若铺上白砂，更显得亮堂。但是以町家为代表的京都景观及传统生活方式也正在消失，前年（2010年）甚至被致力于保存建筑物及文化遗产的世界建筑文物保护基金会（WMF）列入了危机遗产名单。

游到京都龙安寺，欣赏枯山水，就是坐在缘廊上。

（录自《昼行灯闲话》，译林出版社，2015年版）

活吃龙虾

李长声

　　龙虾上桌，贵客停杯投箸。何故？四菜一汤，哪怕它一盘珍馐值万钱也符合规定，但不能食，因为那虾是活的，古人云："见其生，不忍见其死；闻其声，不忍食其肉。"活着吃，虾"眼珠子滴溜溜转，放射出可怜的光"，"折射出我们这个民族的阴暗、残忍的心理"（见网上流传）。不过，菜名叫"龙虾刺身"，刺身者，日本话也，所以这吃法大概从日本引进。日本把日本菜叫"料理"，现如今我们也跟着叫，鱼生不叫"鱼生"更不叫"脍"而是叫"刺身"。还有叫它"日料"的，哈日之态可掬。日本料理这种词，还有日本画、日本纸什么的，都是明治年间搞文明开化即改革开放引进西洋事物时制造的，以示日本所固有，也就是江户时代以前已有之，虽然基本都来自中国。相对于"洋食"，也叫作"和食"。和食难以定义，总之是日本人做的、日本吃的饭菜罢。不久前（2013年12月），和食被列为联合国教科文组织非物质文化遗产。

也就在这时，一批活乌贼空运到东京。乌贼受惊吐墨活不长，北海道的函馆有人想出个办法：密封在塑料袋里，一袋一乌贼，有水有空气，可经受长途运输。凌迟一般切成丝，再摆回原形，腕蠕动着，在银座的酒馆里年轻女人也大快朵颐。据说世界捕获的乌贼一半都进了日本人胃袋。函馆人谈抱负，还打算生猛地输出到台湾和香港，大东亚共享。没有说入欧，可能是顾及欧洲人早就非议他们的生吞活剥。日本政府向世界推广和食，开列了怀石、寿司、天麸罗、鳗、烧鸟等，却不提和食的头号代表刺身，莫非怕招惹是非。捕鲸吃鲸也是和食的传统。

我爱吃日本菜，尤其再配以日本酒，乐见它成为文化遗产，但对于推荐的几条理由却不大以为然。其一是"食材多样而新鲜，保持其原味"，可日本大部分食材靠进口，自诩多样似不免可笑，更何况食在广东，食材利用之多，以至带翅儿的不吃飞机，带腿儿的不吃桌子，世界上首屈一指。至于新鲜，猴子也知道挑新鲜吃，难算人类超动物的文化。即便当一种理念，也属于普世的吧。我们说尝鲜，日本叫作"旬"，也就是旺季、应时。日本战败后经济初见起色时有个很走红的社会评论家叫花森安治，写过一篇杂文《不吃日本菜的日本人》，说鲥鱼、鲐鱼最肥时上不了高级菜馆的菜谱，厨师用的是不合季节的鲷鱼、鲆鱼，还有冬天的竹笋、春天的茄子、夏天的松茸。物以稀为贵，像小说里写的明朝那些事，寒冬腊月卖黄瓜，顶花带刺，一根要二两银子。一窝蜂上市的东西不值钱，那就是小小老百姓的吃食了。美食家、陶艺家鲁山人说过："要诀是一切材料都不要破坏固有的味道。若能做到这一点，他就是俯仰无愧于天地的厨师。"保持原味即美味，而原味是农家的杰作，并非厨师的本领。中国菜是综合艺术，味道是加工出来的，凭着人定胜天的劲头儿，非把天然的东西做出不天然的味道不可。不煎炒烹炸焖熘爆炝，功夫就只有下在造型上，以致有"日本菜中看不中吃"之说。饮食的第一要义在于吃，摆盘也好，器具也好，形色须有助于吃，以致享乐。吃过一次寿司，用的是鲁山人烧制的陶器，价钱贵出两三倍，喧宾夺主，不如径去看陶器展览好了。

日本人生活及审美比较有季节感，这是四季分明的自然环境养成的。也因为是岛国，四面八方都是海，海里鱼有汛，初夏鲣鱼冬鰤鱼，捞来什么吃什么。但冷冻技术发达，鱼的"旬"随之错乱，金枪鱼三文鱼四季不断吃。温室栽培，长年如"旬"。屋里有空调，酷暑也可以大吃火锅。俳句这种短诗描写四季的自然及人事，格律之一是使用"季语"以表现季节，现代季语有五千多，恐怕季节也就不分明了。

日本饮食文化完全在中国影响下发展起来。稻作远古从大陆传入，十七世纪以后普遍用水车为动力，吃上了精磨的白米饭，面食逐渐吃开来。僧侣往来，自十三世纪后半叶的一百年间从中国渡海而来的禅僧有案可查的就有三十来名，他们带来了禅宗的"精进料理"（素菜），构成日本饮食以蔬菜豆类为主的基础。茶道把精进料理改造成"怀石料理"，讲究形式，创出和食的审美。餐馆去掉怀石料理当中的饮茶环节及内容，以酒为乐，演变为"会食料理"。这类料理也就是我们说的"席"。饮食出自禅院，总好像带有禅味。

还有一条理由是"吃食与逢年过节相关"。想来世界上这种相关没能密切过中国的，一年到头吃得有说道，元宵、粽子、月饼、腊八粥、长寿面，再穷过年也要吃饺子。一部中国史，好像唯有吃是自由的，虽然也是用其他的不自由换来的。相比之下，675年天武天皇颁布肉食禁令，1871年明治天皇带头吃猪吃牛，吃什么几乎一向由当权者规定，并非民众的创造。不许吃四条腿，只好大吃没腿的鱼（包括鲸），吃鱼的习俗也不全是岛国的缘故。一菜一汤（另外有咸菜）是当权者为节俭而强加给庶民的生活方式，甚至有的诸侯国连"一菜"也严加禁止。

一个人，一个民族，似乎最难改变的是饮食，这主要与风土有关，习性倒在其次。任何民族的菜肴到了别国，都会与当地的口味及食材相结合而变味，变得不正宗或者不地道，难保纯粹性。和食多生冷，从中医来看，不符合养生之道。中国烹饪用佐料多，只要那佐料是天然的，医食同源，未必是坏事。日本把菜刀叫"庖丁"，所谓"工欲善其事，必先利其器"，切刺身未见刀功多么了不得，但据说那种刀锋利，不破坏细胞，把原汁封闭在鱼片里，吃起来鲜美。日本菜大致有三种味道：盐味、酱味、鲜味。他们的鲜几乎是生的同义语，我们叫没味儿。日本有各种道，茶道、柔道、武士道，唯独没有味道。民以食为天，我们中国人就最讲味道。

（录自《昼行灯闲话》，译林出版社，2015年版）

粹

李长声

　　东京隅田川边上建起一座自立式电波塔，高六百三十四米，超过广州电视塔，成为世界第一高。大白天望去确然有横空出世之感，四周的老街区更显得低矮陈旧，不论设计者怎么说它融入旧风景，也像是恐龙立鸡群。日本有一句谚语："女人在笠下看，远处看，夜里看，什么人眼里都能出西施。"果然，万物被夜色尽掩，唯塔身通明，真的很好看。

　　灯光照明有两色，一夜映紫一夜蓝，交替演出。紫，叫作"江户紫"，仿佛给塔身披一件和服，表现的是"雅"；蓝是隅田川一江春水的蓝，表现"粹"。

　　江户时代可算是天下太平，士农工商，武士是领导阶级，重视形式与礼仪，而农工商为庶民。居住在市镇上的一部分工商先富起来，追求享乐，活得很现世。也想像朝廷贵族或幕府武士那样活，执掌国柄的幕府就颁布禁止奢侈令，不许庶民穿

275

红戴紫，只能穿不惹眼的茶、黑、灰。当时染色业勃兴，染出来各种颜色，超过三百种，简直像一场颜色大众化运动。民众所憧憬的美的典型是妓女们的服饰，当红艺人和高档妓女引领流行色。颜色命名多是用植物，也有用人名。譬如"路考茶"，取自歌舞伎男旦"路考"，浮世绘师铃木春信也常用来画美女衣裳，不仅流行于江户，也波及京阪（京都、大阪）。有人嘲笑这种发黄的暗褐色像马粪。还有用地名，如江户紫，用神田川的水染成，是江户的一个骄傲。所谓"四十八茶一百鼠"，全部颜色中三分之一属于茶色和鼠色。庶民衣裳的"粹"，极致是黑，次之为茶色（褐色）系，以及鼠色（灰色）系。这些颜色也产生一种"涩味"，电影里的高仓健就总是一脸的这种苦涩。

如同"物之哀""寂"等，"粹"也是日本的审美意识之一。这些词语看似明白，却早已被彻底诠释成日本文化的了，中国人有时最不解或误解日本，往往就由于望文生义。喜田川守贞的《近世风物志》记载："京阪把坊间赶时髦叫作'粹'，其人称'粹者'；江户叫'意气'，其人名'通人'。"拿花打比方，牡丹艳丽，樱花优美，粹与意气是梅花，而京阪的粹为红梅，江户的意气为白梅。就是说，意气比粹淡泊利落。粹、通、意气，三个词同义。十八世纪过半，京阪文化式微，江户变成文艺中心，也叫起粹来，表示一种庶民的美感。

粹源于烟花巷。所谓"通"，是玩家通晓烟花巷的习俗、教养，意气则是艺伎及妓女不拘旧规，为人飒爽，譬如江户的深川艺伎，脸上淡妆，脚上不袜，艺名、说话像男人，意气风发。烟花巷和戏剧舞台培养、磨砺了美感，逛不起妓院、进不起戏院的人借助浮世绘和通俗小说赶时髦。游乐的趣味在庶民生活中逐渐形成粹这一特殊的美的生活理念，会玩，老于世故、通晓人情的机微。我们总觉得日本人色了吧唧，那就是他们露出了文化底色。

哲学家九鬼周造有一本《"粹"的结构》，1930年出版，像《武士道》《茶书》一样极力发现并张扬日本美。此书虽然是日文的，但写于巴黎。西方各国语言里没有能完全跟日语的粹相对应的词语，引发他探究本民族文化传统的特征，开一字论定日本的方法论先河，"甘、缩、纵"云云不绝于后。他说："'粹'，是东方文化的，不，是大和民族特殊存在样态的显著的自我表明之一。"粹的结构被解析为"对异性的媚态"，以及来自武士道的"意气"和来自佛教的"达观"。

粹是生活美。三四十年前我这个东北人平生头一次进北京，被看大门的老头儿一声断喝："问事儿要叫'您'"。如今想来那就是北京的粹。汪曾祺认识一个在国子监当过差的老人，他说"北京的熬白菜也比别处好吃。五味神在北京"。拿到东京说，这就是粹。太宰治喜欢吃烤串喝酒，撒上很多山椒粉，说"这就是江户人的粹"。他不是江户子，身上流着外地"土农民"的血。芥川龙之介是地道东京人，所谓江户子，与人聚饮，人家要 AA 制，他大摇其头：不要那样无粹啦。荞麦面蘸调料汁吃，汁装在叫"猪口"的圆柱形杯子里，用筷子挑起长长的面条，略微蘸一蘸，使劲儿往嗓子眼里吸，吱溜吱溜作响，津津有味。这是江户人的粹，在京阪属于没教养。又有一句谚语："江户人没有隔夜钱。"千金散尽，不管还复来不来，作派粹得很。莫非现今东京人大都来自外地，度日维艰，我从未遇上这么粹的人。

与粹相对的是"野暮"（土气）或"无粹"。雅是贵族的，与俗相对，而粹与不粹是城里人和乡下人的差别。江户时代在三大城市江户、京都、大阪人眼里，外地的武士也不粹，土头土脑。粹不粹都属于俗，粹是俗中之雅。譬如俳句，本来是俗文学，芭蕉提升了它的品质，如夏目漱石所言，"使人高尚优美"，那也是"平民的文学"。对于王朝贵族来说，短歌才是雅文学。天皇家年年搞"歌会始"，曼吟长咏的是短歌，从不作俳句。爱用外来语，以洋话为粹，那就是说日语太土了吧。

粹，或许可译作近年被大加卖弄的北京话"范儿"，终归是土俗中的精粹。

（录自《昼行灯闲话》，译林出版社，2015年版）

买纸记

苏枕书

嘉庐君：

3月要回京一趟，故而昨日去城里买纸。寺町通沿途不少清静的老铺，常去的是纸司柿本。柿本是这家姓氏，祖上做竹器生意，百余年前始经营纸业。柿本家子息薄弱，世代招婿养子上门，即所谓女系家族者，直到第五代才有男孩。店里有传统书画纸，也有各色手工和纸，品目繁多。

"纸寿千年"是很好的说法，从前听到，不免从俗囤了几刀红星纸。然而束之高阁，到现在都没用几张。后来听说，八十年代以后产的宣纸，大率用化学漂白法，不说寿千年，恐怕百年都难。又听说有名些的大书家大画家，都有专用的造纸作坊、造纸师傅，他们并不用市面普通的纸张。我不写字，也不画画，因此只好想象而已。

和纸也有矾与不矾之分。柿本家店内有几排贮纸的木架，可细细挑选。店家会递上纸样本与墨笔，供客人试用。纸样从不渗、微渗至渗水良好，各有区分，试用过程的愉快，堪比在琳琅满目的商场化妆品柜台，尝试各种芬芳甘美的口脂、护手霜。书画纸又曰画仙纸，有煮硾笺、玉版笺、罗纹笺、豆腐笺之别。中国产的叫本画仙，日本产的叫和画仙。普通画仙纸价格并不甚贵，当然这里进口的红星宣纸要比国内贵一些。

很着迷的是云肌麻纸。麻纸纤维坚韧，纸色细白，托得住颜色。隋朝五代时麻纸尚且常用，宋元以降，日渐式微，明清时益复难见。正仓院文书中多见麻纸，其后亦湮不见。1926年，内藤湖南请越前和纸职人岩野平三郎改良以麻、楮为原料的越前和纸，复原麻纸，遂成"云肌麻纸"。柿本家的女孩子给我展开一卷一卷麻纸时，不由怦然心动。很想买，但一则价格不菲，二则我画不了这种好画儿，买回去实在明珠暗投。

《内藤湖南全集》收有内藤致岩野书信三通，是很有意思的资料，姑且翻译如下。一为1930年5月18日，寄自瓶原村，岩野地址为"福井县今立郡冈本村"，书云："拜启，近日长尾雨山翁、狩野、小川两博士访问敝庄之际，对君所制笺纸极感兴趣，嘱予再定制若干，五色，大如中国诗笺，每种四百枚，共计二千张（不需有水印）。纸色不必太浓，宜稍淡。此外，小川博士另有预定，请见别纸，需有'小如舟屋用笺'之水印，共五百枚。纸质、大小如别纸所云。颜色用水色。以上二事，多多拜托，请尽快完成……"其时，长尾、狩野、小川、内藤有乐群社，所订制诗笺即为乐群社专用。1930年3月，湖南曾作《乐群社诗草引》，可作参考。

其二为同年9月6日作，"同人各位已收到所制用笺，众皆喜悦。予今番再请订制信封二种，请用水印于内侧左下角"云云。附纸云"小者纸色为薄茶、水色、白色三种，大者一色即可"。

其三为同年10月10日作，云"信封已收到，奉上制造费"。

湖南善书，对纸亦极精通，去世前不久曾为杂志《工艺》作《纸之话》，后收入《东洋文化史研究》，应该最能见到他对纸张的认识。

京都出身的女画家梶原绯佐子有一幅《静闲》，设色清雅，很喜欢。绘一绾发女子跪地作竖幅画卷，一旁花器内有丰润的绣球。纸上勾画细致，是尚未染色的菖蒲，白瓷碟内有朱红、藤黄、赭色、花青、石青等颜彩，是"进行中"的场景，亦是所谓"画中画"。曾在美术馆近距离看过这幅画，每一根线条都看得很真切，令我心折。原画用的似乎是麻纸，画中人用的，或许也是麻纸吧。

柿本家的笺纸也殊有意趣。窄长的"一笔笺"，每一叶都印着文雅的图样，有岁时植物、旧时纹样，很可爱。有一种复原的木版印刷方格稿纸，红蓝二色，是明治时代文人们喜欢的。纸色古朴，厚薄适中，钢笔与毛笔都很相宜。还有一种很薄的手工纸，有浅金、薄银、青柳三色，写字可能不十分合适，却是极好的装饰品，名字也好，叫作"洛中之雨"。横山大观画过《洛中洛外雨十题》，中有一幅《八幡绿雨》，画的是京都八幡市附近的竹海，青碧竹林中茅檐掩映，满纸水色，"洛中之雨"正是这样的印象。距离此处不远有笔店老铺香雪轩，主人非常和气，买完纸，总爱去那里待一会儿。可惜我的画儿不好，也不会写字。

去年夏天随家人到皖西游玩，在一处村落祠堂的民俗博物馆内，获知本地有桑皮纸作坊。桑皮纸以山桑、白桑、条桑之树皮为原料，以杨桃藤、神丹皮、铜藤花为纸药，纸质坚密柔韧，据说质量可比乾隆高丽纸。很想探访一番，可惜行旅匆匆，连纸样都没有看到。当地山中亦产绿茶，名气不大，而色味清淳，很得山川蕴秀。清明谷雨间，若用本地桑皮纸包一捆新茶赠人，应该很有情味。

松如

癸巳正月十一，夜有小雪

（录自《京都如晤》，中华书局，2017年版）

美味延年

苏枕书

　　许多人知道京都，是从川端康成的《古都》开始。而川端既不是京都人，也不像谷崎、濑户内寂听等人一样有长居京都的经历。他来京都都是住旅馆，或者租房。他生于大阪，自小父母双亡，姐姐、祖父母亦相继故去。畸零人冷眼处世，人称其一生不离"孤儿本性"，冷静无情。去东京读书后，他长期各处旅行，婚后也多独旅。从《雪国》中放浪冷漠的岛村身上，或可窥得他的一点痕迹。他待过很久的地方是少年时去过的伊豆，他在那里邂逅了伊豆的舞女，写下成名作。后来他也屡屡回到当初住过的旅馆，认为那里是他的"第二故乡"。如果说伊豆是他私人情感中寄托乡愁之处，那么京都就是他"希望继承日本美的传统"的所在。日本战败后，他曾到过广岛，归来经过京都，感觉"矛盾"。广岛与京都是"日本的两个极端"，他想到《源氏物语》与室町时代的文学，都是"忘记了战争，表现出超越战争的美"。因此他欣赏京都，像玩味珍贵古董一样，略有距离感地审视这片"古典的理想"之土。他探访古寺，邂逅古老卷轴、器物，聆听松涛竹海，并将这些"永恒之美"保留在文字中。

酷爱字画陶器的川端，品位确然不俗。《古都》写樱花，更写青翠凛冽、高耸入云的北山杉。写食物，则描摹了京料理中最清隽的汤豆腐：千重子买来嵯峨一百五十余年历史的森嘉豆腐，在厨房切葱、刮鲣鱼，准备好专门吃汤豆腐的餐具，端到父亲跟前。《古都》历来所受争议颇大，评论认为其结构涣散，难称为小说。而文中精心安排的古都风物，却有不可抗拒的魅力。当时的皇太子夫妇也很爱这部小说，特地到北山与杉林合影，转赠给川端。东山魁夷亦数番创作北山杉，作为川端几度获大奖的礼物。川端本人曾说："看到京都，想想该写什么好，却什么都不想写。"他时时都在暗示所谓的"古都之美"终将变化、流逝，这种无可挽救的悲哀，也是日本之美的本身。

谷崎在小说中畅谈的美食，大多为自己的口味。而川端似乎不同，比起小说中节制清淡的汤豆腐，他本人似乎更爱浓油赤酱的食物。比如京都的寿喜烧三岛亭，就是他常光顾的地方。明治文明开化之后，日本食肉之风大盛。三岛亭的初代主人把在长崎学来牛肉锅的做法带到京都，价格平易，极受追捧。据现任主人回忆，川端素来沉默寡言，很冷漠。来店里说的话，总共不外三句：要寿喜烧。可以上饭了。结账。大概牛肉锅确实合他口味，他还是应老板之邀留了书法：美味延年。

"美味延年"是川端晚年多次写下的内容。京都割烹料理浜作家也有这幅字。据第三代主人回忆，当年自己还是小孩子，川端先生每次来，必然坐在柜台座席的角落，一直静静观察别的食客。他不怎么喝酒，口味比较重，爱吃煮鲷鱼头和带壳煮的伊势大虾。此外，他还给这家店写下"古都之味，日本故味"，这在川端口中应该是相当高的评价了。据说谷崎也是这里的常客。谷崎出门吃饭，常携妻子，且要求她精心妆饰。在店里遇到独自一人的川端，大概也难谈到一处。美味确可延年，而川端还是饮瓦斯而去。谷崎倒是始终精力充沛，临终前六天还念念不忘对松子夫人回忆牡丹鳗，说要有体力吃就好了。

（录自《有鹿来：京都的日常》，北京联合出版公司，2016年版）

编辑凡例

一、以忠实于选文原作、整旧如旧为编辑原则，对选文写作时使用的专有名词、外文译名，以及作者写作时的语言和特色予以保留。

二、原文注释如旧，编者所作注释，均以"编者注"标明，以示与原文注释的区别。

三、原文偶有文字错讹脱衍之处，一律按现行出版规范予以改正，不再以其他符号标示。

四、文章中数字、标点符号用法，在不损害原文语义的情况下，做必要的规范。

图书在版编目（CIP）数据

域外杂记/陈平原，张丽华编. 一长沙：湖南人民出版社，2023.6
ISBN 978-7-5561-3193-8

Ⅰ.①域…　Ⅱ.①陈…②张…　Ⅲ.①散文集－中国　Ⅳ.①I26

中国国家版本馆CIP数据核字（2023）第039999号

域外杂记
YUWAI ZAJI

编　　者：陈平原　张丽华
出版统筹：陈　实
监　　制：傅钦伟
选题策划：北京领读文化
产品经理：领　读-田　千
责任编辑：陈　实　张玉洁
责任校对：谢　喆
装帧设计：广　岛·UNLOOK
unlook-guangdao.com

出版发行：湖南人民出版社有限责任公司［http://www.hnppp.com］
地　　址：长沙市营盘东路3号　　邮编：410005　　电话：0731-82683313

印　　刷：湖南天闻新华印务有限公司
版　　次：2023年6月第1版　　　　　　印　　次：2023年6月第1次印刷
开　　本：880 mm × 1230 mm　　1/32　　印　　张：9.875
字　　数：206千字
书　　号：ISBN 978-7-5561-3193-8
定　　价：50.00元

营销电话：0731-82683348（如发现印装质量问题请与出版社调换）